Título original: *Worth Any Price*

Traducción: Ricard Biel

1.ª edición: mayo 2007

© 2003 by Lisa Kleypas
© Ediciones B, S. A., 2007
    para el sello Zeta Bolsillo
    Bailén, 84 - 08009 Barcelona (España)
    www.edicionesb.com

Printed in Spain
ISBN: 978-84-96778-07-8
Depósito legal: B. 15.360-2007

Impreso por Cayfosa Quebecor

EL PRECIO DEL AMOR

LISA KLEYPAS

BOLSILLO
ZETA

A mi suegra, Ireta Ellis, por su amor, generosidad y comprensión, y por hacerme feliz allí donde esté. Con amor, de tu agradecida nuera,

L.K.

Prólogo

Londres, 1839

Tenía veinticuatro años y era la primera vez que visitaba un burdel. Nick Gentry se maldecía por el sudor frío que perlaba su rostro. Helado de terror, ardía de deseo. Lo había evitado durante años, hasta que al final la desesperación le obligó a ello. La urgencia de compañía femenina se había convertido en un impulso más poderoso que el temor.

Obligándose a avanzar, Nick subió los escalones del local de ladrillo rojo de la señora Bradshaw, el selecto burdel que acogía a clientes adinerados. Era de dominio público que una noche con una de las chicas de la señora Bradshaw costaba una fortuna, ya que eran las prostitutas más expertas de Londres.

Nick podía permitirse pagar cualquier precio que le pidieran. Había ganado mucho dinero como cazarrecompensas, pero su fortuna procedía sobre todo de sus negocios con el mundo del hampa. Aunque en general era muy popular, el hampa lo temía y los agentes de Bow Street lo detestaban, pues lo consideraban un rival sin principios. En ese aspecto los agentes tenían razón —sin duda no tenía principios—. Los escrúpulos interferían los negocios y, por tanto, Nick prescindía de ellos.

Se oía la música a través de las ventanas, y Nick pudo ver a hombres y mujeres vestidos con elegancia, relacionándose como si estuviesen en una velada de postín. En realidad eran prostitutas que negociaban con sus clientes. Era un mundo muy alejado de su casa cerca de Fleet Ditch, donde prostitutas de poca monta ofrecían sus servicios en los callejones por cuatro chelines.

Irguiendo la espalda, Nick hizo sonar la aldaba de cabeza de león. Abrió la puerta un mayordomo de expresión imperturbable que le preguntó por el motivo de su visita.

«¿No le parece obvio?», se preguntó Nick, irritado.

—Quisiera conocer a alguna señorita.

—Me temo, señor, que a estas horas la señora Bradshaw no acepta nuevos clientes.

—Dígale que está aquí Nick Gentry. —Hundió las manos en los bolsillos de su abrigo y lo miró con ceño.

Un destello en los ojos del hombre delató el reconocimiento de ese nombre infame. Abrió la puerta e inclinó la cabeza con cortesía.

—Sí, señor. Si espera en el vestíbulo, informaré a la señora Bradshaw de su presencia.

El aire estaba impregnado de un ligero aroma de perfume y humo de tabaco. Respirando hondo, Nick observó el vestíbulo de suelo de mármol, flanqueado por altas y blancas pilastras. El único adorno era un cuadro de una mujer desnuda contemplándose en un espejo oval, con una delicada mano reposando sobre su muslo. Fascinado, Nick se concentró en el cuadro de marco dorado. La imagen femenina en el espejo era algo borrosa, y el triángulo del pubis estaba trazado con pinceladas neblinosas. Nick sentía el estómago lleno de plomo frío. Un criado vestido con pantalones de montar cruzó el vestíbulo con una bandeja de copas, y Nick desvió la mirada hacia abajo.

Era muy consciente de la puerta, del hecho de que podía darse la vuelta y marcharse en ese momento. Pero había sido un cobarde demasiado tiempo. Ocurriera lo que ocurriese aquella noche, estaba dispuesto a superarlo. Apretando los puños en los bolsillos, miró el reluciente suelo, con los dibujos blancos y grises del mármol reflejando el brillo de la araña del techo.

De repente oyó la voz de una mujer.

—Qué honor recibir al distinguido señor Gentry. Bienvenido.

La mirada de Nick se desplazó desde el dobladillo del vestido de terciopelo azul hasta los castaños y sonrientes ojos. La señora Bradshaw era una mujer alta y de maravillosas proporciones. Su piel pálida estaba salpicada de pecas ámbar, y llevaba recogido su cabello rojizo en flojos rizos. No era bella en el sentido convencional —la cara era demasiado angulosa y tenía una nariz grande—. Sin embargo era elegante, iba acicalada a la perfección y había algo tan magnético en ella que la belleza convencional parecía del todo superflua.

Sonreía de una forma que hizo relajar a Nick. Más tarde aprendería que no era el único en experimentarlo. Todos los hombres se relajaban ante la agradable presencia de Gemma Bradshaw. Con sólo mirarla se podía apreciar que no le importaban las palabras soeces o las botas sobre la mesa, que le encantaba un buen chiste y que nunca se mostraba tímida o desdeñosa. Los hombres adoraban a Gemma porque sin duda ella los adoraba.

Dedicó a Nick una sonrisa de complicidad y le hizo una reverencia inclinándose lo suficiente para mostrar su magnífico escote.

—Dice que ha venido por placer y no por negocios. —Él asintió con brevedad, y ella sonrió de nuevo—. Qué agradable. Venga conmigo a visitar el salón, y hablaremos de lo que más le conviene.

Se acercó para deslizar su brazo por el de Nick, que dio un respingo al sentir el impulso de quitarse de encima aquella mano. La *madame* advirtió el nerviosismo de Nick. Apartó el brazo y siguió hablando con naturalidad.

—Por aquí, por favor. A mis invitados a menudo les gusta jugar a las cartas, al billar o relajarse en la sala de fumadores. Puede hablar con tantas chicas como quiera antes de decidirse por una. Le acompañará a una de las habitaciones de arriba. Tendrá que pagar por una hora de compañía. Yo misma he enseñado a las chicas. Ya verá como cada una tiene su propio talento especial. Por supuesto, hablaremos de sus preferencias, ya que algunas chicas son más complacientes que otras.

Cuando entraron en el salón, algunas mujeres lanzaron a Nick miradas insinuantes. Tenían todas buen aspecto y se las veía bien cuidadas, muy distintas de las prostitutas de Fleet Ditch y New Gate. Coqueteaban, hablaban, negociaban, todas con el mismo estilo relajado que poseía la señora Bradshaw.

—Sería un placer presentarle a algunas de ellas. —La señora Bradshaw se acercó y le susurró al oído—: ¿Le llama alguna la atención?

Nick negó con la cabeza. Se le conocía por su desenvuelta arrogancia, por tener la sorna fácil y superficial del timador. Sin embargo, en esa situación inusual le abandonaban las palabras.

—¿Le hago alguna sugerencia? Esa chica morena del vestido verde está muy solicitada. Se llama Lorraine. Es encantadora, vital y posee una sorprendente agudeza. La que está de pie cerca de ella, la rubia... ésa es Mercia. Es más tranquila, con unas maneras suaves que satisfacen a muchos clientes. La otra es Nettie, la bajita junto al espejo. Tiene experiencia en las artes más exóticas... —Se interrumpió al observar la tensa mandíbula de Nick—. ¿Prefiere la ilusión de la inocencia? —sugirió con dulzura—. Puedo ofrecerle una campesina que parece una auténtica virgen.

Nick no tenía ni idea acerca de sus preferencias. Se fijó en todas, morenas, rubias, delgadas, voluptuosas, de todas las formas, medidas y matices imaginables, y de repente la simple variedad lo apabulló. Intentó imaginar que se iba a la cama con cualquiera de ellas, y un sudor frío perló su frente.

Su mirada volvió a la señora Bradshaw. Sus ojos eran de un claro y cálido castaño, coronados por unas cejas rojizas algo más oscuras que su cabello. Su cuerpo era un atractivo terreno de juego, y su boca era carnosa y suave. Y las pecas eran subyugantes. Los puntos ámbar salpicaban su pálida piel, dándole un tono festivo que provocaban en Nick el deseo de sonreír.

—Eres la única de aquí que vale la pena poseer —se oyó decir.

La *madame* bajó sus largas pestañas ocultando sus ojos, pero él supo que la había sorprendido. Una sonrisa curvó los labios de ella.

—Mi querido señor Gentry, qué delicioso cumplido. No obstante, no me acuesto con los clientes de mi local. Esos días pasaron hace tiempo. Debe permitirme que le presente a una de las chicas y...

—Te quiero a ti —insistió.

Cuando la señora Bradshaw observó la cruda sinceridad que reflejaban sus ojos, un ligero rubor tiñó sus mejillas.

—Dios mío —dijo, y de repente se echó a reír—. Es todo un éxito hacer sonrojar a una mujer de treinta y ocho años. Ya creía haberlo olvidado.

Nick no le devolvió la sonrisa.

—Pagaré lo que haga falta.

La señora Bradshaw sacudió la cabeza, todavía sonriendo, y luego fijó la mirada en la pechera de Nick, como si se enfrentase a un grave dilema.

—Nunca hago nada por impulso. Es una regla personal.

Nick le tomó la mano, rozándola con delicadeza. Le pasó los dedos por la palma dándole suaves e íntimas caricias. Aunque ella tenía las manos largas de una mujer de su estatura, las de Nick eran más grandes, y sus dedos el doble de gruesos que los delgados de ella. Acarició las pequeñas y húmedas arrugas entre los dedos.

—Toda regla debería romperse de vez en cuando —dijo.

La *madame* levantó los ojos, como fascinada por algo que veía en el rostro de Nick. De forma abrupta, pareció tomar una decisión.

—Ven conmigo.

Nick la siguió, ignorando las miradas que le dirigían. Ella lo llevó a través del vestíbulo y subieron por una escalera curvada que conducía a una serie de habitaciones. La suite privada de la *madame* era barroca pero cómoda, con mobiliario bien acolchado, las paredes con papel francés y el hogar refulgiendo con un generoso fuego. El aparador de la salita exhibía una colección de relucientes jarras de cristal y copas. La señora Bradshaw agarró una copa de una bandeja de plata y lo miró, expectante.

—¿Brandy?

Nick asintió.

Ella sirvió el licor ámbar en la copa. Con mano experta encendió una cerilla y luego prendió una vela en el aparador. Tomando la copa por el pie, la inclinó por encima de la llama. Cuando consideró que el brandy estaba lo bastante caliente, se la dio a Nick. Nunca antes una mujer le había dedicado un gesto así. El licor era consistente y con sabor a nuez, y su suave aroma le penetró por la nariz mientras bebía.

Dando una ojeada por la salita, Nick vio que una pared tenía estantes repletos de volúmenes encuadernados en cuero y libros en folios. Se acercó a los estantes y vio que la mayoría de libros trataban de sexo y anatomía humana.

—Una afición —dijo la señora Bradshaw—. Colecciono libros sobre técnicas sexuales y costumbres de diferentes culturas. Algunos son bastante raros. En los últimos diez años he acumulado un gran conocimiento sobre mi tema favorito.

—Supongo que es más interesante que coleccionar tabaqueras —dijo él, y ella sonrió.

—Quédate aquí. Será un momento. Mientras me ausento puedes curiosear en mi biblioteca.

Fue de la salita a la habitación, donde se podía distinguir el extremo de la cabecera de una cama con dosel.

Nick volvió a sentir tensión en el estómago. Terminó la bebida de un trago y se dirigió a los estantes. Un grueso volumen encuadernado en cuero atrajo su atención. El viejo cuero crujió un poco cuando abrió el libro, que contenía numerosas ilustraciones. Nick se demudó al ver los dibujos de cuerpos retorciéndose en las posturas sexuales más peculiares que jamás hubiese imaginado. El corazón le palpitó y su miembro despertó con una punzada. Cerró el libro con precipitación y lo devolvió al estante. Volvió al aparador y se sirvió otro brandy, que tragó sin saborearlo.

Como había prometido, la señora Bradshaw volvió pronto. Se detuvo en el umbral de la puerta. Se había cambiado y ahora llevaba un fino camisón de encaje, con las largas mangas adornadas con puntos medievales. El encaje revelaba los pezones de sus generosos pechos, e incluso la sombra de vello entre los muslos. Tenía un cuerpo espléndido, y lo sabía. Con una pierna flexionada hacia delante, a través de la abertura del camisón mostraba la larga y esbelta línea de su pierna. Su cabello rojizo caía rizado sobre los hombros y por la espalda, haciéndola parecer más joven, más suave.

Un estremecimiento de deseo recorrió la espalda de Nick, y sintió que el pecho se le hinchaba y deshinchaba a un ritmo desenfrenado.

—Debo decirte que soy muy selectiva con mis amantes. —La *madame* le indicó que se acercara—. Un talento como el mío no debe malgastarse.

—¿Por qué yo? —preguntó Nick, ahora con voz áspera. Se acercó lo suficiente para darse cuenta de que no llevaba perfume. Ella olía a jabón y piel limpia, una fragancia más estimulante que el jazmín o las rosas.

—Por la manera en que me has tocado. Has encontrado por intuición los puntos más sensibles de mi mano... el centro de la palma y entre los nudillos. Pocos hombres tienen tanta habilidad.

Más que sentirse halagado, Nick experimentó una llamarada de pánico. La *madame* tenía expectativas, y él sin duda iba a decepcionarla. Mantuvo el rostro inexpresivo, pero su corazón se encogió cuando ella le llevó a la cálida habitación iluminada por el fuego.

—Señora Bradshaw —dijo mientras se acercaban a la cama—. Debería decirle...

—Gemma —murmuró ella.

—Gemma —repitió él, evaporado cualquier pensamiento coherente mientras ella le quitaba el abrigo.

Deshaciendo el nudo de su corbata, la *madame* sonrió al ver el sonrojo de Nick.

—Estás temblando como un niño de trece años. ¿Está el célebre señor Gentry tan intimidado por la idea de irse a la cama con la famosa señora Bradshaw? Nunca lo hubiera dicho de un hombre de mundo como tú. Sin duda a tu edad no eres virgen. Un hombre de... ¿veinti... tres?

—Veinticuatro. —Se moría por dentro, sabiendo que no había forma de hacerle creer que era un hombre con experiencia. Con un nudo en la garganta, dijo con brusquedad—: Nunca he hecho esto antes.

Ella enarcó las cejas.

—¿Nunca has visitado un burdel?

Él forzó su dolorida garganta para explicar:

—Nunca he hecho el amor con una mujer.

Gemma no cambió de expresión, pero él notó su aturdimiento. Después de una pausa diplomática, preguntó con tacto:

—Entonces, ¿has intimado con otra clase de mujeres?

Nick negó con la cabeza, mirando el papel estampado de la pared. El silencio se hizo denso.

La perplejidad de la *madame* fue casi palpable. Subió a la alta cama, y se tumbó de costado, despacio, relajada como una gata. En su infinita comprensión del sexo masculino, permaneció en silencio y esperó con paciencia. Nick intentaba parecer natural, pero un temblor asomó a su voz.

—Cuando tenía catorce años me condenaron a diez meses de prisión en una goleta.

Por la expresión de Gemma se dio cuenta de que lo había entendido. Las miserables condiciones de las prisiones en los barcos, el hecho de que encadenaban a los hombres con los chicos en una gran celda, era un secreto a voces.

—Los hombres de la goleta intentaron forzarte, claro —dijo. Su tono sonó neutro cuando añadió—: ¿Alguien lo consiguió?

—No, pero desde entonces... —Se interrumpió. Nunca le había contado a nadie el pasado que lo perseguía, y sus temores no eran fáciles de expresar con palabras—. No soporto que me toquen —dijo despacio—. Nadie en absoluto. He querido... —titubeó—. A veces deseo tanto yacer con una mujer que me parece volverme loco. Pero no puedo... —Cayó en un angustioso silencio. Le parecía imposible explicar que para él el sexo, el dolor y la culpa iban unidos, y que el simple hecho de hacerle el amor a una mujer le resultaba tan imposible como lanzarse por un precipicio. El contacto con otra persona, sin importar su inocuidad, le provocaba la peligrosa necesidad de defenderse.

De haber reaccionado Gemma con dramatismo o compasión, Nick hubiese estallado. Sin embargo, se mostraba solícita. Con un gracioso movimiento desplazó las piernas por encima de la cama y se deslizó hasta el suelo. De pie ante él, empezó a desabrocharle el chaleco. Nick se puso tenso, pero no se resistió.

—Seguro que tienes fantasías —dijo Gemma—. Imágenes y pensamientos que te excitan.

La respiración de Nick se hizo superficial y agitada mientras se quitaba el chaleco. Reminiscencias de sueños volátiles le pasaron por la cabeza... pensamientos obscenos que le habían dejado el cuerpo insatisfecho y dolorido en la vacía oscuridad. Sí, había tenido fantasías, visiones de mujeres atadas y gimiendo debajo de él, con las piernas bien abiertas mientras él las penetraba. Le era imposible confesar cosas tan vergonzosas. Pero los ojos de Gemma Bradshaw contenían una invitación casi irresistible.

—Primero te contaré las mías —le propuso—. ¿Estás de acuerdo?

Él asintió con prudencia, el calor extendiéndose por su ingle.

—Fantaseo con mostrarme desnuda ante una audiencia de hombres. —Hablaba en un tono bajo y sugestivo—. Elijo a uno que satisface mi capricho. Se me une en el escenario y realiza cualquier acto sexual que le pido. Después elijo a otro, y a otro, hasta que me siento del todo satisfecha.

Gemma le sacó los faldones de la camisa y él se la quitó por la cabeza. Su miembro palpitó mientras ella contemplaba su torso desnudo. Luego tocó el vello de su pecho, más oscuro que su cabello castaño. Ella suspiró.

—Eres muy musculoso. Me gusta. —Las yemas de sus dedos recorrieron los espesos rizos y acariciaron la cálida piel. Nick dio un paso instintivo hacia atrás. Gemma le indicó que volviese a ella—. Si quieres hacer el amor, querido, me temo que no podrás evitar que te toque. Quédate quieto. —Empezó a desabrocharle los pantalones—. Ahora cuéntame tu fantasía.

Nick fijó los ojos en el techo, la pared, las ventanas con cortinas de terciopelo, cualquier cosa para evitar la visión de las manos de ella entre sus piernas.

—Quie... quiero controlar la situación —dijo con sequedad—. Me imagino atando una mujer a una cama. No puede moverse ni tocarme... no puede evitar que yo le haga lo que quiera.

—Muchos hombres tienen esa fantasía. —Los dedos de Gemma rozaban la dura base del miembro de Nick mientras terminaba con los últimos botones. De repente, Nick se olvidó de respirar. Ella se inclinó hacia él, exhalando el aliento sobre los rizos de su pecho—. ¿Y qué le haces a la mujer una vez atada? —murmuró.

El rostro de Nick reflejó una mezcla de excitación y embarazo.

—La toco por todo el cuerpo. Utilizo la boca y las manos... La hago rogar que la posea. La hago gritar. —Apretó los dientes y gimió mientras los tibios dedos de ella rodeaban su verga y la liberaban de los pantalones—. Dios...

—Bien —susurró Gemma, recorriendo con los dedos desde la base del miembro hasta el hinchado glande—. Eres un joven muy bien dotado.

Nick cerró los ojos, entregándose a aquella arrebatadora sensación.

—¿Y eso satisface a una mujer? —preguntó inseguro.

Gemma continuó acariciándole mientras le respondía.

—No a todas. Algunas no podrían adaptarse a un hombre de tus medidas. Pero eso tiene arreglo. —Lo soltó con suavidad y se dirigió a un joyero de caoba encima de la mesita de noche, levantó la tapa y buscó en su interior—. Quítate el resto de la ropa —dijo sin mirarlo.

El temor y la lujuria pugnaban en su interior. Al final venció la lujuria. Se desnudó, sintiéndose vulnerable y excitado. Ella encontró lo que buscaba, se giró, y con agilidad le lanzó algo.

Nick atrapó el objeto en la mano. Era una cuerda de terciopelo de Burdeos.

Observó perplejo cómo Gemma se desabrochaba el camisón y lo dejaba caer a sus pies, dejando al desnudo cada centímetro de su robusto y flexible cuerpo, incluido el espléndido y vibrante vello púbico. Con una sonrisa provocativa, subió a la cama, enseñando sus generosas nalgas en el proceso. Apoyándose en los codos, asintió mirando la cuerda en la mano de Nick.

—Creo que ya sabes lo que viene ahora —dijo ella.

Nick estaba sorprendido y aturdido.

—¿Confías en mí lo suficiente como para hacer esto?

La voz de la *madame* sonó muy suave.

—Esto implica confianza por ambas partes, ¿no crees?

Nick se unió a ella en la cama. Las manos le temblaban mientras le ataba las muñecas a la cabecera. Su cuerpo estaba a disposición de la voluntad de Nick. Acercándose a su cara, él la besó en la boca.

—¿Cómo puedo complacerte? —susurró Nick.

—Esta vez hazme lo que quieras. —Su lengua rozó con tacto de seda el labio inferior de Nick—. Luego podrás atender mis necesidades.

Nick la exploró despacio, disolviendo sus aprensiones en un torrente de calor. La lujuria lo devoraba mientras encontraba zonas que la hacían retorcerse... el hueco de la garganta, la articulación de los antebrazos, la parte inferior de los pechos. La acariciaba, la lamía, le daba pequeños mordiscos, embriagándose de su tersura, de su fragancia femenina. Luego, cuando su pasión llegó al éxtasis, descendió hasta sus muslos y empujó la cabeza contra las húmedas y cálidas profundidades que con tanta locura anhelaba. Para su eterna humillación, llegó al clímax con una sola embestida. El cuerpo de Nick dio sacudidas de insoportable placer, y volvió a hundir la cara en la masa de vello púbico mientras ella gemía con desenfreno.

Después, jadeando, desató las muñecas de Gemma. Luego se puso a un lado, apartado de ella, y miró sin ver las sombras de la pared. Estaba mareado de alivio. Por alguna razón le escocía el rabillo de los ojos, y los cerró con fuerza luchando contra las lágrimas.

Gemma se movió a su espalda y apoyó su mano sobre la desnuda cadera de Nick, que se encogió ante el contacto pero no la rechazó. Ella apretó la boca contra su nuca, provocándole una sensación que le llegó hasta la ingle.

—Me has prometido... —murmuró ella—. Sería una pena desaprovechar tus habilidades. Voy a hacerte una invitación muy especial, Nick. Ven a visitarme de vez en cuando y compartiré mis conocimientos contigo. Tengo mucho que enseñar. No hará falta que me pagues nada... sólo tráeme un regalo de vez en cuando. —Viendo que él no se movía, le mordió con suavidad—. Cuando haya terminado contigo, ninguna mujer se te podrá resistir. ¿Qué me dices?

Nick se volvió y observó su cara sonriente.

—Estoy preparado para la primera lección —dijo, y la besó en la boca.

1

Tres años después

Como era su costumbre, Nick se dispuso a entrar en la suite privada de Gemma sin llamar. Era domingo por la tarde, momento de su cita semanal. La familiar fragancia del lugar —cuero, licor, aroma de flores frescas— era todo cuanto precisaba para empezar a sentir el despertar de su cuerpo. Aquel día su deseo era inusualmente intenso, pues su trabajo lo había alejado de Gemma durante un par de semanas.

Desde la noche en que se conocieron, Nick había seguido las reglas de Gemma sin cuestionarlas. No había tenido otra opción si quería seguir viéndola. Eran amigos en cierto modo, pero sus relaciones eran sólo físicas. Gemma no había demostrado ningún interés por lo que escondía el corazón de Nick. Ni siquiera le importaba si tenía corazón. Era una mujer amable, y sin embargo en las raras ocasiones en que Nick había intentado hablarle sobre cuestiones serias, lo había rechazado con diplomacia. Él se había dado cuenta de que era mejor así. No quería exponerla a su desagradable pasado, o al complejo embrollo de emociones que mantenía en lo más profundo de su ser.

Y así, una vez por semana se encontraban en la cama con sus secretos intactos... la tutora y su ardiente alumno. En aquel lujoso nido de amor, el dormitorio de Gemma, Nick había aprendido más sobre el acto amoroso de lo que nunca hubiera creído posible. Había adquirido un conocimiento de la sexualidad femenina del cual pocos hombres podían presumir... la complejidad del placer de una mujer, las formas de excitar su mente y también su cuerpo. Aprendió a utilizar los dedos, la lengua, los dientes, los labios y el miembro, tanto con delicadeza cómo con fuerza. Y sobre todo aprendió sobre disciplina, y cómo la paciencia y la creatividad podían hacer que incluso la experta señora Bradshaw gritara hasta la afonía. Conocía los secretos para mantener a una mujer al límite del éxtasis durante horas. También sabía cómo hacer llegar a una mujer al orgasmo con sólo ponerle la boca en el pezón, o con el simple roce de la yema de los dedos.

En su anterior encuentro, Gemma le había desafiado a provocarle un orgasmo sin tocarla. Nick le había susurrado al oído durante diez minutos, describiendo exquisitas imágenes sexuales cada vez más excitantes hasta que ella se estremeció y tembló a su lado.

Pensando en su exuberante cuerpo, Nick se excitó con antelación y entró en la salita. Pero se detuvo en seco al ver a un joven rubio sentado en la tumbona tapizada de terciopelo, con sólo un batín de seda rojo por todo atuendo. Sorprendido, Nick se dio cuenta de que era el mismo que él utilizaba siempre que visitaba a Gemma.

Ella no le había hecho promesas de fidelidad y no se hacía la ilusión de haber sido su único amante en los últimos tres años. Sin embargo, Nick se quedó aturdido con la visión de otro hombre y el inconfundible tufo a sexo que había en el aire.

Viéndolo, el extraño se ruborizó y se levantó bruscamente. Era un joven rechoncho pero fuerte, con la suficiente inocencia para sentirse embarazado por la situación.

Gemma salió de la habitación con una bata verde transparente que apenas le cubría sus rosáceos pezones. Sonrió al ver a Nick, y no pareció perturbada por su repentina llegada.

—Hola, querido —murmuró, tan relajada y afable como

siempre. Quizá no había planificado que descubriese a su amante de esa forma, pero tampoco se alteró.

Girándose hacia el rubio, le habló con dulzura.

—Espérame en la habitación.

Mientras Nick veía cómo el joven desaparecía en el dormitorio, se acordó de él mismo tres años antes, novato, ardiendo y deslumbrado por las artes amatorias de Gemma.

Ella levantó con garbo la mano para acariciar el cabello oscuro de Nick.

—No esperaba que volvieras tan pronto de tu investigación —dijo ella sin atisbo de disgusto—. Como puedes ver, estoy enseñando a mi nuevo protegido.

—Y mi sustituto —afirmó Nick más que preguntó, mientras una fría sensación de abandono le recorrió el cuerpo.

—Sí —dijo Gemma con suavidad—. Ya no necesitas mis conocimientos. Ahora que ya has aprendido todo cuanto puedo enseñarte, sólo es cuestión de tiempo antes de que nuestra amistad se deteriore. Prefiero darla por terminada mientras conserva su esplendor.

Aunque fuera sorprendente, a Nick le resultó difícil hablar.

—Todavía te quiero.

—Sólo porque te resulto segura y familiar. —Con una sonrisa afectuosa, se inclinó para besarle la mejilla—. No seas cobarde, querido. Es hora de que encuentres a alguien más.

—Nadie podría ser como tú —refunfuñó. Eso le valió una tierna sonrisa y otro beso.

—Eso demuestra que todavía tienes mucho por aprender. —Una maliciosa sonrisa brilló en sus claros ojos castaños—. Ve y encuentra una mujer que merezca tu talento. Llévatela a la cama. Haz que se enamore de ti. Una aventura amorosa es algo que todo el mundo debería experimentar al menos una vez.

Nick la miró con ceño.

—Ésa es la última maldita cosa que necesito —le dijo, haciéndola reír.

Retrocediendo, Gemma se desabrochó el cabello y lo soltó.

—Nada de hasta siempre —dijo poniendo los broches sobre la mesa junto a la tumbona—. Prefiero sólo un *au revoir*. Y ahora, si me disculpas, mi alumno me espera. Si quieres, toma una copa antes de irte.

Turbado, Nick permaneció inmóvil mientras ella entraba en el dormitorio y cerraba la puerta.

—Dios —murmuró. Se le escapó una carcajada de incredulidad por haber sido abandonado con tanta ligereza después de todo lo que habían pasado juntos. Sin embargo, no sentía rabia. Gemma había sido demasiado generosa, demasiado amable con él como para sentir nada excepto gratitud.

«Ve y encuentra otra mujer.» Era una tarea imposible. Sí, había mujeres en todas partes; robustas, delgadas, morenas, rubias, altas, bajas, y siempre hallaba en ellas algo que apreciar. Pero Gemma había sido la única con la cual se había atrevido a liberar su sexualidad. No podía imaginarse cómo podía ser con otra. ¿Hacer que alguien se enamorase de él? Sonrió con amargura, pensando por primera vez que Gemma no sabía de qué demonios hablaba. Ninguna mujer podría amarlo... y si alguna lo hacía, sería la más insensata del planeta.

2

Ella estaba allí. Estaba seguro.

Nick examinó a fondo a los invitados de la fiesta mientras deambulaban por los jardines de Stony Cross Park. Su mano se deslizaba por el bolsillo de su abrigo, buscando la cajita con el retrato de Charlotte's Howard. Su pulgar acarició despacio la lustrosa cubierta esmaltada mientras seguía observando a la multitud.

Dos meses buscando a Charlotte lo habían conducido a Hampshire, un lugar con colinas cubiertas de vegetación, viejos bosques donde cazar y traicioneros valles pantanosos. El condado oeste era próspero, con veinte poblados con mercados rebosantes de lana, madera, productos lácteos, miel y carne de cerdo. Entre las fincas más conocidas de Hampshire, Stony Cross Park se consideraba la más privilegiada. La casa señorial y el lago privado se hallaban en el fértil valle del río Itchen. «No es un mal sitio donde esconderse», pensó Nick con ironía. Si sus sospechas demostraban ser correctas, Charlotte había encontrado un empleo como criada para el conde de Westcliff, asistiendo a su madre.

En su búsqueda de Charlotte, Nick había aprendido todo lo posible sobre ella, intentando entender cómo pensaba y sentía, y cómo la percibían los otros. Curiosamente la información había sido tan contradictoria que Nick se preguntaba si sus amigas y familia describían a la misma chica.

Para sus padres, Charlotte había sido una hija obediente, dispuesta a complacer, temerosa de la desaprobación. Su desaparición había sido una sorpresa, ya que habían creído que estaba resignada al destino de convertirse en prometida de lord Radnor. Charlotte había sabido desde su temprana infancia que el bienestar de su familia dependía de ello. Los Howard habían hecho un pacto con el diablo negociando con el futuro de su hija por los beneficios financieros que Radnor les podía ofrecer. Habían disfrutado de su mecenazgo durante más de una década. Pero justo cuando llegó la hora de darle al diablo lo que le correspondía, Charlotte se había escapado. Los Howard le habían dejado claro a Nick que querían encontrar a Charlotte y entregarla a Radnor sin demora. No entendían qué la había inducido a huir, pues estaban convencidos de que siendo lady Radnor estaría bien atendida.

Parecía que Charlotte no compartía esa opinión. Sus amigas de Maidstone —el internado de buen tono donde había estudiado Charlotte— estaban la mayoría casadas, y habían descrito con reticencia a una chica cada vez más resentida por la forma en que Radnor supervisaba cada aspecto de su existencia. Al parecer, la dirección de la escuela, ávida de los generosos ingresos financieros que ofrecía Radnor, se sentía feliz de potenciar sus deseos. El currículum de Charlotte difería del resto de internas; Radnor había elegido las asignaturas que debía estudiar. Había dispuesto que la hicieran retirarse a la cama una hora antes que el resto de estudiantes. Incluso había establecido su dieta, después de observar durante una de las visitas de la chica a casa que había ganado peso y necesitaba adelgazar.

Aunque Nick comprendía la rebelión de Charlotte, no la compadecía. No tenía compasión por nadie. Hacía tiempo que había aceptado la injusticia de la vida, los crueles giros del destino que nadie podía evitar para siempre. Las tribulaciones de una colegiala no eran nada comparadas con la fealdad que él había visto y experimentado. No tendría remordimientos en devolvérsela a Radnor, cobrar el resto de su asignación y luego olvidarse de la desgraciada chica.

Buscaba con obstinación, pero hasta el momento no había señales de Charlotte. La enorme casa estaba ocupada por al menos tres docenas de familias, todas ellas asistiendo a una fiesta que llegaba al mes de duración. El evento anual tenía como anfitrión a lord Westcliff. Ocupaban las horas del día con la caza, el tiro y deportes de campo. Cada noche había diversión, con veladas musicales y bailes.

Aunque era casi imposible conseguir una de las codiciadas invitaciones para Stony Cross Park, Nick había obtenido una con la ayuda de su cuñado, sir Ross Cannon. Había decidido fingir ser un aburrido aristócrata que necesitaba cambiar de aires pasando unas semanas en el campo. Ante la petición de sir Ross, el conde de Westcliff le había dado una invitación, sin tener ni idea de que Nick era un investigador de Bow Street a la caza de una novia fugitiva.

Las lámparas que colgaban de las ramas de roble hacían que las joyas de las mujeres brillasen con indiscreción. Nick esbozó una irónica sonrisa al comprobar lo fácil que resultaría despojar a esas palomas de sus joyas. Poco tiempo atrás habría hecho exactamente eso. Era incluso mejor ladrón que cazarrecompensas. Pero ahora era un investigador y se suponía que honorable.

—Lord Sydney.

La voz de un hombre interrumpió sus pensamientos, y Nick se desvió de la terraza para encontrarse con lord Westcliff. El conde tenía una presencia formidable. Aunque no era demasiado alto, tenía una complexión ancha y musculosa, casi como un toro en su máximo esplendor. Tenía facciones nítidas y bien marcadas, y unos ojos perspicaces hundidos en su moreno rostro.

Westcliff ofrecía el aspecto refinado y bello de la nobleza que ocupaba los primeros círculos de la sociedad. Pero si no vistiese aquella elegante ropa de noche, podría parecer un trabajador portuario o un viajante. No obstante, la sangre de Westcliff era sin duda azul. Había heredado uno de los condados más antiguos de la nobleza, ganado por sus antepasados a finales del siglo XIV. Irónicamente, se rumoreaba que el conde no era un ferviente partidario de la monarquía, ni siquiera de la nobleza hereditaria, pues creía que ningún hombre debería aislarse de las labores y preocupaciones de la vida ordinaria.

Westcliff continuó con su inconfundible voz áspera.

—Bienvenido a Stony Cross, Sydney.

Nick hizo una discreta reverencia.

—Gracias, señor.

El conde lo observó con escepticismo.

—Su fiador, sir Ross, mencionó en su carta que padece hastío.

Su tono dejaba claro que no toleraba demasiado la queja de excesivo aburrimiento de un hombre rico. Pero tampoco Nick la toleraba. Le irritaba la necesidad de fingir hastío, pero era parte de su estrategia.

—Sí —dijo con una sonrisa de abatimiento—. Una condición debilitante. Me he vuelto un melancólico empedernido. Me aconsejaron que un cambio de aires podría ayudarme.

Un hosco gruñido salió de la garganta del conde.

—Puedo recomendarle una excelente cura para el aburrimiento: simplemente aplíquese a cualquier actividad útil.

—¿Sugiere que trabaje? —Nick hizo un gesto de disgusto—. Quizás eso le serviría a otro. Mi clase de hastío precisa un delicado equilibrio entre el descanso y la diversión.

El desprecio destelló en los ojos negros de Westcliff.

—Haremos lo posible por ofrecerle buena cantidad de ambas cosas.

—Así lo espero —murmuró Nick, procurando mantener limpio su acento. Aunque había nacido como el hijo de un vizconde, tantos años en los bajos fondos de Londres le habían impregnado de una cadencia de clase baja y unas lamentables consonantes suaves—. Westcliff, ahora lo que más me apetece es una copa y la compañía de una deliciosa tentación.

—Tengo un excepcional Longueville Armagnac —murmuró el conde sin disimular su deseo de escapar de la compañía de Nick.

—Se lo agradezco.

—Bien. Le enviaré un criado con una copa. —Westcliff se giró y se alejó con paso firme.

—¿Y la tentación? —insistió Nick, ahogando la risa por la forma en que el hombre erguía la espalda.

—Eso, Sydney, es algo que tendrá que conseguir usted mismo.

Mientras el conde abandonaba la terraza, Nick se permitió una fugaz sonrisa de sarcasmo. Hasta el momento estaba interpretando el papel de un joven noble malcriado con gran éxito. En realidad, le gustaba bastante Westcliff y le reconocía la misma voluntad de hierro y cinismo que él mismo poseía.

Nick dejó atrás la terraza pensativamente y paseó hasta los jardines, diseñados con espacios abiertos y cerrados, y ofreciendo numerosos rincones de intimidad. El aire era denso y olía a mirto de ciénaga. Pájaros ornamentales encerrados en una pajarera piaron salvajemente al verle acercarse. Para la mayoría era un clamor de alegría, pero para Nick los incesantes trinos eran un ruido desesperante. Tuvo la tentación de abrir la puerta y liberar a los malditos bichos, pero habría tenido poco efecto, ya que les habían cortado las alas. Deteniéndose en la terraza junto al río, examinó el oscuro y centelleante flujo del río Itchen, la luz de la luna que se filtraba a través de oscilantes acacias y grupos de hayas y robles.

Era tarde. Quizá Charlotte se hallaba en la casa. Explorando sus alrededores, Nick paseó hacia la casa señorial, una residencia construida con piedra de color miel, con cuatro columnas en cada esquina y varias plantas. Delante había un gran patio, flanqueado por un establo, un lavadero y edificios bajos donde se hospedaba el servicio. La parte frontal de los establos se había diseñado como reflejo de la capilla del otro lado del patio.

Nick quedó fascinado con la magnificencia de los establos, muy diferente de todo lo que había visto hasta entonces. Entró cruzando uno de los arcos y encontró un patio cubierto donde colgaban relucientes arreos. Una agradable mezcla de olores llenaba el aire; caballos, heno y cera. Había un abrevadero de mármol para caballos en la parte posterior del patio, flanqueado por entradas separadas que conducían a las casillas de los caballos. Nick caminó por el suelo enlosado de piedra, con el paso casi inaudible, ligero, tan habitual en todos los investigadores de Bow Street. A pesar de su silencio, los caballos movieron las patas y relincharon tímidamente. Mirando a través del arco, Nick descubrió hileras de casillas ocupadas por al menos cinco docenas de caballos.

Parecía que los establos estaban vacíos excepto por los animales, y Nick salió por la entrada oeste. Inmediatamente se encontró con un viejo muro de casi dos metros de altura. No había duda de que lo habían construido para impedir que los visitantes despistados cayesen por el abrupto peñasco con vistas al río.

Nick se detuvo ante la visión de una pequeña y esbelta figura de pie encima del muro. Era una mujer, estaba tan inmóvil que a primera vista creyó que era una estatua. Pero la brisa sacudió sus faldas y soltó un mechón de pálido cabello rubio.

Fascinado, se acercó sin quitarle la mirada de encima.

Sólo un loco temerario mantendría el equilibrio en esa pared irregular con una muerte segura si le fallaban los pies. Ella no parecía reconocer el peligro que la amenazaba. Su cabeza indicaba que miraba al frente, al oscuro horizonte de la noche. ¿Qué demonios estaba haciendo? Dos años antes Nick había visto morir a un hombre en una situación parecida justo antes de saltar desde un puente sobre el Támesis.

Mientras la escudriñaba, vio que el dobladillo de la larga falda estaba atrapado debajo del talón. Aquello le hizo reaccionar. Avanzó con sigilosos pasos y se subió al muro con facilidad y sin hacer ruido.

Ella no lo vio hasta que casi la había alcanzado. Se giró, y Nick vio el reflejo de sus ojos oscuros justo cuando ella perdió el equilibrio. Atrapándola antes de que cayera, Nick tiró de ella. Su antebrazo la sujetaba con firmeza justo debajo de sus senos. La simple acción de tirar de su cuerpo contra el suyo era extrañamente satisfactoria, como una pieza de puzzle encajando perfectamente. Ella soltó un grito, aferrándose por instinto a su brazo. El mechón suelto de fino cabello rubio ondeó ante el rostro de Nick, y la fresca y ligeramente salada fragancia de piel femenina penetró en su olfato. La esencia le hizo la boca agua. Nick estaba confuso por su propia reacción —nunca había experimentado esa respuesta visceral con una mujer—. Quería saltar del muro y llevársela como un lobo hambriento para devorarla en privado.

Sujetada, estaba rígida, respirando con dificultad.

—Suéltame —dijo ella, forzándole los brazos—. ¿Por qué rayos has hecho eso?

—Ibas a caer.

—¡Mentira! Estaba perfectamente hasta que te has lanzado contra mí y casi me haces caer...

—Tienes el talón atrapado en el dobladillo de tus faldas.

Moviéndose con cuidado, ella levantó el pie y se dio cuenta de que así era.

—Es verdad —dijo con sequedad.

Habiendo rescatado a gente en cualquier situación concebible, Nick estaba acostumbrado a recibir al menos una superficial muestra de gratitud.

—¿No me vas a agradecer que te haya salvado?

—Tengo unos reflejos excelentes. Podría haberme salvado yo sola.

Nick soltó una incrédula carcajada, enojado y fascinado por su testarudez.

—De no haber sido por mí, te habrías partido tu pequeño cuello.

—Le aseguro, señor, que este llamado rescate era del todo innecesario. No obstante, como es evidente que va a insistir... Se lo agradezco. Ahora, si le parece, quíteme las manos de encima. —Su voz emitió las palabras vacías de agradecimiento.

Nick sonrió con ironía, apreciando el descaro de sus modales a pesar de que el corazón de ella latía enloquecido. La soltó con cuidado y la ayudó a girarse con lentitud. Ella se tambaleó un poco y clavó los dedos en la solapa de su abrigo en un espasmo de ansiedad.

—Ya te tengo —dijo él con firmeza.

Ambos quedaron inmóviles al cruzar sus miradas. Nick se olvidó del muro bajo sus pies. Parecía como si flotasen en el aire en un baño azul de luz de luna que hacía que todo pareciese irreal. El reconocimiento lo golpeó como un relámpago. Era increíble, pero estaba contemplando unas facciones que casi le resultaban más familiares que las propias.

Charlotte.

—Ya te tengo —repitió con una leve sonrisa.

3

—Siéntate —le ordenó el extraño a Lottie, con las enormes manos alrededor de sus hombros y presionándola hacia abajo.

Ella obedeció con cuidado, sentándose en el muro con los pies colgando. El hombre saltó al suelo, superando con agilidad el desnivel de dos metros. Le alargó los brazos. Lottie dudó cuando un frío puño pareció ahogar su corazón. Todos los instintos la advertían de que no saltara a sus brazos. Él parecía un depredador preparado para lanzarse contra su presa.

—Ven —murmuró el hombre, en cuyos ojos la luna destellaba.

Lottie se inclinó con reticencia alargando los brazos. Al abandonar el muro sus manos se apoyaron en los hombros de él, que la agarró por la cintura. Contuvo su peso con una facilidad que revelaba su fuerza física. Las manos permanecieron en su cintura, asegurando el equilibrio de la chica antes de soltarla.

De pie junto a él, Lottie quedó impresionada por su corpulencia. El extraño era inusualmente alto, de anchas espaldas y pies y manos grandes. Aunque iba bien vestido, con el abrigo de largas solapas a la moda y pantalones anchos, su corto cabello oscuro estaba pasado de moda y lucía un afeitado perfecto.

Eso era inusual entre la elegante concurrencia de Stony Cross Park. Los presumidos caballeros soltaban su cabello cubriendo todo el cuello y hacían ostentación de patillas y bigotes. Ese hombre ni siquiera tenía una sombra de barba para suavizar la marcada línea de su mandíbula.

Él indicó el muro sacudiendo la cabeza.

—¿Qué hacías allí arriba?

Por un instante Lottie no pudo hablar mientras fijaba los ojos en aquel bello rostro. La naturaleza había sido generosa con ese hombre, concediéndole nítidas y principescas facciones, y unos ojos tan azules e intensos como el corazón de la medianoche. El cinismo en esos ojos era un fascinante contraste con el toque de humor que asomaba en las comisuras de su ancha boca. Parecía tener unos treinta años. —La edad en la vida de un hombre en la cual cede a los últimos vestigios de ingenuidad para entrar de lleno en su madurez—. No había duda de que las mujeres de todas las edades quedaban prendadas de él.

Ella se centró, y contestó:

—Me encantan las vistas.

—Podrías obtener las mismas vistas desde la seguridad de una ventana.

Una ligera sonrisa apareció en sus labios.

—Las vistas son más satisfactorias cuando implican cierto riesgo.

De pronto él sonrió con sarcasmo, como si hubiese entendido lo que quería decir. La maliciosa sonrisa era deslumbrante, y casi hizo detener el corazón de ella. Lottie no podía evitar mirarlo. Le parecía que había algo importante e inefable en el aire, como si se hubiesen conocido antes pero hubiera olvidado la ocasión.

—¿Quién es usted, señor? —preguntó—. No le había visto por aquí antes.

—Quizá soy tu ángel de la guarda.

—No me parece demasiado angelical —contestó con escepticismo, haciéndole reír.

Él se inclinó y se presentó.

—Lord Sydney, para servirte.

Lottie respondió con una reverencia.

—Señorita Miller. Trabajo como dama de compañía de la condesa viuda. —Le dirigió una abierta mirada de especulación—. La lista de invitados para las fiestas de lord Westcliff es bastante exclusiva. ¿Cómo ha conseguido una invitación?

—El conde ha sido lo bastante amable como para ofrecerme su hospitalidad bajo la recomendación de un amigo común.

—¿Ha venido a cazar? ¿Es ése el motivo de su presencia?

—Sí —contestó él con un matiz ambiguo e irónico en su tono—. Yo cazo.

Una explosión musical llegó desde la fiesta al aire libre, y ambos miraron hacia los jardines posteriores.

—He venido a echar un vistazo a los caballos —aclaró Sydney—. Perdóname por entrometerme en tu privacidad.

—¿Ahora quiere volver a la fiesta?

El hombre enarcó las cejas en señal de pícaro desafío.

—¿Volverás a subir al muro si lo hago?

¡Cielo santo! ¡Era absurdo que un hombre tuviera tanto encanto! Ella esbozó una irreprimible sonrisa.

—Esta noche no, señor.

—Entonces, permite que te acompañe a casa.

Lottie no protestó y él se acercó a su lado.

Era muy inusual encontrar a un hombre como aquél en Stony Cross Park. La mayoría de días una no podía lanzar una moneda sin que diera en algún robusto varón buscando diversión. En los últimos dos años a Lottie se le habían acercado muchos de ellos. Pero éste tenía algo distinto. No tenía el aire de indiferencia, de falta de motivación de los otros aristócratas que frecuentaban ese lugar. Ella podía sentir la determinación que se escondía bajo su rostro. No se sentía del todo segura a su lado. Y sin embargo se sentía extrañamente obligada a retenerlo y hacerle sonreír de nuevo.

—Parece que no le tienes miedo a las alturas, señorita Miller —comentó.

—No le tengo miedo a nada —dijo confiada.

—Todo el mundo le tiene miedo a algo.

—¿De verdad? —Lo miró provocativamente—. ¿Qué podría temer un hombre como usted?

Para su sorpresa, él respondió con seriedad.

—No me gustan los lugares cerrados.

La gravedad de su tono hizo que a ella el corazón le diese un vuelco. Qué voz tenía, profunda y con una tentadora aspereza, como si acabase de levantarse después de un pesado sueño. El sonido parecía concentrarse en la parte superior de la espalda de la chica y deslizarse hacia abajo como miel calentada.

—A mí tampoco —admitió ella.

Se detuvieron en la puerta de la torre sur, donde se hospedaba buena parte del servicio superior, ella incluida. La luz se proyectaba desde las brillantes ventanas y se concentraba en los senderos de grava. Ahora Lottie vio que su pelo no era negro sino castaño. Un generoso y oscuro tono marrón, un cabello corto y liso con una tonalidad entre arce y negro. Quiso tocarle el cabello y sentirlo entre los dedos. La inmediatez del impulso la confundió.

Dio un paso atrás con una sonrisa de arrepentimiento.

—Adiós, señor. Y gracias por su agradable protección.

—Espera —dijo él, con un nota de premura en la voz—. ¿Te veré otra vez, señorita Miller?

—No, señor. Me temo que tengo todo el tiempo ocupado con la condesa viuda.

Las palabras no lo disuadieron.

—Señorita Miller...

—Adiós —repitió ella con calidez—. Le deseo una estancia muy agradable, señor. —Marchó a toda prisa, consciente de su desconcertante mirada.

Tan pronto Lottie llegó a su habitación, cerró la puerta y suspiró. Desde que había llegado a Stony Cross Park se le habían acercado muchos invitados haciéndole proposiciones. Hasta esa noche nunca le había tentado ninguno, con independencia de su belleza o habilidad. Después de su experiencia con lord Radnor, no quería saber nada de los hombres.

Si Radnor hubiese sido amable en lugar de calculador, afable en lugar de dominante, Lottie habría podido reconsiderar el casarse con él. Sin embargo, las intenciones de Radnor habían sido claras desde el principio. Quería controlar cada aspecto de su existencia. Planeó destruir todas las facetas de su persona y sustituirla por un ser de su propia creación. Casarse con él habría sido literalmente peor que la muerte.

Sus padres habían preferido no ver lo obvio, ya que necesitaban desesperadamente el mecenazgo de Radnor. A Lottie le dolía haberlos abandonado, pues sabía muy bien las consecuencias que tendrían que afrontar. A menudo la culpa la perseguía, sabiendo que debería haberse sacrificado en beneficio de ellos. No obstante, el instinto de supervivencia había sido demasiado fuerte. Finalmente, no pudo evitar fugarse, y de algún modo la fortuna la había llevado a Hampshire.

Como Lottie había esperado, su libertad había llegado con un premio. Con frecuencia tenía pesadillas y despertaba empapada de sudor frío. Soñaba que la obligaban a volver con Radnor. Era imposible olvidar —incluso por un momento— que había enviado a gente en su búsqueda. Cualquier sensación de seguridad era ilusoria. Aunque su vida en Stony Cross Park era agradable, estaba atrapada como los pájaros en la jaula, con las alas cortadas y convertidos en criaturas que no pertenecían ni a la tierra ni al aire. No podía ir a ninguna parte ni hacer nada sin pensar que algún día la encontrarían. Eso la había hecho decidida, desafiante e incapaz de confiar en nadie. Incluso en un joven guapo de atractivos ojos azules.

Nick no volvió a la fiesta al aire libre y se dirigió a su habitación. Las criadas ya habían deshecho su baúl y su maleta. La ropa estaba perfectamente ordenada y colgada en el armario, que olía a esencia de *clou de girofle*.

Con impaciencia, Nick se quitó el abrigo, el chaleco y la

corbata de seda gris. Despojándose de la camisa, la usó para secarse el sudor de la cara, el cuello y el pecho. Después se sentó en la cama, empotrada en un hueco enfrente de la puerta. Se sacó los zapatos y las medias, y se tumbó vestido sólo con los pantalones negros, fijando la mirada en el techo de tablas.

Finalmente pudo entender la obsesión de Radnor.

Charlotte Howard era la mujer más hechizante que había conocido. Irradiaba una extraordinaria fuerza de voluntad que de algún modo daba la impresión de movimiento incluso cuando no se movía. Su cuerpo, su cara, cada parte de ella era una amalgama perfecta de fuerza y delicadeza. Nick quería hundirse en esa vibrante calidez, poder tranquilizar a Charlotte y enterrar la cara entre las sedosas curvas de sus pechos. La imaginaba relajada y sonriente, con la piel encendida de sus caricias mientras estaban acostados.

Con razón Radnor la quería. Y sin embargo, en sus intentos de poseerla el conde pronto terminaría con todo lo que la hacía tan deseable.

Nick sabía que sería fácil llevársela a Londres antes de que los Westcliff se diesen cuenta de lo que estaba ocurriendo. Suponía que debía hacerlo por la mañana, aprovechando el factor sorpresa. Preocupado, entrelazó los dedos detrás de la cabeza. «No le tengo miedo a nada», le había dicho Charlotte. Aunque él no lo creía, la admiraba por haberlo dicho. Naturalmente, Charlotte tenía miedo —sabía lo que Radnor le haría cuando volviese—. Sin embargo, ése no era asunto de Nick. Su única responsabilidad era hacer aquello por lo que le pagaban.

No obstante...

No había razón para darse prisa. Podría quedarse en Stony Cross Park unos días. En Bow Street no le pedirían el informe durante otras dos semanas, y los bosques de Hampshire eran mucho más agradables que el agobiante y maloliente Londres. Si se quedaba allí un par de días más podría conocer mejor a Charlotte. Necesitaba averiguar si era todo lo que parecía ser.

Tumbándose de costado, Nick consideró la idea. Nunca antes había roto sus propias reglas, y una de ellas era que no se permitía relacionarse con su presa. Sin embargo no era hombre que respetase las reglas, ni siquiera las suyas.

El recuerdo de Charlotte lo mantenía acalorado, irritado y del todo despierto. Gemma había cortado la relación hacía seis meses, y desde entonces no había estado con ninguna mujer. No era que le faltase el deseo, de hecho ardía de pasión insatisfecha. Había conocido a muchas mujeres dispuestas, pero no estaba interesado en lo ordinario o mundano. Quería una mujer que pudiera ofrecerle la intensidad sexual que necesitaba. Esa mujer podía ser una experta excepcional en la cama... o una novata absoluta.

Buscó entre la ropa y encontró la miniatura. Con habilidad presionó la cubierta de la cajita esmaltada y la abrió. Apoyándose en la espalda, contempló el exquisito rostro de Charlotte.

«¿Eres tú?», pensó, resiguiendo la línea de la mejilla con la yema de los dedos. El deseo hinchó su miembro hasta endurecerlo sin piedad. Bajó las pestañas ligeramente mientras seguía observando la pequeña cara pintada, y deslizó la mano hasta el doloroso bulto de su excitación.

Como tenía por costumbre, Lottie dio un paseo de buena mañana por las abruptas colinas cubiertas de vegetación o de bosque, más allá de ciénagas y estanques y claros rebosantes de vida. La mayoría de invitados de la casa señorial, incluida lady Westcliff, se acostaba tarde y desayunaba a las diez. No obstante, Lottie nunca se había adaptado a ese horario. Necesitaba algún tipo de ejercicio para eliminar su exceso de energía nerviosa. En los días demasiado fríos o tormentosos para pasear se mostraba inquieta hasta desesperar a lady Westcliff.

Paseaba por tres o cuatro rutas diferentes, cada una de aproximadamente una hora. Esa mañana eligió una que empezaba por Hill Road, cruzaba un bosque de avellanos y robles medievales y pasaba por la fuente de un manantial llamado Wishing Well. Era una mañana templada y húmeda típica de principios de mayo, y Lottie inspiraba el aire con aroma de tierra. Vestida con los faldones sueltos hasta el tobillo y robustas botas de media caña, Lottie se alejaba enérgicamente de la casa señorial. Seguía un sendero arenoso que conducía al bosque, mientras escandalosos sapos saltaban apartándose del camino al oír acercarse sus botas. Los árboles crujían encima, y el viento revelaba los gritos de los trepadores y las currucas. Una enorme y torpe águila ratonera volaba hacia las cercanas ciénagas buscando su desayuno.

De pronto Lottie vio una forma oscura. Era un hombre que paseaba por el bosque con el perfil parcialmente oscurecido por la neblina. Quizás un cazador furtivo. Aunque ella se detuvo a cierta distancia, el hombre tenía un oído muy agudo. Pisó una rama y él giró la cabeza.

Lottie se preguntó quien podía ser mientras se acercaba. Lo reconoció enseguida por la resuelta y casi felina gracia de sus movimientos. Iba vestido de manera informal en mangas de camisa y un chaleco negro. Llevaba botas y unos pantalones de montar sin duda viejos. Lord Sydney parecía impresentable e indecentemente hermoso a la vez. Estaba sorprendida de verlo allí, cuando los demás invitados estaban todavía en la cama. Incluso más sorprendente fue su propia reacción, un brote de emoción y alegría.

—Buenos días —dijo lord Sydney con una ligera sonrisa jugando en sus labios. Su cabello oscuro estaba despeinado y la corbata descuidadamente atada.

—No esperaba encontrarlo fuera a estas horas —dijo animada.

—Nunca duermo pasado el alba.

Lottie señaló con la cabeza el sendero que él había estado contemplando.

—¿Tenía pensado ir por allí? No se lo aconsejo.

—¿Por qué no?

—Ese camino lleva a estanques pantanosos y a ciénagas

muy profundas. Un paso en falso y podría verse ahogado en el barro, eso si antes no le devoran las arañas o las serpientes. —Sacudió la cabeza con fingido reproche—. Hemos perdido a muchos invitados de esa forma.

Él sonrió.

—Supongo que no le importará recomendarme otra ruta alternativa...

—Si va por el otro sendero, llegará a un camino de herradura que conduce a una vereda hundida. Sígala hasta el jardín de la casa del guarda, cruce la abertura en el seto y encontrará un sendero que le llevará a la cima de la colina. Desde allí podrá ver lagos, pueblos, bosques, todo a sus pies... La vista es asombrosa.

—¿Es allí donde te diriges?

Ella negó con la cabeza y contestó:

—No, tomo la otra dirección.

—Pero ¿quién me salvará de las ciénagas?

Ella rió.

—No puede acompañarme, señor. No sería decente ni oportuno.

Si los vieran juntos sería motivo de chismorreo, y eso sin duda disgustaría a lady Westcliff, que la había advertido de que nunca acompañase a un «seguidor», como lo llamaba educadamente.

—¿Deseas estar sola? —preguntó lord Sydney. Una nueva expresión cruzó su rostro, tan rápida y sutil que casi nadie la habría percibido—. Perdóname. Una vez más me he entrometido en tu privacidad.

Lottie se preguntó qué había visto en sus ojos durante un fragmento de segundo... una desolación tan enorme e impenetrable que la conmocionó. ¿Qué podría haberla causado?

Él tenía todo lo que una persona necesitaba para ser feliz... libertad, riqueza, modales, posición social. Sólo tenía motivos para estar exultante por su afortunada vida. Pero era infeliz, y a ella todo le indicaba que debía ofrecerle consuelo.

—Estoy demasiado acostumbrada a la soledad —dijo

Lottie con dulzura—. Quizás un poco de compañía sería un cambio agradable.

—Si estás segura de...

—Sí, venga. —Le dirigió una mirada deliberada de desafío—. Sólo espero que sea capaz de seguir mi ritmo.

—Lo intentaré —le aseguró con ironía, siguiéndola mientras ella proseguía con su paseo.

Se acercaron al tronco de un enorme roble que había caído en medio del sendero. Los insectos zumbaban perezosamente entre los rayos del cada vez más potente sol que se filtraba desde el cielo.

—Mire —dijo Lottie, señalando una libélula que descendía ante ellos—. En este bosque hay más de una docena de variedades de libélulas y al menos un centenar de mariposas distintas. Si viene al anochecer, podrá ver mariposas de color púrpura y rayas blancas. Se esconden justo allí, en las copas de los árb...

—Señorita Miller —la interrumpió—. Soy de Londres. No nos interesan los insectos, excepto si se trata de exterminarlos.

Lottie lanzó un suspiro teatral, como ofendida por su falta de interés en la materia.

—Entonces me abstendré de describirle las muchas variedades de escarabajos acuáticos que tenemos por aquí.

—Gracias. Permíteme ayudarte a subir a ese roble...

—No hace falta.

Lottie saltó sobre el tronco caído y caminó por la nudosa superficie, presumiendo de coordinación. Cuando su demostración fue contestada con el silencio, miró por encima del hombro y descubrió a Sydney caminando justo detrás de ella, pisando con la segura facilidad de un gato. A Lottie se le escapó una risa de sorpresa mientras se dirigía hacia el extremo del tronco.

—Es bastante ágil para ser un caballero tan corpulento.

Lord Sydney obvió el comentario torciendo la boca para indicar que su agilidad no tenía relevancia.

—¿Por qué te convertiste en dama de compañía? —preguntó cuando ella saltaba al suelo, con los pies haciendo crujir la quebradiza capa de hojas. La siguió saltando justo donde lo había hecho ella. Curiosamente, a pesar de que pesaba el doble, no hizo tanto ruido.

Lottie eligió muy bien las palabras. Le disgustaba hablar del pasado, no sólo porque fuera peligroso, sino porque la llenaba de melancolía.

—Mi familia es pobre. No tuve elección.

—Podrías haberte casado.

—Nunca he conocido a nadie con quien quisiera casarme.

—¿Ni siquiera con lord Westcliff?

—¿Lord Westcliff? —repitió sorprendida—. ¿Y por qué con él?

—Es rico y con un título, y has vivido bajo su techo durante dos años —respondió Sydney con sarcasmo—. ¿Por qué no?

Lottie frunció el ceño. No era que el conde no fuese atractivo —de hecho, todo lo contrario—. Westcliff era un hombre atractivo que cargaba con sus responsabilidades, y consideraba de cobardes quejarse de ellas. Aparte de su sentido moral, lord Westcliff poseía una aguda inteligencia y un sentido de la compasión cuidadosamente oculto y, como Lottie había observado con discreción, utilizaba sus corteses modales como un arma sutil. Las mujeres se sentían atraídas por él, aunque Lottie no era una de ellas. Sentía que no tenía la clave para abrir el corazón de Westcliff y tampoco se había sentido segura de poder confiar en él.

—Por supuesto que un hombre de la posición de Westcliff nunca tendría ese tipo de interés con una dama de compañía —dijo—. Pero aunque tuviésemos el mismo rango social, estoy segura de que el conde nunca me vería con ojos distintos, y yo tampoco a él. Nuestra relación (si así puede llamarse) no tiene esa... —hizo una pausa, buscando la palabra apropiada— química especial.

La palabra flotó con suavidad en el aire, y se disipó sólo por la tranquila voz de Sydney:

—Sin duda la química no es nada comparada con la seguridad que podría ofrecerte.

Seguridad. Lo que más deseaba y nunca podría tener. Lottie se detuvo y miró en su oscuro rostro.

—¿Qué le hace pensar que necesito seguridad?

—Estás sola. Una mujer necesita a alguien que la proteja.

—Oh, no necesito protección. Tengo una vida muy agradable en Stony Cross Park. Lady Westcliff es muy amable, y no necesito nada más.

—Lady Westcliff no vivirá eternamente —señaló Sydney. Aunque sus palabras eran directas, su expresión era extrañamente compasiva—. ¿Qué harás cuando muera?

La pregunta pilló a Lottie por sorpresa. Nunca nadie le preguntaba esas cosas. Aturdida, se tomó su tiempo para responder.

—No lo sé —dijo con honestidad—. Supongo que nunca me permito pensar en el futuro.

Sydney clavaba la mirada en ella y sus ojos reflejaban un tono azul casi sobrenatural.

—Yo tampoco.

Lottie no sabía qué pensar de aquel hombre. Al principio habría sido fácil suponer que era un joven aristócrata malcriado, con su bonita ropa entallada a la perfección y sus perfectas facciones. Pero observado con más atención, había señales que indicaban lo contrario. Las profundas sombras bajo sus ojos revelaban incontables noches de insomnio. Los surcos a ambos lados de la boca le daban un aspecto cínico, raro para un hombre tan joven. Y en momentos desprevenidos como ése, sus ojos decían que el dolor no le era ajeno.

La expresión de Sydney cambió deprisa. Una vez más era un disoluto bribón con ojos pícaros.

—El futuro es demasiado aburrido para ser contemplado —dijo con ligereza—. ¿Continuamos, señorita Miller?

Desconcertada por su rápido cambio de humor, Lottie lo condujo fuera del bosque por un sendero hundido. El sol matinal ascendía en el cielo deshaciendo la lavanda y calentando los prados. El campo que cruzaban estaba lleno de hiedra y musgo esmeralda, salpicado de florecillas.

—En Londres no tienen vistas como éstas, ¿verdad?

—No —confirmó lord Sydney, aunque parecía indiferente a la tranquila belleza rural que les rodeaba.

—Creo que prefiere la vida en la ciudad —dijo Lottie sonriendo—. Casas de vecindad, calles adoquinadas, fábricas, el humo del carbón y todo ese ajetreo. ¿Cómo podría alguien preferir eso a la campiña?

La luz del sol reflejaba los mechones castaños del cabello de Sydney.

—Quédate con los escarabajos y las ciénagas, señorita Miller. Yo me quedo con Londres.

—Le enseñaré algo que Londres no tiene.

Triunfalmente, Lottie condujo por el sendero. Llegaron a un cuenco arcilloso lleno de agua que se derramaba a su alrededor.

—¿Qué es eso? —le preguntó lord Sydney observando el agujero.

—Un pozo de los deseos. Todos en el pueblo lo visitan. —Excitada, Lottie buscó en los bolsillos de sus faldas—. Oh, maldita sea, no tengo horquillas para el pelo.

—¿Para qué las quieres?

—Para lanzarlas al pozo —le sonrió como regañándole—. Creía que todo el mundo sabía que no se puede pedir un deseo sin lanzar una horquilla.

—¿Y para qué quieres un deseo?

—Oh, no es para mí. Aquí he pedido docenas de deseos. Quería que usted tuviera uno. —Dejando de buscar las horquillas, Lottie lo miró.

Había algo extraño en el rostro de lord Sydney, pálido y dolorosamente sorprendido, como si le hubiesen dado una patada en el estómago. No se movió ni pestañeó, sólo la miraba como si no pudiese comprender sus palabras. El silencio se hizo denso y Lottie esperaba que él lo rompiera. Apartando la mirada, lord Sydney contempló el campo con perturbada intensidad, como si su mente luchase contra algo que no tenía sentido.

—Pida un deseo —dijo Lottie impulsivamente—. Lanzaré una horquilla en el pozo la próxima vez que venga.

Lord Sydney sacudió la cabeza. Cuando habló, su voz sonó extrañamente ronca:

—No sabría qué pedir.

Siguieron en silencio, cruzando una zona arcillosa y continuando hasta un puente sobre un arroyo. Al otro lado destacaba un húmedo prado de amarillentos arbustos de medio metro.

—Por aquí —dijo Lottie, recogiéndose la falda hasta las rodillas mientras atravesaban la hierba y la hiedra y se acercaban a unos setos con valla—. Más allá del seto el sendero conduce de vuelta al bosque, hacia Stony Cross Park. —Señaló la alta puerta en forma de arco, tan estrecha que sólo permitía el paso de una persona a la vez. Mirando a lord Sydney sintió alivio al comprobar que había recuperado la compostura—. Sólo hay una forma de pasar, y es esta puerta de los enamorados.

—¿Por qué se llama así?

—No lo sé. —Pensativa, observó la puerta—. Supongo que porque un beso sería la inevitable consecuencia si dos personas intentasen pasar a la vez.

—Una teoría interesante. —Sydney se detuvo en la estrecha puerta. Apoyándose a un lado de la misma, le hizo una mirada de desafío, sabiendo que ella no podría cruzarla sin rozarlo.

Lottie levantó las cejas.

—¿Por casualidad espera que lo pruebe?

Relajado, lord Sydney levantó un hombro, observándola con un vago y casi irresistible encanto.

—Si tantas ganas tienes, no te lo impediré.

Era obvio que no esperaba que aceptase el reto. Lottie sabía que sólo tenía que reprenderlo para que se apartase. Sin embargo, mientras consideraba una respuesta sintió un doloroso vacío en su interior. No la había tocado nadie en dos años. Ningún abrazo impulsivo de sus compañeras en Maidstone, ninguna caricia de su madre, ningún beso de sus hermanos pequeños. Se preguntaba qué había en ese hombre que la había concienciado de la privación. Él le hizo querer contarle sus secretos, lo cual era impensable. Imposible. Ella nunca podría confiar en nadie cuando su propia vida estaba en peligro.

La sonrisa de lord Sydney había desaparecido. Sin darse cuenta, se le había acercado y ahora estaba a su lado y casi le oía la respiración. La mirada de Lottie se centró en su boca, tan ancha, masculina, llena. Su pulso se aceleró mientras la tentación se hacía más fuerte que nunca... tan fuerte como el temor, tan profunda como el hambre.

—No se mueva —se oyó decir. Con mucho cuidado le apoyó una mano en el pecho.

El pecho de lord Sydney se movió bajo su mano por la rápida y fuerte respiración.

El violento latido del corazón contra sus dedos llenó a Lottie de una curiosa ternura. Él parecía helado, como si supiese que cualquier movimiento la pudiese asustar. Con suavidad Lottie le tocó el labio inferior con los dedos y sintió su cálida respiración. Una mariposa levantó el vuelo desde la puerta y desapareció volando, y había una difusa mancha de color en el aire.

—¿Cómo se llama? —susurró Lottie—. Sólo su nombre.

Le llevó mucho tiempo contestar. Bajó las temblorosas cejas para ocultar sus pensamientos.

—John.

Era tan alto que Lottie tenía que levantar los talones para alcanzarle la boca, e incluso entonces le resultaba difícil conseguirlo. Tomándola por la cintura, él la estrechó contra sí. De pronto hubo una extraña mirada en los ojos de él, como si estuviera a la deriva. Insegura, Lottie le pasó la mano alrededor del cuello, donde los músculos se habían puesto rígidos.

Él se dejó bajar la cabeza, más y más, hasta que ambos alientos se fundieron y los labios se unieron en un dulce y sutil beso. La boca de él permaneció cálida e inmóvil contra la de ella, pero luego los labios empezaron a describir suaves movimientos. Desorientada, Lottie osciló en sus brazos, y la mano de él se deslizó por su espalda para tomarla con seguridad. Ella se inclinó hacia atrás por instinto, forzando la punta de los pies mientras él intentaba agudizar la tierna presión. Pero él sujetaba las riendas de la pasión que lo embargaba.

Gradualmente la soltó y Lottie pudo apoyarse de nuevo en los talones. Se atrevió a tocarle la mejilla, apreciando la calidez de su piel.

—Ya he pagado el peaje —susurró ella—. ¿Ahora puedo cruzar la puerta?

Él asintió con gravedad y se apartó del umbral.

Lottie lo cruzó y paseó más allá del seto, sorprendida de que le temblaran las rodillas. Él la seguía en silencio mientras ella caminaba por el sendero que conducía a Stony Cross Park. Cuando casi hubieron llegado a la gran casa, se detuvieron bajo la sombra de un roble.

—Debo dejarle aquí —dijo Lottie, con la cabeza salpicada de sombras de las ramas de encima—. No estaría bien que nos viesen juntos.

—Claro.

Lottie sintió un melancólico dolor en el pecho mientras le miraba.

—¿Cuándo dejará Stony Cross Park, señor?

—Pronto.

—Espero que no sea hasta pasado mañana por la noche. En el pueblo celebran una maravillosa celebración de May Day. Asisten todos los de la casa señorial.

—¿Y tú?

Lottie negó con la cabeza.

—No, ya he ido otras veces. Es probable que me quede en mi habitación con un libro. Pero para un recién llegado, las festividades resultan divertidas.

—Lo consideraré —murmuró—. Gracias por el paseo, señorita Miller. —Y se alejó con una educada reverencia.

Después del desayuno, Charlotte paseó a lady Westcliff en su silla de ruedas por los caminos pavimentados de los jardines de la finca. Nick observaba desde una ventana en el primer piso, y podía oír a la noble vieja aleccionar a Charlotte.

—No hay sustituta para la inspección diaria —decía lady Westcliff, gesticulando con una mano enjoyada—. La maleza debería cortarse justo cuando asoma. Las plantas nunca hay que dejarlas crecer fuera de su correspondiente lugar, o de lo contrario arruinarán las proporciones del jardín...

Charlotte parecía escucharla con respeto mientras guiaba la silla por el sendero. La facilidad con que la maniobraba contradecía el peso del vehículo. Sus delgados brazos eran sorprendentemente fuertes, y no mostraba señales de cansancio mientras avanzaba por delante de la hilera de setos.

Nick la observaba absorto mientras intentaba aclarar sus caóticos pensamientos. Su usual apetito había desaparecido después del paseo matutino. No había desayunado; en realidad no había hecho nada excepto pasear alrededor de la finca sintiendo un mareo que lo aterraba. Sabía que era un hombre insensible, sin honor, y sin forma de calmar sus brutales instintos. Gran parte de su vida la había ocupado en la supervivencia básica, y nunca había sido libre para satisfacer propósitos más elevados. No sabía demasiado de literatura o historia, y sus habilidades matemáticas se limitaban a cuestiones como el dinero y las apuestas. Para él la filosofía era un puñado de principios cínicos aprendidos por la experiencia con lo peor de la humanidad. Ahora nada podía sorprenderlo ni intimidarlo. No temía la pérdida, el dolor, ni siquiera la muerte.

Pero con pocas palabras y un extraño e inocente beso, Charlotte Howard lo había devastado.

Era evidente que Charlotte había cambiado respecto a la chica que sus padres, amigos y el mismo Radnor habían conocido. Se había acostumbrado a vivir el momento, sin ningún pensamiento entregado al futuro. La conciencia de que la estaban persiguiendo, de que sus días de preciosa libertad eran limitados, deberían haberla amargado y desilusionado más. No obstante, seguía lanzando horquillas en pozos de los deseos. Un deseo. La brizna de esperanza que había surgido en el alma de lord Sydney, cuando éste había creído que ya no tenía alma.

No podía entregarla a Radnor.

Tenía que ser para él.

Se sujetó al marco de la ventana para asegurar el equilibrio. De lo contrario habría vacilado ante la sorpresa de una voz que lo aturdió:

—Sydney.

Era lord Westcliff. A Nick no le gustó comprobar que su habitual estado de alerta había desaparecido mientras estaba absorto contemplando a Charlotte. Con el semblante pálido, se giró hacia el conde.

Las facciones de Westcliff parecían incluso más intransigentes que de costumbre. Sus ojos oscuros contenían un destello duro y frío.

—Ya veo que le llama la atención la dama de compañía de mi madre —señaló—. Una chica atractiva, por no hablar de su vulnerabilidad. Varias veces he estimado oportuno disuadir el interés de los invitados por la señorita Miller, ya que nunca permitiría que nadie se aprovechase de ninguna de mis criadas.

Nick le devolvió la firme mirada, consciente de que lo estaba disuadiendo de Charlotte.

—¿Estoy cazando en su coto, señor?

Los ojos del conde se estrecharon ante la insolente pregunta.

—Le he ofrecido mi hospitalidad con muy pocas condiciones, Sydney. Sin embargo, una de ellas es que deje en paz a la señorita Miller. Este punto no es negociable.

—Entiendo. —La sospecha brotó en su interior. ¿Conocía su amo el secreto de Charlotte? No se le había ocurrido que pudiese sincerarse con cualquiera, y menos con un hombre tan honorable como Westcliff. No obstante, si ella hubiese asumido el riesgo, el conde sin duda habría ofrecido una fuerte oposición a que abandonara Stony Cross Park. También era posible que Charlotte se hubiese ganado su protección acostándose con él.

El pensamiento de Charlotte desnuda en brazos de otro hombre propició un sabor amargo en su boca, y pronto sintió sed de venganza. «Deben de ser celos —pensó incrédulamente—. Dios mío.»

—Dejaré que decida la señorita Miller —dijo con determinación—. Si desea mi presencia (o ausencia) me atendré a su decisión. No a la vuestra.

Los ojos de Westcliff destellaron con una advertencia y Nick vio que el conde no se fiaba en él.

El hombre tenía buen instinto.

4

La celebración inglesa de May Day variaba en cada pueblo. Era una derivación de una vieja fiesta romana que honoraba a la diosa de la primavera, y con el tiempo cada región había aportado sus propias costumbres que se sumaban al común baile de Maypole y a las canciones de mayo. Nick tenía vagos recuerdos de las celebraciones de primavera de su infancia en Worcestershire, en especial del hombre vestido de «Jack de la campiña», que daba cabrioladas por el pueblo, cubierto enteramente de verduras frescas. De pequeño a Nick le asustaba la visión de ese hombre adornado con plantas, y se escondía detrás de las faldas de su hermana mayor, Sophia, hasta que se iba.

Había pasado mucho tiempo desde que Nick había visto una fiesta de May Day. Ahora, desde la perspectiva de adulto, las connotaciones sexuales de la celebración eran más que obvias... los aldeanos bailando con fálicos palos, el Rey y la Reina de Mayo yendo de puerta en puerta rociando «agua natural» a la gente en sus casas... las calles adornadas con guirnaldas en forma de aro y con bolas de caléndula colgando en el centro.

Nick estaba de pie en una colina cerca de la casa señorial con un grupo de invitados, observando el bullicioso baile en el centro del pueblo. Cientos de lámparas y antorchas iluminaban las calles con un centelleo dorado. Una cacofonía de risas, música y cantos llenaba el aire. Con frecuencia los cuernos de caza daban trompetazos que destacaban en el estruendo general. Los hombres jóvenes bailaban con cuerdas tejidas de pelo de cola de vaca, que más tarde arrastrarían por el rocío de la noche para asegurar una buena provisión de leche para la temporada siguiente.

—Esta noche espero una buena caza —dijo una voz masculina.

Era el vizconde Stepney, un joven robusto con una conocida reputación de mujeriego. Sus compañeros, los lords Woodsome y Kendal, rompieron en una risa lasciva. Viendo la mirada interrogativa de Nick, Stepney explicó con alegría:

»Las chicas estarán de fiesta hasta la mañana. Si pillas a una en el bosque, te dejará hacer lo que quieras. Incluso las casadas lo hacen; esta noche se les permite quitarse los anillos de casadas.

—¿Y sus maridos no se oponen? —preguntó Nick.

Los lords rieron al unísono.

—¿Por qué habrían de hacerlo? —dijo Stepney—. Están demasiado ocupados en jugar con otra clase de colas como para preocuparse por lo que hacen sus esposas. Una fiesta muy agradable, ¿no es así?

Nick sonrió ligeramente. Estaba claro que Stepney y sus compañeros consideraban un gran deporte pasar diez minutos apareándose con campesinas en el bosque. «Un meneo», como Gemma Bradshaw había descrito con acritud el estilo amoroso de la mayoría de hombres que frecuentaba su local. No tenían ninguna noción de la auténtica sexualidad, ninguna exigencia a la mujer excepto que abriera las piernas. Si bien era cierto que una relación rápida entre extraños permitía cierta clase de liberación, eso era demasiado simple y fácil como para satisfacer plenamente a Nick. Gracias a las enseñanzas de Gemma, había desarrollado un exquisito paladar.

La imagen del rostro de Gemma, sus ojos oscuros, barbilla afilada y dulce boca, flotaban en el fondo de su mente. Dejaría que Stepney y sus amigos fuesen por sus encuentros fugaces. Nick tenía proyectos más interesantes.

—Ven, Sydney —le instó el vizconde—. Las chicas del

pueblo estarán disponibles después de la elección del desposado de Mayo. —Viendo que Nick no entendía, le explicó—: Un chico en edad casadera se tumba en la hierba y finge dormir. Las chicas que desean casarse con él se apresuran en ser las primeras en despertarlo. La primera que lo besa puede considerarlo su prometido. —Sonrió lascivamente y se frotó las manos—. Y las otras chicas (todas desconsoladas) se dispersan en el bosque, esperando ser atrapadas por caballeros con iniciativa como yo mismo. Deberías haber visto la que capturé el año pasado. Cabello negro y labios rojos. ¡Oh, qué pequeña y exquisita yegua! Ven, Sydney. Si eres rápido de pies, seguro que pillas una para ti.

Nick estaba a punto de rehusar cuando su mirada quedó atrapada por un nuevo grupo de chicas que agarraban las cintas de Maypole. Una de ellas atrajo toda su atención. Como las otras, llevaba un vestido blanco de campesina, con el pelo cubierto con un trapo rojo. A esa distancia era difícil discernir sus facciones, pero Nick la reconoció al instante. Una sonrisa triste curvó sus labios mientras recordaba a Charlotte decir que esa noche tenía la intención de quedarse en su habitación con un libro. No había duda de que los Westcliff habían desaprobado su asistencia al festival del pueblo, y que había decidido ir disfrazada. La fascinación y el deseo se arremolinaron en su interior mientras sus ojos reseguían la esbelta figura de Charlotte. Entraba y salía dando vueltas alrededor del Poste de Mayo, con las manos alzadas por encima de la cabeza.

—Creo que me uniré a ti —murmuró Nick, acompañando a los ávidos libertinos colina abajo.

Riéndose, Lottie se unió a las doncellas que aguardaban en tensa espera precipitarse sobre el desposado de Mayo, que este año era un ejemplar valioso —el hijo del carnicero, un guapo chico rubio de ojos azules y buen físico, y una garantía de heredar un sustancioso negocio familiar—. Naturalmente, Lottie no tenía ninguna intención de conseguirlo. Sin embargo, era divertido participar en el juego, y se divertía con la excitación de las otras chicas.

Dieron la señal y Lottie corrió junto con las demás chicas en una frenética carrera. El desenfreno y el ruido ofrecían un contraste tan grande comparado con su tranquila existencia en Stony Cross Road que sintió un arrebato de alegría. Había pasado tantos años aprendiendo un comportamiento ejemplar en Maidstone, y luchando por pasar desapercibida como compañera de lady Westcliff, que no podía recordar la última vez que había levantado la voz. Rió con un aullido y gritó tan fuerte como las casaderas que la acompañaban. Desde algún lugar enfrente, un grito de júbilo sonó sobre la multitud. La vencedora, una robusta pelirroja, se encaramaba sobre las espaldas de su nuevo novio, exultante y ondeando un ramo de flores silvestres.

—¡Lo he conseguido! —gritó—. ¡Ya lo tengo! ¡Es mío!

Animando, los aldeanos rodearon a la nueva pareja, mientras las decepcionadas doncellas se esparcían y corrían hacia el bosque. Un grupo de ávidos hombres las siguieron, preparados para empezar la noche de mayo.

Sonriendo, Lottie avanzó a paso relajado, sin ningún deseo de ser el centro de la atención amorosa de algún sobreexcitado chico. En unos minutos, los juerguistas se aparejarían, y ella regresaría a Stony Cross Park. Deteniéndose en el límite del bosque, se apoyó contra un sicomoro con la copa rebosante y suspiró de satisfacción. Tenía las rodillas débiles del baile y el vino. En realidad era el primer año que participaba activamente en el May Day, sin limitarse sólo a observar, y había sido incluso más divertido de lo que esperaba. En su cabeza una melodía sonaba con insistencia, y cantaba para sí misma en un susurro, con los ojos cerrados mientras reposaba contra la lisa y abigarrada corteza.

No corras más, doncella, en Mayo,
No corras más, doncella, este año
No corras más, doncella, o decepcionada caerás...

Aunque había quietud y tranquilidad cierto instinto la advertía de que no se encontraba sola. Sorprendida, Lottie retrocedió al ver una forma oscura justo a su lado.

—¡Dios mío! —Tropezó hacia atrás, pero unas manos la agarraron por los hombros, manteniéndola en pie.

Balbuceando por la sorpresa, Lottie golpeó a su captor luchando por librarse.

—Tranquila —dijo una suave voz masculina—. Tranquila, soy yo.

Ella respiró con dificultad y se quedó quieta, levantando los ojos hacia su oscuro rostro.

—¿Lord Sydney?

—Sí.

—¡Casi me muero del susto!

—Perdona. —Se rió, con sus blancos dientes reluciendo en la oscuridad—. No quería asustarte.

Lottie rió y lo empujó, avergonzada por haber sido descubierta cantando como una chiflada.

—¿Cómo me ha encontrado?

—Parece que es mi especialidad. —Sydney apoyó un hombro contra el sicomoro con una inexpresiva sonrisa que contrastaba con su atenta mirada.

Lottie buscó su pañuelo, desprendido en el fragor de la actividad.

—Llevaba el cabello cubierto, no entiendo cómo me ha podido reconocer.

—Sé cómo te mueves.

Ella no contestó, sintiendo una mezcla de placer e incertidumbre. Había un cumplimento implícito en la afirmación. Pero era un extraño... hacía poco que la conocía y, por tanto, no la conocía bien como para distinguir algo tan intrínseco y sutil.

—¿Le han gustado las fiestas de mayo, señor? —le preguntó, mientras se ataba el pañuelo en su sitio.

—Me ha gustado observarte.

Los ojos de ella se estrecharon con fingida amenaza.

—¿Pretende contarle a alguien que me ha visto aquí?

Lord Sydney se le acercó, como si quisiera comunicarle noticias altamente confidenciales.

—No si mi vida dependiera de ello.

Sonriendo, Lottie apoyó el hombro contra el tronco del árbol, contemplando su postura.

—¿Va a la caza de mayo como los otros jóvenes?

—Eso depende. —Un destello de flirteo refulgió en sus ojos—. ¿Corres por el bosque con la esperanza de ser capturada?

—Por supuesto que no.

—Entonces permíteme escoltarte de regreso a la casa. No me gustaría verte atrapada por algún aldeano joven y apasionado.

—Oh, correría más que cualquiera de ellos —dijo Lottie con confianza—. Conozco estos bosques muy bien, y soy bastante menuda como para precipitarme rápido entre los árboles. Nadie podría atraparme.

—Yo sí.

—¿Un hombre tan corpulento como usted? No lo creo. En estos bosques, con toda la maleza, haría tanto ruido como un elefante en una estampida.

Él tensó el cuerpo con sutileza, y casi podía palparse la conciencia que tenía del impúdico desafío.

—Quizá te sorprenderías —empezó, pero se detuvo al oír un grito femenino desde algún lugar a la izquierda de ellos. Era una chica «atrapada» por un excitado joven. Un momento de silencio, y después un gemido de placer se filtró por los árboles.

Cuando Sydney se giró hacia Lottie, ella se había ido.

Riendo para sus adentros, Lottie se deslizó por los bosques como un fantasma, recogiéndose las faldas hasta las rodillas para evitar engancharse con las ramas. Avanzó con facilidad a través de un laberinto de troncos y arbustos, hasta que al final todo estaba en silencio y no había señal de que nadie estuviera detrás de ella. Deteniéndose para respirar, miró por encima del hombro. Ningún movimiento, nada excepto el murmullo distante de la jarana de May Day.

Lord Sydney tal vez había decidido no ir tras ella, pero de haberlo hecho la habría perdido a media persecución. Una sonrisa de triunfo curvó sus labios —había demostrado lo que quería—. Se giró y continuó hacia Stony Cross Park, pero gritó alarmada al girar a la derecha y tropezar con un robusto cuerpo masculino.

Estaba atrapada contra un profundo pecho, y un par de poderosos brazos la sujetaban. Era lord Sydney, que con su risa le hacía cosquillas en la oreja. Aturdida, se apoyó contra él mientras luchaba por recuperar el equilibrio.

—¿Cómo ha conseguido adelantarme? —preguntó sin aliento.

—Velocidad paralela. —Sus suaves dedos intentaron recolocarle el pañuelo, pero resbaló por su fino y deslizante cabello, revelando la impecable trenza enrollada en la nuca. Sydney dejó caer el trapo en el suelo. Una sonrisa flotó en su voz—. No puedes librarte de mí. —Las burlonas palabras parecían contener una insinuación de advertencia.

Lottie estaba de pie al amparo de su cuerpo, absorbiendo su calor, su cálida esencia masculina. ¿Cómo había llegado a encontrarse en la oscuridad con él? No creía en la casualidad. Eso sólo podía ser el resultado de su propia atracción inexorable por él... una atracción que parecía ser correspondida plenamente. Cuando quedaron en silencio, Lottie percibió a una pareja que se encontraba cerca, con sus entrelazadas figuras apenas visibles entre los árboles. Los sonidos apasionados provocaron un espasmo de calor en el rostro de Lottie.

—Lléveme a la casa, por favor —dijo.

Lord Sydney la soltó y ella se alejó. Siguiéndola, la retuvo contra un grueso tronco, protegiéndola de la rugosa corteza con los brazos. La respiración de Lottie se cortó en seco. Deslizó las manos hacia sus musculosos brazos. Ella sabía que iba a besarla, que la deseaba. Y más valía que el cielo la ayudase, porque ella también lo deseaba a él.

Él acarició la curva de su mejilla con la yema de un dedo, con cuidado, como si ella fuese una criatura salvaje que se desbocaría a la menor señal de precipitación. La respiración de Lottie se aceleró cuando le tocó la barbilla y le inclinó la cabeza hacia atrás en un ángulo de rendición.

Su suave boca descendió hacia la de ella, moldeándola, atrapándola, hasta que Lottie separó los labios con un gemido de placer. La lengua de Sydney acarició los dientes de ella, y fue más allá, barriendo el interior de su mejilla en una exploración ardiente pero delicada. El beso la hizo marearse, y le rodeó el cuello con los brazos en un intento por mantener el equilibrio. Él dejó que se apoyara más contra su cuerpo. Ella dio una sacudida y tiró de él, hasta que Sydney bajó las manos por su espalda. La lenta caricia sólo agudizó la necesidad de ella, arqueándose contra él en una búsqueda ciega e instintiva. Ella sintió algo contra su áspera falda... el íntimo bulto de un sexo masculino.

La dureza de él presionó contra la blandura de ella, y Sidney la besó con perversa destreza mientras la estrechaba entre los brazos. Deslizando sus manos entre el cabello de él, ella le acarició la cabeza, por debajo de los generosos cabellos que brillaban como la seda en el fragmentado claro de luna. Sydney soltó un gemido y sus labios se deslizaron por la garganta de Lottie. Incluso en su inocencia, ella sentía la carga de experiencia en su cuidadoso tacto, el deseo que guardaba tan encadenado.

La blusa de campesina había cedido en un hombro, revelando el blanco destello de su piel. Él dio con la cinta de su alto escote y la desató con habilidad, haciendo caer la tela de lino. Gradualmente introdujo la mano por debajo de la camisa. Su suave pezón se endureció contra los callosos dedos, y la punta del pezón se endurecía y se calentaba con cada caricia circular.

Lottie apretó la cara entre su cuello y su hombro. Ahora tenía que detenerlo, antes de perder por completo la voluntad.

—No, por favor. Lo siento.

Sydney apartó la mano de la blusa y le tocó los labios húmedos.

—¿Te he asustado? —susurró.

Lottie negó con la cabeza, de algún modo resistiendo el impulso de entregarse a él como una gata en celo.

—No... Me he asustado de mí misma.

Por alguna razón su confesión hizo sonreír a Sydney. Pasó los dedos por su garganta, trazando la frágil línea con una sensibilidad que la dejó sin respiración. Subiendo la blusa de campesina hasta el hombro, Sydney volvió a atar la raída cinta que sujetaba el escote.

—Entonces no sigo —dijo—. Veamos, te llevaré a la casa.

Se mantenía cerca de ella mientras atravesaban el bosque, de vez en cuando separándose para apartar una rama, o tomándola de la mano para guiarla en los tramos difíciles del sendero. Lottie conocía perfectamente los bosques de Stony Cross Park y no necesitaba su ayuda. Pero la aceptaba sin objetar. Y no protestó cuando él se volvió a detener y los labios de ambos se encontraron en la oscuridad. La boca de Sydney estaba caliente y dulce mientras le daba besos veloces, lánguidos, besos que abarcaban desde el intenso deseo al pícaro flirteo. Embriagada de placer, Lottie le acarició el espeso cabello despeinado y la nuca tan dura como el hierro. Cuando el calor abrasador aumentó de forma insoportable, lord Sydney gimió con suavidad.

—Charlotte...

—Lottie —le dijo ella sin aliento.

Él apretó los labios contra su sien y la arropó contra su poderoso cuerpo como si fuese infinitamente frágil.

—Nunca creí que encontraría a alguien como tú —susurró Sydney—. Te he buscado tanto tiempo... Te he necesitado tanto...

Lottie tembló y apoyó la cabeza en el hombro de él.

—Esto no es real —dijo débilmente.

Los labios de Sydney tocaron su cuello, encontrando un punto que la hizo arquearse involuntariamente.

—Entonces ¿qué es real?...

Ella gesticuló señalando el seto que bordeaba el jardín de la finca.

—Todo lo que hay allí.

Sydney tensó los brazos, y habló ahogando la voz.

—Déjame ir a tu habitación. Sólo un rato.

Lottie respondió con una temblorosa risa, sabiendo exactamente lo que pasaría si se lo permitía.

—Decididamente no.

Suaves y cálidos besos recorrieron su piel.

—Conmigo estarás segura. Nunca pediría nada que no pudieras darme.

Lottie cerró los ojos; todo le daba vueltas.

—El problema es —dijo tristemente— que quiero darle demasiado.

Ella sintió su sonrisa contra la mejilla.

—¿Y eso es un problema?

—Oh, sí. —Separándose de él, Lottie se puso las manos en la caliente cara y suspiró con inseguridad—. Debemos parar esto. Con usted no confío en mis actos.

—Y no deberías —admitió con voz ronca.

La respiración de ambos se confundió en la oscuridad. Él era tan cálido y fuerte que Lottie apenas podía resistir lanzarse a sus brazos. No obstante, se esforzaba en pensar racionalmente. Lord Sydney pronto se iría, y la memoria de esa noche se desvanecería en el tiempo. No era tan poco voluntariosa ni loca como para ser seducida con tanta facilidad.

—Al menos deja que te acompañe a la casa —la instó él—. Si nos ven juntos, puedes decir que ha sido un encuentro casual.

Lottie dudó, pero luego asintió.

—Nos separaremos en la terraza de detrás.

—De acuerdo.

Ofreciéndole el brazo, lord Sydney la acompañó a la doble escalinata de piedra detrás de la casa señorial. Ambos guardaron silencio mientras subían a la terraza con vistas al jardín principal. Una luz abundante desde el gran salón brillaba a través de las resplandecientes ventanas de múltiples cristales y las puertas francesas. La terraza —con frecuencia el sitio donde los invitados fumaban y bebían vino de Oporto— estaba vacía, pues casi todos estaban en el pueblo o jugando a las cartas o al billar.

Una figura sentada en una silla se recortaba junto al pasamanos. Fumaba perezosamente un cigarro, exhalando un fino hilo de humo que flotaba en el aire como un fantasma desvanecido. La esencia de tabaco caro hizo cosquillas en la nariz de Lottie cuando llegó al último escalón.

Y creyó enloquecer cuando se dio cuenta de quién era el hombre.

—Lord Westcliff —murmuró, haciendo una reverencia. Alterada, se preguntó qué pensaría al verla acompañada por lord Sydney.

El conde estudió a la pareja. La luz de las ventanas brillaba sobre su cabello negro azabache y creaba sombras angulares en sus fuertes y contundentes facciones.

—Señorita Miller —dijo con su voz áspera, y asintió fríamente a su acompañante—. Hay una cuestión que me gustaría debatir con usted, Sydney.

Convencida de que su amo estaba disgustado con ella, Lottie bajó la mirada a las losas de la terraza.

—Señor, perdóneme. Fui a ver el festival en el pueblo y...

—Parece que hiciste más que ver —observó lord Westcliff con ligereza, recorriendo con su aguda mirada el rústico vestido.

—Sí, participé en el baile de Maypole. Y lord Sydney se ofreció para acompañarme a casa...

—Claro que lo has hecho —dijo el conde con sarcasmo, dando otra calada a su cigarro. El humo, en su mezcla azul y gris, se arremolinó ascendiendo en el aire—. No hace falta que parezcas afligida, señorita Miller. Por lo que a mí respecta, no te prohíbo que vayas al pueblo a divertirte, aunque sin duda sería apropiado no mencionar nada de eso a la condesa viuda. —Gesticuló con el cigarro—. Ahora puedes irte, mientras le comento algunas cosas a lord Sydney.

Lottie asintió con prudente alivio.

—Sí, señor. —Cuando estaba a punto de irse se sintió turbada al sentir la ligera pero tensa mano de Sydney en el brazo.

—Espera.

Lottie quedó paralizada por la confusión, y su rostro se arreboló. No podía creer que Sydney se hubiese atrevido a tocarla delante del conde.

—Señor —murmuró protestando.

Sydney no le devolvió la mirada; fijaba los ojos en las ásperas facciones del conde.

—Antes de que se vaya la señorita Miller, será mejor que me diga lo que quiere contarme.

—Es sobre vuestra llamada familia —dijo lord Westcliff con delicadeza—. Y vuestro llamado pasado. —Aquellas tranquilas palabras sonaron como una condena. Por la mirada del conde, Lottie se dio cuenta de que algo iba muy mal. Si quedaba cualquier efusión de los momentos de ensueño en el bosque, ahora había desaparecido abruptamente. Miró aturdida a lord Sydney. El rostro de éste había cambiado de algún modo. Ya no era tan bello, sino de repente duro y frío. Observarlo en ese momento hacía creer que ese hombre era capaz de cualquier cosa. De pronto no podía creer que hacía sólo unos minutos había besado esa boca firme, que sus manos la habían acariciado íntimamente. Cuando él habló, incluso su voz sonaba distinta, más dura. El porte aristocrático había desaparecido.

—Preferiría hablar de esto en un ambiente más privado —le dijo al conde.

Westcliff inclinó la cabeza con glacial cortesía.

—Hay un estudio en el ala familiar. ¿Le parece bien?

—Sí. —Sydney hizo una pausa deliberada antes de añadir—: La señorita Miller nos acompañará.

Lottie lo miró. Su petición no tenía sentido. De repente sintió frío en todo el cuerpo y un temblor le recorrió toda la espalda.

—¿Por qué? —preguntó con los labios secos.

—Ella no tiene nada que ver con esto —dijo lord Westcliff con sequedad, levantándose de la silla.

Lord Sydney tenía el rostro sombrío e inmóvil.

—Tiene mucho que ver.

Lottie se sintió palidecer. Toda la superficie de su cuerpo parecía pincharla y arder, como si hubiese caído en un estanque helado, mientras la invadía una sospecha paralizante.

El conde dejó caer el cigarro en la terraza y lo aplastó con el pie. Un punto de inusual impaciencia elevó su tono.

—Señorita Miller, ¿sería tan amable de acompañarnos? Parece que tenemos un pequeño misterio que resolver.

Asintiendo como una marioneta, Lottie siguió al conde a la casa, mientras los instintos le pedían a gritos que huyera. Sin embargo, no tenía otra alternativa que interpretar su papel. Haciendo un esfuerzo por mantener la calma, fue con los dos hombres al estudio privado con su palisandro de cristales reluciendo ostensiblemente en la lámpara. La habitación era austera y no había ninguna ornamentación, excepto una prístina hilera de ventanas con vidrios de colores.

Cuando lord Westcliff cerró la puerta, Lottie procuró mantenerse tan lejos de Sydney como le fue posible. Una sensación de presagio casi la hacía sentir enferma. No podía mirar directamente a lord Sydney, pero estaba muy pendiente de él.

Westcliff habló.

—¿Quiere sentarse, señorita Miller?

Lottie negó con la cabeza sin decir nada, con miedo a moverse y desmayarse.

—Muy bien. —La atención del conde se desplazó hacia Sydney—. Vamos a empezar con la información que he recibido hoy. Justo después de que llegase a Stony Cross Park, me disponía a hacer ciertas investigaciones sobre usted. Sospechaba que no estaba siendo del todo sincero en algún aspecto, aunque no podía asegurar en cuál.

Lord Sydney parecía relajado pero atento, con los ojos azules encendidos devolviendo la mirada del conde.

—¿Y los resultados de sus investigaciones, señor?

—No existe ningún vizconde Sydney —dijo Westcliff con contundencia, e ignoró la exhalación de Lottie—. La saga familiar terminó aproximadamente hace veinte años, cuando el auténtico lord Sydney murió *sine prole mascu-*

la superstite (sin hijos varones supervivientes para establecer un reclamo legítimo para el título). Lo cual conduce a la pregunta de quién demonios es usted y cúal es su propósito aquí.

—Soy Nick Gentry.

Aunque Lottie nunca había oído el nombre, lord Westcliff pareció reconocerlo.

—Entiendo —dijo—. Eso explica la implicación de sir Ross. Entonces trabajas en algún asunto de Bow Street...

Lottie exhaló sorprendida al saber que el extraño era un investigador de Bow Street. Había oído hablar de la pequeña fuerza de elite de oficiales que lo hacían todo, desde resolver casos de asesinato a servir como guardaespaldas de la realeza. Eran conocidos por su implacable eficiencia y coraje, e incluso habían alcanzado un notable estatus en los círculos de las clases sociales más altas. No era raro que ese hombre hubiese parecido tan distinto de los otros invitados del lugar. «Cazo», le había dicho a ella, omitiendo a conveniencia el hecho de que su presa era de la especie con dos piernas.

—No siempre —dijo Gentry respondiendo a la pregunta de Westcliff—. A veces acepto encargos privados. —Desplazó la mirada hacia la tensa cara de Lottie—. Hace dos meses lord Radnor me encargó encontrar a su novia fugada, Charlotte Howard, desaparecida desde hace dos años.

Charlotte estaba inmóvil, mientras un cruel dolor le oprimía el pecho y se deshacía en todo su ser. Movió la boca negando con violencia, pero no le salían las palabras. En cambio oyó un grito agudo e incoherente, el cual luego se dio cuenta que había emitido ella. No se daba cuenta de que se movía, pero de pronto se encontraba al otro lado de la habitación, arañando el rostro de Gentry, mientras la rabia y el terror se abatían sobre ella como un ataque de águilas ratoneras.

Una salvaje maldición le retumbó en los oídos y él le agarraba fuerte las muñecas, pero ella no podía dejar de pelear. El sudor y las lágrimas resbalaban por su rostro, y respiraba con sollozantes gritos, luchando por su vida, por la libertad que le estaban arrebatando. En algún lugar de su mente sabía que estaba actuando como una loca, que eso no le haría ningún bien, pero no podía detenerse.

—Basta, Lottie —gruñó Gentry dándole una sacudida—. Cálmate... por el amor de Dios...

—¡No volveré! —gritó, resollando con furia—. Y a usted le mataré. Oh Dios, le odio, le odio...

—Lottie. —La fría voz de la cordura cortó su tormento. Era la voz de lord Westcliff, el cual deslizó uno de sus poderosos brazos para envolverla y apartarla de Gentry. Retrocedió contra él como un animalillo asustado—. Es suficiente —le dijo Westcliff al oído, con el brazalete de acero que le apretaba el brazo—. No te llevará de aquí, Lottie. Lo juro. Sabes que siempre cumplo con mi palabra. Ahora respira hondo. Otra vez...

De algún modo la voz firme y tranquila del conde le hizo efecto como nada más podía hacerlo, y acabó por obedecer. La acompañó a una silla y la hizo sentarse. En cuclillas, le dirigió una grave y oscura mirada.

—No te muevas y sigue respirando.

Lottie asintió inquieta, con la cara todavía congestionada.

—No deje que se me acerque —susurró.

De pie, Westcliff clavó al investigador de Bow Street una mirada glacial.

—No te acerques, Gentry. No me importa quién te haya pagado por hacer lo que sea. Te encuentras en mi finca, y no harás nada sin mi consentimiento.

—No tiene ningún derecho legal sobre ella —dijo Gentry con suavidad—. No puede retenerla aquí.

Westcliff respondió con un bufido arrogante. Fue hacia la licorera y sirvió una pequeña ración de coñac. Dio el licor a Lottie y forzó sus temblorosos dedos alrededor de la copa.

—Bebe esto —dijo con sequedad.

—No... —empezó, pero él la interrumpió con tono de absoluta autoridad.

—Ahora mismo. Hasta la última gota.

Haciendo una mueca, ella tragó el líquido en pocos sorbos y tosió mientras sus pulmones y garganta se llenaban de un fuego de terciopelo. Sintió que su cabeza flotaba, y observó al conde con ojos acuosos. Él sacó un pañuelo de su abrigo y se lo dio. La tela estaba cálida debido al calor de su cuerpo. Secándose la cara con el pañuelo, ella suspiró aparatosamente.

—Gracias —dijo en voz ronca. No le quitaba la mirada de encima, incapaz de mirar a Gentry. Nunca había soñado que tal devastación fuera posible... que su ruina hubiese llegado en forma de hombre guapo con ojos crueles y disoluto encanto... El primer hombre que había besado. El dolor de la traición, la aplastante humillación, era demasiado grande para soportar.

—Bien —dijo Westcliff sin alterarse, tomando una silla junto a la de Lottie—. Tu reacción con la revelación del señor Gentry parece confirmar que sin duda eres Charlotte Howard. —Esperó que asintiera con brevedad antes de continuar—. ¿También es verdad que estás comprometida con lord Radnor?

Lottie se sentía segura con la presencia poderosa del conde, sabiendo que era lo único que la mantenía a salvo de aquel depredador. Observando las contundentes facciones de Westcliff, luchó por encontrar las palabras adecuadas para hacerle entender su situación. Cuando el conde vio su agitación, la sorprendió alargando su robusta mano y agarrando la suya. Su puño, tan fuerte y seguro, pareció disipar su paralizante temor. Lottie estaba sorprendida de su amabilidad. Nunca le había demostrado esa clase de consideración, y en realidad nunca había parecido prestarle mucha atención.

—Nunca pude elegir —le contó—. Lo decidieron cuando yo era una niña. Mis padres prometieron a lord Radnor mi mano a cambio de su apoyo económico. He intentado con todas mis fuerzas aceptar la situación, pero Radnor no es racional, está loco. Me considera una especie de animal que hay que entrenar para su satisfacción. Baste con decir que preferiría estar muerta. Debe creerme. Si no fuese cierto no habría recurrido a esto...

—Te creo. —Todavía sin soltarle la mano, Westcliff miró a Nick Gentry—. Conociendo a la señorita Miller desde hace bastante tiempo, sólo puedo asumir que su rechazo a casarse con Radnor es válido.

—Lo es —fue la sencilla respuesta del investigador.

Se acercó a la chimenea con una indolencia engañosa, reposando un brazo sobre la repisa de mármol. Las llamas proyectaban lenguas rojizas sobre su oscuro rostro.

—Radnor es un cerdo. Pero eso es aparte. Los padres de ella han acordado el enlace. El dinero (muchísimo) ha cambiado de dueño y, si no me la llevo, Radnor enviará a una docena más como yo para hacer el trabajo.

—No me encontrarán —dijo Lottie, finalmente consiguiendo dirigirle la mirada—. Me iré al extranjero. Desapareceré...

—Eres una pequeña chiflada —la interrumpió Gentry con voz tranquila—. ¿Pretendes pasarte el resto de tu vida huyendo? Enviará otro hombre a por ti, y otro... Nunca tendrás un momento de paz. No puedes huir lo bastante rápido, ni lo bastante lejos...

—Ya basta —dijo Westcliff con sequedad, advirtiendo el temblor que recorría el cuerpo de Lottie—. No, Lottie no irá al extranjero, ni seguirá huyendo de lord Radnor. Encontraremos una forma de solucionar el problema para que pueda llevar una vida normal.

—Ah... —Gentry levantó una de sus oscuras cejas formando un arco burlón—. Eso suena interesante. ¿Qué propone, Westcliff?

El conde guardó silencio mientras consideraba la cuestión.

Mientras Lottie seguía observando a Nick Gentry, intentaba pensar más allá de sus emociones encontradas. Hallaría una solución. Maldeciría si la llevasen hasta Radnor como un cordero al matadero. Sus pensamientos debían ser obvios, pues la mirada de Gentry estaba de pronto cargada de admiración mientras la contemplaba.

—Tal como lo veo, sólo tienes dos opciones —le dijo con suavidad.

La voz de ella tembló un poco al responderle.

—¿Y cuáles son?

—Con el incentivo adecuado, puedes persuadirme de liberarte, en cuyo caso seguirás escondiéndote de Radnor hasta que te vuelvan a atrapar. O... puedes librarte de sus zarpas para siempre.

—¿A qué se refiere?

Lord Westcliff intervino en el tenso silencio.

—Quiere decir matrimonio. Una vez casada y legalmente bajo la protección de otro hombre, Radnor dejará de perseguirte.

La mirada de Lottie descendió hasta la fuerte mano que cubría la suya.

—Pero eso es imposible. No conozco a ningún hombre que quisiera... —Se detuvo, sintiéndose enferma.

—Es posible que haya alguno —repuso el conde con mucha calma.

Cuando Lottie miró los ojos reflexivos de Westcliff, la tranquila burla de Nick Gentry cortó el aire.

—¿Piensa convertirla en su condesa, señor?

El rostro del conde era inexpresivo.

—Si es necesario.

Aturdida, Lottie le agarró fuerte la mano antes de apartarse de él. Era inconcebible que Westcliff estuviese dispuesto a hacer ese sacrificio. Quizás ella podría asumir la idea de casarse sin estar enamorada. Después de todo, cualquier cosa era preferible a convertirse en lady Radnor. Pero el conde era un hombre bueno y honorable, y no se aprovecharía de él de ese modo.

—Es extraordinariamente amable, señor —le dijo—. Pero nunca me casaría con usted, pues merece algo mucho mejor que un matrimonio así. Le supondría un sacrificio demasiado grande.

—No sería apenas ningún sacrificio —contestó él con sequedad—. Y es una solución lógica a tu dilema.

Lottie negó con la cabeza, frunciendo las finas cejas mientras tenía una nueva idea.

—Hay una tercera opción —dijo.

—¿Y cuál es?

Una calma glacial se apoderó de Lottie, y de pronto se sintió fuera de la escena, como si fuese una observadora imparcial más que una participante.

—Preferiría no decirla todavía. Si no le importa, señor, me gustaría tener cinco minutos a solas con el señor Gentry.

5

Nick había sabido que Lottie no reaccionaría con pasividad a la noticia de que él era el enviado de lord Radnor. Pero la furia apasionada de su respuesta cuando estaba acorralada, lo había sorprendido. Ahora que había recuperado la serenidad, lo miró con un desesperado cálculo que él entendió demasiado bien. La consideraba magnificente.

Aunque era obvio que lord Westcliff no estaba de acuerdo con la petición de Lottie, accedió frunciendo el entrecejo.

—Esperaré en la sala contigua —dijo, como si esperase que Nick se precipitara sobre ella como un animal rabioso tan pronto se cerrase la puerta—. Grita si necesitas ayuda.

—Gracias, señor —murmuró Lottie, ofreciéndole una graciosa sonrisa.

Eso hizo hervir de celos a Nick. Habría necesitado poca provocación para dirigir su puño contra el aristocrático rostro de Westcliff, sobre todo cuando había tomado la mano de Lottie para confortarla. Nick no había sido posesivo con nadie en su vida, pero apenas podía tolerar la visión de Lottie aceptando el contacto con otro hombre. Algo le estaba pasando —había perdido el control de la situación, y no estaba seguro de cómo recuperarlo—. Todo lo que sabía con seguridad era que necesitaba a Lottie... que si no la podía tener, nunca le abandonaría ese interminable sentimiento de avidez, insatisfacción y frío.

Nick seguía junto al fuego, relajado excepto por su puño apretado sobre la repisa de la chimenea. En silencio maldecía a Westcliff por ese cambio de situación. Nick había planificado contarle la noticia a Lottie de una forma delicada, y aliviar sus temores antes de que cayese presa del pánico. Ahora Westcliff había estropeado las cosas considerablemente y Lottie se mostraba hostil, y con razón.

Ella se giró hacia Nick con la cara pálida y los ojos enrojecidos por las lágrimas. Su expresión era no obstante serena, y lo miró con inquietante intensidad, como si intentase leerle la mente. Su mirada penetrante le hizo sentirse extrañamente amenazado.

—¿Ha sido todo una representación? —preguntó ella con tranquilidad.

Nick parpadeó.

Él, que había soportado incontables horas de escrutinios, interrogatorios e incluso torturas, quedó descolocado por la pregunta.

—Sé que lo era un poco —dijo Lottie—. Era parte de tu trabajo ganarte mi confianza. Pero has ido un poco más lejos de lo que era necesario. —Se acercó a él con hipnótica lentitud—. ¿Por qué me has dicho esas cosas esta noche?

Que Dios le ayudara, porque era incapaz de responder. Peor, no podía desviar la mirada de ella, que mirándole parecía llegarle hasta el alma.

—La verdad, Gentry —insistió—. Sin duda podrá responderme. ¿Has dicho en algún momento lo que sentías de verdad?

Nick sintió un ligero calor en el rostro. Intentaba disuadirla, negarla, pero era imposible.

—Sí —dijo con voz áspera, y cerró la boca. Que el diablo se la llevase si esperaba que él dijera algo más que eso.

Por alguna razón, la admisión pareció relajar a Lottie. Nick no podía imaginar por qué. Finalmente, consiguiendo desviar su mirada de Lottie, contempló sin ver la alegre luz del fuego.

—Bien —murmuró—. Quizá puedas explicarme en qué consiste la tercera opción.

—Necesito protegerme de lord Radnor —afirmó con

contundencia—. Pocos hombres podrían mantenerse firmes contra él. Creo que tú podrías.

La afirmación era natural, no había ninguna lisonja en su tono. Sin embargo, Nick sintió un parpadeo de orgullo masculino porque ella había reconocido sus habilidades.

—Sí, podría —dijo llanamente.

—A cambio de tu protección y apoyo económico, accedería a ser tu amante. Firmaría un contrato de compromiso legal a esos efectos. Creo que eso sería suficiente para mantener al margen a lord Radnor, y así nunca más tendría que vivir escondida.

Su amante. Nick nunca había imaginado que estaría dispuesto a rebajarse de esa manera. Sin embargo, parecía que Lottie finalmente era pragmática, reconociendo que no siempre podía mantener sus principios.

—Me permitirás acostarme contigo a cambio de mi dinero y protección —dijo, como si la palabra «amante» precisara una definición. Le lanzó a la chica una prudente mirada—. Vivirás conmigo y me acompañarás en público, sin importarte la vergüenza que ello te cause. ¿A eso te refieres?

Las mejillas de Lottie brillaron enrojecidas, pero le sostuvo la mirada.

—Sí.

El deseo inundó a Nick con un calor visceral. La conciencia de que iba a tenerla, de que ella estaba dispuesta a entregarse a él, hizo que se marease. Su amante... pero eso no era suficiente. Necesitaba más de ella. Toda ella.

Fue deliberadamente al sofá, tapizado con una rígida piel borgoña, y se sentó extendiendo las piernas. La recorrió con una mirada de pura evaluación sexual.

—Antes de aceptar nada, quiero una prueba de lo que me estás ofreciendo.

Ella se irguió.

—Creo que ya has tenido suficientes pruebas.

—¿Te refieres al episodio del bosque esta noche? —Nick suavizó la voz, mientras su corazón latía con violencia—. Eso no ha sido nada, Lottie. Quiero más de ti que unos besos inocentes. Mantener a una amante puede ser una proposición cara. Tendrás que demostrar que eres digna de ella.

Se acercó a él despacio, con su esbelta figura reflejada en la luz del fuego. Sin duda sabía que él estaba jugando a alguna clase de juego con ella, pero todavía no se había dado cuenta de qué peligros escondía.

—¿Qué quieres de mí? —preguntó.

Lo que había querido de Gemma. No, más de lo que Gemma le había dado. Quería a alguien que le perteneciera. Que lo cuidara. Que le necesitase de algún modo. No sabía si eso era posible... pero estaba dispuesto a apostarlo todo por Lottie. Ella era su única opción.

—Te lo demostraré. —Nick alargó el brazo y le agarró la muñeca, tirando de ella hasta casi sentarla, perdiendo el equilibrio junto a él.

Deslizando una mano por su nuca, se inclinó hacia ella, encontrándole el pulso con la punta de la lengua. Al mismo tiempo la agarró de la mano para ponérsela en la entrepierna, haciendo que sus finos dedos cubrieran el tenso bulto de su erección. Ella se puso rígida y jadeó, y de pronto se inclinó hacia su pecho como si las fuerzas la abandonasen. Nick atrajo con suavidad la mano de ella a lo largo de su verga, hacia el glande que empujaba con impaciencia contra el tenso velarte.

A Nick se le escapó un abrupto sonido y tiró de la blusa de Lottie, lleno de gratitud por quien fuese que hubiera diseñado un vestido que hacía que el cuerpo de una mujer fuese tan piadosamente accesible. Sus pechos expuestos brillaron a la luz del fuego, con los pezones de un rosa pálido. Lottie ladeó la cabeza, con los ojos cerrados con fuerza. Tirando más de ella hacia su regazo, Nick la acunó con un brazo, mientras las nalgas de Lottie se apoyaban sobre el rígido montículo de su erección. Los dedos de Nick se deslizaron por debajo de un pecho desnudo, levantando el peso sedoso para posicionar a Lottie para el lento descenso de su boca. Un estremecimiento la invadió cuando él abrió los labios sobre su tierno pezón, acariciándolo hasta endurecerlo. Entreabrió las manos como si quisiera apartarlo, pero de pronto sus dedos se aferraron a las solapas del abrigo de Nick y soltó un gemido de placer. El sonido paralizó a Nick, que con la lengua trazaba círculos alrededor del erecto pezón, haciéndola retorcerse como una gata entre sus brazos.

Mientras seguía chupando y acariciándole los pechos, deslizó una mano por debajo de sus faldas, encontrando el borde de las bragas y la gruesa liga de algodón que sujetaba las medias. Cada vez más consciente de la mano que se introducía por debajo de las faldas, Lottie cerró las piernas, y un rubor carmesí se extendió por su cara y sus pechos. La acarició sobre el arrugado lino, deslizando la palma de la mano sobre la cadera y el estómago, y luego desplazándola hacia los suaves rizos de más abajo.

—No —dijo ella, con los ojos todavía cerrados.

Nick besó la curva rosa de su garganta y la bella línea de su mandíbula. Su piel era suave y satinada, casi translúcida. Quería besarla de la cabeza a los pies.

—No es así como habla una amante —susurró—. ¿Renuncias a tu oferta, Lottie?

Ella negó con la cabeza, incapaz de hablar mientras la mano de Nick le presionaba el pubis.

—Entonces abre las piernas.

Ella obedeció agitándose, con los muslos separados, y la cabeza inclinada hacia atrás contra el brazo de Nick. La acarició sobre la frágil tela, frotando con suavidad el caliente surco hasta que el lino se mojó bajo sus dedos. A Nick le estimulaban los esfuerzos de ella por permanecer inmóvil y en silencio, con el rostro volviéndose escarlata, y las piernas cada vez más rígidas mientras la acariciaba. Al final, Lottie gimió y le sujetó la muñeca de forma implorante.

—Ya basta —exhaló.

El miembro de Nick pulsó con violencia por debajo de ella.

—¿Basta? —susurró, deslizando los dedos en la abierta ranura de sus bragas—. Creo que quieres más.

Lottie se estremeció en el regazo de Nick cuando él encontró un suave vello enmarañado... carne sedosa y abundante... la húmeda entrada al cuerpo de Lottie. Besándole el arco de la garganta, Nick jugó con la mata de terciopelo.

—Dulces y pequeños rizos —respiró cerca de la oreja de Lottie—. Me pregunto de qué color serán. ¿Rubios, como el color de tu cabello? ¿O más oscuros?

Aturdida por la pregunta, Lottie lo miró con ojos extraviados.

—De acuerdo —dijo Nick, abriéndole la suave raja—. Lo descubriré yo mismo... más tarde.

Ella se arqueó mientras él encontraba el tierno punto escondido tras los pliegues de protección.

—Oh... oh, Dios.

—Shhhh... —Le mordió el lóbulo—. No querrás que Westcliff te oiga, ¿verdad?

—No sigas —suplicó ella.

Pero ahora nada podía detenerlo. La acarició con habilidad, describiendo círculos alrededor del delicado punto. Lottie levantó las nalgas separándolas de la dura longitud de su erección, mientras presionaba las caderas contra la mano de Nick. Pasó la callosa yema de su pulgar por la flor en brote, y deslizó el índice en el interior de Lottie hasta sumergirlo por completo en el delicioso canal.

La respiración de Lottie se aceleró, y sus muslos apretaban la mano de Nick mientras éste metía y retiraba el dedo a un ritmo tranquilo. Él sintió que sus muslos se tensaban mientras ella se movía estremeciéndose, luchando instintivamente para librarse de la aguda tensión. Nick bajó la cabeza hacia sus pechos una vez más. Ahora las puntas estaban tensas y rosadas, y sopló con suavidad uno de ellos antes de cubrirlo con la boca. Con el dedo hundido en el interior de Lottie y el pezón palpitando contra su boca, experimentó un triunfo que nunca había conocido antes.

Ella luchó desesperadamente sin alcanzar el clímax. Se le escapó un gemido de frustración. Retirando el dedo de las dulces profundidades de su cuerpo, Nick puso su mano húmeda en el tenso estómago de Lottie, frotándola en relajantes círculos.

—Me ocuparé de ti más tarde —murmuró Nick—. Te lo prometo.

Lottie murmuró de nuevo, arqueándose desesperadamente contra su mano. Él sabía lo que ella quería, y anhelaba dárselo. Nick olfateó el embriagador perfume del deseo femenino. El calor se apoderó de él, y casi perdió del todo el control de sí mismo mientras pensaba en hundir la cara entre sus muslos, introduciéndole la lengua...

Nick se estremeció mientras se esforzaba en no bajarle las bragas para poseerla con pasión desatada. Westcliff esperaba muy cerca, y ahora no era momento ni lugar para ir más allá. Más adelante ya habría tiempo de hacerle el amor a placer. «Paciencia», se aconsejó tomando aire varias veces.

Lottie se apartó de sus brazos y se acurrucó en el otro extremo del sofá. Estaba maravillosamente desaliñada, con las mejillas húmedas y enrojecidas por completo. Se cubrió los pechos con el corpiño.

Sus miradas se cruzaron, la de ella brillando de vergüenza, la de él calculando sin disimulo. Y luego Nick se decidió a hablar claro.

—Te quiero —dijo—. De hecho, nada podría detenerme para conseguirte. Pero no te quiero como amante. Quiero una compañía total e irrevocable. Todo lo que le hubieses dado a Radnor o a Westcliff.

Lottie lo miró como si fuese un lunático. Le llevó exactamente medio minuto recuperarse lo suficiente para poder hablar.

—¿Te refieres al matrimonio? ¿Qué diferencia habría entre casarme contigo o con lord Radnor?

—La diferencia es que te dejo elegir.

—¿Por qué razón estarías dispuesto a atarte conmigo para toda la vida?

Nick nunca podría admitir la verdadera razón.

—Porque quiero las ventajas de una esposa —mintió—. Y tú lo harías tan bien como cualquier otra mujer.

Respiró enfurecida.

—Elige —la aconsejó Nick—. Puedes seguir corriendo,

o puedes convertirte en la esposa de alguien. La mía o la de Radnor.

Ella le dirigió otra de esas largas y penetrantes miradas que a Nick le erizaban la nuca. Odiaba cuando ella hacía eso. Una vez más él no podía pestañear o desviar la mirada, y ella parecía leerle el pensamiento a pesar de su voluntad para ocultarlo.

—La tuya —dijo con firmeza—. Seré tuya.

Y él soltó un lento y casi imperceptible suspiro de alivio.

Lottie se adecentó la ropa y fue a servirse un poco de brandy del armario de caoba. Estaba mareada y sentía las piernas como si fuesen de gelatina, buenas señales de que lo último que necesitaba era más licor. Además, técnicamente todavía era la criada de lord Westcliff, y nadie en tal posición podría pensar nunca en servirse licor del amo. Por otra parte, tales distinciones se habían desvanecido después de las sorprendentes revelaciones de esa noche. Estaba aturdida por haber recibido dos proposiciones de matrimonio en una noche, y de dos hombres tan diferentes.

Y las cosas que Nick Gentry acababa de hacerle... No, no pensaría en eso ahora, mientras su cuerpo todavía palpitaba con los ecos de un placer vergonzante. Llenando la copa sin contemplaciones, Lottie hizo una mueca y tragó el excelente licor.

Gentry se le acercó, tomándole la copa después de que ella hubiese bebido la mitad de su contenido.

—No tardarás en estar más borracha que una cuba.

—¿Y eso qué importa? —repuso con voz ronca, mirando cómo él terminaba de beber el brandy.

—Supongo que nada. —Dejó a un lado la copa y tomó a Lottie por la cintura. Una sonrisa disimulada apareció en los labios de Nick—. Dios sabe que cualquier mujer necesitaría fortalecerse después de aceptar ser mi mujer.

Un golpe exigente retumbó en la puerta, y lord Westcliff entró en la habitación. Su aguda mirada se concentró en ambos de pie muy juntos, y una gruesa ceja se arqueó con burla.

Las manos de Gentry apretaron la cintura de Lottie mientras ella intentaba alejarse de él.

—Puede ser el primero en felicitarnos —le dijo al conde, en una horrible parodia de una declaración caballerosa—. La señorita Howard me ha hecho el honor de darme su mano.

Los ojos de lord Westcliff se entrecerraron mientras miraba a Lottie.

—¿Es ésa la tercera opción?

—Parece ser... —dijo ella insegura— que sí.

Lottie sabía que el conde no entendía por qué tendría que aceptar un pacto con el diablo. Con los ojos, le rogó en silencio que no le pidiera ninguna explicación, pues sería incapaz de darle sus razones. Estaba cansada de esconderse, de preocuparse y de vivir asustada. Nick Gentry le había ofrecido una salida. Nick no tenía principios, era cruel y mundano —exactamente la clase de hombre que sabría protegerla de Radnor—. Pero todo eso no habría sido suficiente para obligarla a casarse con él. Otro factor había marcado la diferencia, y era que él sentía algo por ella. Nick era incapaz de esconderlo a pesar de sus esfuerzos por aparentar lo contrario. Y contra todo mejor juicio, ella le quería. O al menos quería al hombre que había fingido ser el hombre que la había contemplado con una intensidad tan desesperada mientras estaban junto al pozo de los deseos, el hombre que la había besado en el bosque y le había susurrado que la necesitaba...

Frunciendo el ceño, el conde avanzó y le dijo.

—Quiero hablar contigo, Lottie.

Ella asintió obedeciendo, como era su costumbre.

—Sí, señor. —Gentry no la liberaba, y ella le lanzó una mirada de desafío—. Todavía no me he casado con usted —dijo respirando con dificultad—. Suélteme.

Nick apartó las manos y ella fue hacia el conde, que la tomó por el codo y la condujo a un aparte. Su respetuoso tacto era muy distinto de la posesividad impetuosa de Gentry.

Lord Westcliff la miró bajando los ojos. El conde tenía un

rizo de cabello oscuro que le colgaba sobre la ancha frente.

—Lottie —dijo con tranquilidad—, no puedes tomar esta decisión sin saber más del hombre al cual te entregas. No te engañes por el hecho de que Gentry sea un agente de Bow Street. No hay duda de que su profesión le otorga cierto sentido del honor, incluso de heroísmo. En el caso de Gentry es cierto lo contrario. Él es, y siempre ha sido, una figura de controversia pública.

—¿En qué sentido? —preguntó Lottie, mirando la oscura figura al otro lado de la habitación. Gentry estaba bebiendo otro brandy, fingiendo contemplar una hilera de libros. La hosca curva de su boca dejaba claro que sabía a la perfección lo que Westcliff le estaba contando.

—Gentry sólo ha sido investigador de Bow Street durante los pasados dos o tres años. Antes era un criminal bajo la máscara de un cazarrecompensas. Lideraba una infame corporación de ladrones y lo arrestaron varias veces por fraude, robo y extorsión. Puedo garantizarte que tiene relaciones con todos los criminales notables de Inglaterra. A pesar de su aparente reinserción social, hay muchos que creen que todavía tiene tratos ilícitos con muchos de sus antiguos cohortes del hampa. No es de confianza, Lottie.

Ella intentó no demostrar ninguna reacción, pero estaba asustada. Mirando más allá del ancho hombro de Westcliff, vio la forma amenazante del agente de Bow Street mientras se paseaba por el oscuro rincón del estudio. Parecía más cómodo en la sombra, con los ojos reluciendo como los de un gato. ¿Cómo podía un hombre de casi treinta años tener una carrera tan variada? Señor del crimen, cazarrecompensas... ¿Qué, en nombre de Dios, era ese hombre?

—Señorita Howard... Lottie... —Westcliff recuperó la atención de ella con un tranquilo murmullo—. Debes considerar muy en serio mi proposición. Creo que nuestro enlace beneficiaría a ambos. Te doy mi palabra de que seré un esposo amable, y que no te faltará de nada...

—Señor —le interrumpió ella con franqueza—, espero que no considere mi rechazo como nada que no sea mi respeto por usted. Es el hombre más honorable que he conocido, y por ello no consentiría nunca un matrimonio sin amor. No puede negar, señor, que no seré su única opción si busca una esposa. Y si cometiera la injusticia de aceptar su oferta, algún día nos arrepentiríamos. El señor Gentry y yo somos más apropiados el uno para el otro, pues ninguno de los dos lo considerará un auténtico matrimonio, sino más bien una transacción comercial en la cual... —Le ardían las mejillas mientras se esforzaba por terminar— en la cual un servicio se intercambia por otro.

Westcliff parecía triste.

—No eres tan cínica ni lo bastante fuerte como para consentir un matrimonio así.

—Por desgracia, señor, sí que soy así de fuerte. Por culpa de lord Radnor, nunca he tenido las esperanzas o los sueños de muchas otras mujeres. Nunca he esperado ser feliz en el matrimonio.

—Pero mereces algo mejor que esto —insistió.

Ella sonrió sin humor.

—¿Está seguro? Yo no. —Apartándose de él, Lottie caminó solemnemente hacia el centro del estudio y miró expectante a Gentry. Sus maneras eran decididas—. ¿Cuándo nos marchamos?

Gentry salió del rincón. Ella vio por el centelleo de sus ojos que estaba casi seguro de que cambiaría de opinión después de haber hablado con Westcliff. Ahora que había confirmado su decisión, no había vuelta atrás.

—Ahora —dijo él con suavidad.

Los labios de Lottie se separaron para hacer una objeción. Gentry intentó convencerla de que debían partir sin despedirse de nadie, ni siquiera de lady Westcliff. Por otra parte, sería más fácil para ella simplemente desaparecer sin tener que dar explicaciones a nadie.

—¿No es demasiado peligroso viajar de noche? —preguntó, y se contestó deprisa—: No importa. Si nos encontramos con un salteador de caminos, probablemente estaré más segura con él que con usted.

Gentry sonrió con malicia.

—Quizá tengas razón.

Su diversión momentánea fue barrida por el conciso anuncio de lord Westcliff.

—Si no consigo que la señorita Howard cambie de opinión, al menos precisaré una prueba de que la ceremonia sea legal. También exigiré la garantía de que usted satisfará todas sus necesidades.

Lottie se dio cuenta de que en realidad no se había detenido a pensar qué clase de vida le esperaría con Gentry. Cielo santo. ¿Cómo se ganaría la vida un agente de Bow Street? No había duda de que el sueldo sería irrisorio, pero seguramente con las comisiones particulares que recibía tendría suficiente para vivir una vida decente. Ella no necesitaba demasiado... una habitación o dos en una zona segura de Londres bastaría.

—Que el diablo me lleve si tengo que dar cuenta de mis habilidades para mantener a mi esposa —dijo Gentry—. Todo lo que necesita saber es que no morirá de hambre, y siempre tendrá un techo sobre la cabeza.

El viaje a Londres sería aproximadamente de doce horas, lo cual quería decir que viajarían de noche y llegarían a primera hora de la tarde. Lottie descansaba contra el asiento tapizado de terciopelo marrón del carruaje de Gentry. Una vez en marcha, Gentry se dispuso a apagar la pequeña lámpara que iluminaba el interior.

—¿Quieres dormir? —preguntó—. Falta mucho para que amanezca.

Lottie negó con la cabeza. A pesar de su cansancio, estaba demasiado agitada como para relajarse.

Encogiéndose, Gentry dejó que la lámpara ardiera. Apoyó una pierna sobre el asiento e hizo una ligera mueca.

—¿Es tuyo? —preguntó Lottie—. ¿O lo alquilaste como parte de tu engaño?

Comprendiendo que se refería al carruaje, le hizo una sonrisa burlona.

—Es mío.

—No habría creído que alguien de tu profesión pudiese permitirse un vehículo así.

Él jugueteó perezosamente con el flequillo del extremo de la pequeña ventana de su lado.

—Mi trabajo exige viajar con frecuencia. Prefiero hacerlo con comodidad.

—¿Acostumbras utilizar un nombre falso para tus investigaciones?

Nick negó con la cabeza.

—La mayoría de veces no es necesario.

—Creo que no has podido elegir un disfraz peor —dijo ella—. Te han descubierto con facilidad. Lord Westcliff no ha tardado mucho en darse cuenta de que no existe el tal vizconde Sydney.

Una extraña expresión cruzó la cara de Nick, mezcla de diversión e incomodidad, y pareció mantener un debate consigo mismo sobre si tenía o no tenía que contarle nada. Al final torció la boca y soltó un leve suspiro.

—Westcliff estaba equivocado. Existe un vizconde Sydney. O al menos hay un sucesor legítimo para el título.

Lottie lo observó con escepticismo.

—¿Y quién es? Y si lo que dices es cierto, ¿por qué no ha accedido a reclamar su título y propiedad?

—No todo el mundo quiere ser un aristócrata.

—¡Por supuesto que sí! Además, no se puede elegir ser noble. Lo eres o no lo eres. El noble no puede negar su derecho por nacimiento más de lo que puede cambiar el color de sus ojos.

—Que me cuelguen si no puede —fue su abrupta respuesta.

—No hace falta enojarse —dijo Lottie—. Y todavía no me has contado quién y de dónde es ese misterioso vizconde, con lo cual me haces creer que te lo estás inventando.

Gentry cambió de postura, moviéndose con incomodidad, y evitando cruzarse con la mirada de ella.

—Soy yo.

—¿Qué? ¿Intentas tomarme el pelo haciéndome creer que eres un aristócrata desaparecido hace tiempo? ¿Tú, un señor del crimen y cazarrecompensas, un vizconde secreto? —Lottie sacudió la cabeza—. No te creo.

—Me importa muy poco si me crees o no —dijo Gentry—. Sobre todo teniendo en cuenta que no tiene nada que ver con el futuro, ya que nunca reclamaré el título.

Lottie contempló atónita su duro perfil. Sin duda parecía creer lo que decía. ¿Pero cómo podía ser posible? Si había alguna verdad en su afirmación, ¿cómo había llegado a esa situación un hijo de la aristocracia? Nadie empezaba la vida como miembro de la nobleza y acababa siendo... lo que fuera él. No podía evitar apabullarlo con preguntas.

—¿Eres John, lord Sydney? ¿El hijo del vizconde Sydney que murió hace veinte años, se supone que sin ningún heredero? ¿Tienes alguna prueba de ello? ¿Hay alguien que pueda corroborarlo?

—Mi hermana Sophia. Y su marido, sir Ross Cannon.

—¿El magistrado? ¿El antiguo jefe de Bow Sreet es tu cuñado?

Gentry asintió con la cabeza. Lottie estaba del todo confundida. Suponía que no tenía más remedio que creerlo, pues la historia podía desacreditarse con facilidad si no era cierta. Pero era tan fantástica, tan absurda, que no podía asumirla.

—Yo tenía siete años, quizás ocho, cuando murieron mis padres —explicó Gentry con brusquedad—. Aparte de mí, no había familiares varones que pudiesen hacer una reclamación legítima al título o a las tierras. No es que hubiese mucho que heredar, ya que mi padre tenía deudas y la finca estaba en mal estado. Mi hermana mayor Sophia y yo rondamos por el pueblo durante un tiempo, hasta que al final la acogió una prima lejana. Pero yo me había convertido en un bribón, y la prima era comprensiblemente reticente a tenerme bajo su techo. Así que me fui a Londres y me convertí en un ladrón, hasta que me encarcelaron por mis delitos. Cuando otro chico murió en prisión, tomé su nombre para poder ganarme antes la libertad.

—Entonces ése debía de ser el verdadero Nick Gentry —dijo Lottie.

—Sí.

—¿Y adoptaste su identidad y luego hiciste creer a todo el mundo que habías muerto?

Un centelleo desafiante cruzó sus ojos.

—Al pobre Nick su nombre ya no le servía de nada.

—Pero sin duda más tarde debes haber pensado en reclamar tu auténtico nombre... tu legítima posición en la sociedad...

—Tengo exactamente la posición que quiero en la sociedad. Y Nick Gentry se ha convertido en más nombre mío que suyo. Intento dejar que Sydney descanse en paz. —Sonrió con sarcasmo—. Lo siento por la pérdida de prestigio, pero te conocerán como la señora de Nick Gentry, y nadie excepto mi hermana y su marido sabrán la verdad. ¿Lo entiendes?

Lottie asintió confusa, frunciendo el entrecejo.

—No me importa la pérdida de prestigio. Si me importase, me habría casado con lord Radnor.

—Entonces no te importará ser la mujer de un plebeyo —dijo Gentry observándola con profundidad—. Alguien de recursos limitados.

—Estoy acostumbrada a vivir en circunstancias humildes. Mi familia es de buena cuna pero, como he mencionado antes, somos pobres.

Gentry estudió las pulidas puntas de sus botas.

—Lord Radnor era un maldito y tacaño benefactor, a juzgar por las condiciones de Howard House.

Lottie inhaló deprisa.

—¿Has estado en la casa de mi familia?

Él la miró a los ojos.

—Sí, he visitado a tus padres para interrogarlos. Sabían que te estaba buscando.

—Oh —dijo Lottie afligida.

Por supuesto que sus padres habrían cooperado en la investigación. Sabían que lord Radnor quería encontrarla y, como siempre, habían accedido a sus deseos. La noticia no debería haberle sorprendido. Y sin embargo no podía evitar sentirse traicionada. ¿Se hubiesen molestado siquiera un momento en considerar sus intereses en lugar de los de Radnor? Forzó la garganta, y parecía que no podía tragar bien.

—Respondieron con detalle todas las preguntas —continuó Gentry—. He visto las muñecas con las que jugaste un día, el libro de aventuras que dibujaste en... Incluso sé el tamaño de tus zapatos.

Sintiéndose vulnerable, Lottie se abrazó a sí misma.

—Parece extraño que hayas visto a mi familia, cuando he estado alejada de ella durante dos años. ¿Cómo están mis hermanas y mis hermanos? ¿Cómo está Ellie?

—¿La de dieciséis años? Tranquila. Bella. Al parecer goza de buena salud.

—Dieciséis —murmuró Lottie, confusa al darse cuenta de que sus hermanas se habían hecho mayores, igual que ella. Todas habían cambiado durante el tiempo que habían estado separadas—. Cuando mis padres hablaron de mí, ¿parecían...?

—¿Qué?

—¿Me odian? —preguntó directamente—. Me he preguntado tan a menudo...

—No, no te odian. —Su voz sonó extrañamente suave—. Están preocupados por su propio pellejo, por supuesto, y parecen mantener la sincera convicción de que te beneficiaría casarte con Radnor.

—Nunca han entendido cómo es en realidad.

—No quieren. Sacan más provecho engañándose a ellos mismos.

Lottie quiso reprenderlo a pesar de haber pensado lo mismo mil veces antes.

—Necesitaban el dinero de lord Radnor —dijo sin enfatizar—. Tienen gustos caros.

—¿Es así como tu padre perdió la fortuna familiar? ¿Viviendo más allá de sus posibilidades?

—Para empezar, no creo que hubiese demasiada fortuna. Pero sin duda mis padres gastaban todo lo que caía en sus manos. Cuando yo era una niña teníamos lo mejor de todo. Y después, cuando se esfumó el dinero, casi nos moríamos de hambre. Hasta que intervino lord Radnor. —Se frotó la frente y las doloridas sienes—. Podría argumentarse con facilidad que me he beneficiado de su interés. Gracias a Radnor, me enviaron a la escuela de señoritas más exclusiva de Londres, y me pagó la comida, la ropa e incluso una doncella para que me atendiera. Creía que Radnor quería convertirme en una dama. Al principio incluso agradecía que se preocupara tanto de prepararme para ser su esposa.

—Pero resultó más complicado que eso —murmuró Gentry.

Ella asintió.

—Me trataron como a una mascota atada con una cuerda. Radnor decidía lo que podía leer, lo que podía comer... Ordenó a los profesores que mis baños debían ser con agua fría, ya que creía que era más saludable que la caliente. Mi dieta se limitaba al caldo y la fruta siempre que decidía que debía adelgazar. Tenía que escribirle una carta cada día, describir mi progreso en las asignaturas que deseaba que estudiase. Había reglas para todo... No podía hablar a menos que mis pensamientos estuviesen bien formados y expresados con gracia. Nunca podía dar mi opinión sobre nada. Si estaba inquieta, me ataban las manos al asiento de mi silla. Si me daba el sol, me quedaba en casa. —Soltó un tenso suspiro—. Lord Radnor quería convertirme en otra persona. No imagino cómo sería vivir con él como esposa, o qué pasaría cuando al final se diese cuenta de que nunca podría satisfacer los niveles de perfección que establecía. —Perdida en sombríos recuerdos, torció los dedos, los juntó, y habló sin ser del todo consciente de lo que revelaba—. Me aterraba ir a casa en vacaciones. Siempre estaba allí, esperándome. Apenas me concedía tiempo para ver a mis hermanos y hermanas antes de que tuviera que ir con él y...

De repente se detuvo, dándose cuenta de que había estado a punto de confiar el secreto que había provocado la ira de sus padres cuando había intentado contárselo. Se mantuvo en el fondo de su alma durante años. Su familia dejó claro de algún modo sin palabras que la supervivencia de la familia, y la suya, dependía por completo de su silencio. Tragándose las palabras prohibidas, Lottie cerró los ojos.

—Tenías que ir con él y... —la urgió Gentry.

Ella sacudió la cabeza.

—Ahora no importa.

—Cuéntame. —Su voz era suave—. Te aseguro que nada de lo que me digas logrará sorprenderme.

Lottie lo observó con prudencia, consciente de que era cierto. Con todo lo que Gentry había visto nada podría asquearlo.

—Vamos —murmuró.

Y Lottie se encontró contándole lo que nadie había querido oír nunca.

—Cada vez que llegaba a casa, tenía que ir a una habitación privada con Radnor, contarle mi comportamiento en la escuela y responder sus preguntas sobre mis estudios y mis amigos, y... —Miró el rostro inescrutable de Gentry, y su falta de reacción le facilitó continuar—. Me hacía sentarme sobre su regazo mientras hablábamos. Me tocaba, en el pecho y debajo de las faldas. Era asqueroso... pero no podía detenerlo, y mis padres... —Se encogió de hombros con desespero—. No me escuchaban cuando intentaba contárselo. Eso duró años. Una vez mi madre me pegó, y me dijo que pertenecía a lord Radnor, y que en cualquier caso se casaría conmigo. Me decía que debía dejarle hacer lo que quisiera. La seguridad de la familia dependía de su placer y buena voluntad. —Su voz se llenó de vergüenza cuando añadió—: Y luego escapé de él, y haciéndolo los lancé a los lobos.

Gentry habló con delicadeza, como si ella todavía fuese una niña inocente más que una mujer de veinte años.

—¿Fue más allá de tocarte, Lottie?

Ella lo miró sin comprender.

—¿Te hizo llegar al clímax mientras estabas sentada en su regazo?

El rostro de ella se encendió cuando entendió a qué se

refería... la misteriosa culminación de éxtasis que algunas chicas habían descrito con traviesas risas. Un placer físico que sin duda ella nunca podría haber sentido con Radnor.

—No lo creo.

—Créeme, lo habrías sabido de haber llegado —bromeó Gentry.

Lottie pensó en la forma como él la había tocado a la luz del fuego, la sensación que había experimentado en los pechos, las ingles y el estómago, la dulce y dolorosa frustración que la había atormentado tanto. ¿Era eso el clímax o había más que todavía tenía que experimentar? Estuvo tentada de preguntarle a Sidney, pero se abstuvo por miedo de que se burlase de ella por su ignorancia.

La oscilación del suave carruaje la adormecía, y bostezó detrás de la mano.

—Deberías descansar —dijo Gentry con delicadeza.

Lottie sacudió la cabeza, reticente a abandonarse en sueños mientras él la observaba. Qué estúpido era temer esa pequeña intimidad después de todo lo que había pasado entre ellos. Buscó un nuevo tema de conversación.

—¿Por qué te convertiste en agente de Bow Street? No puedo creer que eligieras esta profesión voluntariamente.

La risa subió a su garganta.

—Oh, estaba muy dispuesto, considerando la alternativa. Hice un gran trato con mi cuñado, sir Ross, hace tres años. En esa época era el magistrado jefe de Bow Street, y disponía de una prueba que me habría hecho bailar al viento de haberla presentado ante un tribunal.

—Bailar al viento —repitió Lottie, confundida por la expresión nada familiar.

—Colgando del extremo de una soga. Créeme, deberían haberme descuartizado y trinchado por algunas de las cosas que hice en mi carrera de criminal. —Haciendo una pausa para observar el efecto de sus palabras, sonrió ligeramente ante la incomodidad de Lottie—. En un esfuerzo por evitar la difícil posición de tener que ejecutar al hermano de su esposa —continuó—, sir Ross se ofreció para ocultar la condenada prueba contra mí, si traicionaba a mis socios del hampa y me convertía en un agente de la ley.

—¿Durante cuánto tiempo?

—Para siempre. Por supuesto estuve de acuerdo, ya que no me apetecía que me estirasen el cuello.

Lottie frunció el entrecejo.

—¿Por qué sir Ross quería que te convirtieras en agente?

—Creo que tenía la impresión equivocada de que unos años en el servicio público me reformarían. —Gentry sonrió con burla—. No lo han conseguido.

—¿No es bastante peligroso para ti perseguir criminales en esos lugares después de haberlos traicionado?

—Hay mucha gente a la que le gustaría ver mi cabeza en una bandeja de plata —admitió—. De hecho, quizá no tengas que aguantarme mucho tiempo. Todos los que me conocen afirman que moriré joven.

—Probablemente no tendré esa suerte —dijo ella con sarcasmo—. Pero nunca se sabe. —Pero al punto se arrepintió de esas palabras. No era propio de ella ser tan desagradable—. Lo siento —se excusó—. No debería haber dicho eso.

—No importa. He inspirado a la gente cosas mucho peores y por menos razones.

—De eso no tengo la menor duda —contestó ella, y Nick se rió.

—Voy a apagar la luz. Tengo que descansar cuando y donde puedo. Y mañana promete ser un día ajetreado.

El silencio que siguió fue sorprendentemente cómodo. Lottie se acomodó en el rincón, exhausta y aturdida por el rumbo imprevisto que había tomado su vida. Esperaba que el sueño sería difícil con todos esos pensamientos arremolinados en su mente. Sin embargo, pronto se apoderó de ella un profundo sueño y cedió contra las almohadillas del asiento. Moviéndose, buscó una posición más cómoda. Se sentía acogida y protegida como una niña, y el sueño era tan reconfortante que no pudo evitar rendirse al insidioso placer. Algo suave le rozó la frente, y las últimas horquillas que le sujetaban el peinado fueron retiradas con suavidad de su cabello. Inhaló una maravillosa fragancia, de la lana y del jabón de afeitar en la limpia piel masculina.

Consciente de que se hallaba en los brazos de Gentry, acomodada en su regazo, se revolvió vacilante.

—Qué... qué...

—Duerme —susurró él—. No te haré daño. —Sus largos dedos acariciaron el cabello de Lottie.

La parte de la mente de Lottie que protestaba contra esa circunstancia luchaba con el resto, lo cual indicaba que estaba exhausta, y en ese punto apenas importaban las libertades que le permitiera a Nick. No obstante, tozudamente se libró de él y se apartó de la calidez tentadora de su cuerpo. Él la soltó muy despacio, con los ojos oscuros brillando en las sombras.

—No soy tu enemigo, Lottie.

—¿Eres mi amigo? Hasta ahora no te has comportado como tal.

—No te he forzado a hacer nada que no quisieras hacer.

—Si no me hubieses encontrado, todavía estaría residiendo felizmente en Stony Cross Park...

—Allí no eras feliz. Apuesto a que no has sido feliz ni un día desde que conociste a lord Radnor.

¡Oh, cómo le gustaría contradecirlo! Pero era absurdo mentir, cuando la verdad era obvia.

—Siendo mi esposa encontrarás la vida increíblemente más deliciosa —continuó Gentry—. No serás la criada de nadie. Podrás hacer lo que te apetezca, dentro de unos límites razonables. Y no tendrás que temer más a lord Radnor.

—Todo por el precio de acostarme contigo —murmuró.

Él sonrió, lleno de suave arrogancia al contestar:

—Acabarás disfrutando mucho más de eso que de cualquier otra cosa.

6

Cuando Lottie emergió de su sueño, la luz del día se filtraba por los resquicios de las cortinillas de la ventana. Con los ojos legañosos y despeinada, miró a su futuro marido, despierto y con la ropa arrugada.

—No necesito dormir mucho —dijo, como si le leyera el pensamiento. Le agarró la mano y le colocó las horquillas en la palma. Curvó los dedos alrededor del alambre, que había retenido el calor de la piel de Nick. Mecánicamente Lottie procedió a recogerse el cabello con una eficiencia producto de un hábito de años.

Corriendo la cortinilla, Gentry contempló la bulliciosa ciudad por la ventanilla. Un rayo de luz le cruzó los ojos, volviéndolos de un azul que parecía casi sobrenatural. Incluso sentado en un carruaje, Lottie podía percibir la familiaridad de Nick con la ciudad, el atrevimiento que hacía que ningún rincón o callejón fuese peligroso para él.

Ningún aristócrata que hubiese conocido —y siempre habían habido muchos en Stony Cross Park— había poseído una imagen tan experta en cuestión de ciudades, el porte curtido que sugería que estaría dispuesto a hacer cualquier cosa, sin importarle si era detestable, para cumplir con sus objetivos. Los hombres bien educados eran capaces de trazar una línea en ciertos asuntos, tenían principios y referencias, cosas que Gentry hasta el momento no había demostrado.

Si en realidad era un aristócrata, Lottie pensaba que era inteligente por su parte rechazar esa herencia y «dejar a Sydney descansar en paz», como había dicho. Estaba segura que de haber elegido otra cosa, habría encontrado difícil, incluso imposible, hacerse un hueco en la alta sociedad de Londres.

—Lord Westcliff me dijo que eras el jefe de una corporación de ladrones —comentó ella—. También dijo que...

—Siento decirte que no era ni mucho menos la figura poderosa que todo el mundo cree —la interrumpió Gentry—. Las historias se exageran más cada vez que las cuentan. Algunos escritores por entregas se han esforzado para hacerme parecer tan amenazador como Atila el Huno. No es que reclame inocencia, naturalmente. Dirigía una operación de contrabando increíblemente buena. Y aunque admito que mis métodos eran cuestionables, era mejor investigador que cualquiera de los agentes de Cannon.

—No entiendo cómo podías dirigir a ladrones y contrabandistas y ser un investigador al mismo tiempo.

—Repartí espías y delatores por todo Londres y más allá. Tenía pruebas de todo el mundo, desde Gin Alley hasta Dead Man's Lane. Siempre que alguien se cruzaba en mi camino, lo entregaba y me llevaba la recompensa. Como agente de Bow Street, encuentro el negocio de atrapar ladrones un poco más difícil, ya que el magistrado jefe insiste en que haga las cosas a su manera. Pero sin embargo sigo siendo su mejor hombre.

—Y sin vergüenza de proclamarlo —replicó Lottie con sequedad.

—No me gusta la falsa modestia. Y resulta que es cierto.

—No lo dudo. Has conseguido atraparme cuando los hombres de Radnor fracasaron después de intentarlo durante dos años.

Él la examinó con desconcertante intensidad.

—Cuanto más aprendía de ti, más curiosidad sentía. Quería ver qué clase de chica tenía el coraje de crear una nueva vida para sí misma, sin la ayuda de nadie.

—Coraje —repitió ella dudando—. Es raro que lo llames así, cuando yo siempre lo he considerado cobardía.

Nick iba a responder cuando el carruaje giró por una calle bien pavimentada y flanqueada por un pintoresco césped con árboles y jardines con paseos. Impecables casas de tres plantas de ladrillo viejo flanqueaban la apartada callejuela, que destacaba por su sorprendente ambiente pastoril en medio de la bulliciosa ciudad.

—Betterton —dijo Gentry, identificando la calle—. La oficina de Bow Street situada a nuestras espaldas, y Covent Garden justo más allá.

—¿Se puede ir a pie al mercado? —preguntó Lottie, anticipando la perspectiva de explorar los nuevos alrededores. Aunque Maidstone se hallaba en el oeste de Londres, a los estudiantes nunca se les había permitido ir a ningún sitio.

—Sí, pero tú no irás a ningún sitio sin mí.

—Acostumbro a salir cada mañana —dijo ella, preguntándose si iba a perder ese pequeño pero necesario placer diario.

—Entonces pasearé contigo. O un lacayo te acompañará. Pero no permitiré que mi esposa salga a pasear desprotegida.

«Mi esposa.» La expresión formal pareció golpear el pecho de Lottie. De pronto la idea de casarse con él, aceptar su autoridad, someterse a sus deseos, parecía del todo real, mientras que antes sólo había sido una noción abstracta. Parecía que Gentry también se había sorprendido a sí mismo, pues cerró la boca y miró por la ventanilla frunciendo el entrecejo. Lottie se preguntaba si la perspectiva de matrimonio también se había hecho real para él... o, que Dios la ayudara, si lo estaba reconsiderando.

El carruaje se detuvo delante de una casa diseñada con el estilo simétrico georgiano, con blancas columnas dóricas y puertas plegadizas de vidrio que se abrían a la entrada de un vestíbulo con cúpula. La pequeña pero elegante residencia superó tanto las expectativas de Lottie que la contempló con mudo asombro.

Saliendo primero del carruaje, Gentry la ayudó a bajar, mientras un lacayo se apresuraba a subir la escalinata para avisar al servicio de la llegada del amo.

Haciendo una mueca a los agarrotados músculos de su pierna, Lottie confió en el apoyo del brazo de Gentry mientras se acercaban a la puerta. Una ama de llaves de mediana edad los saludó. Era una mujer oronda de ojos cálidos y el cabello liso plateado.

—Señora Trench —dijo Gentry con una repentina travesura bailando en sus ojos imposible de disimular—. Como puede ver, he traído a una invitada, la señorita Howard. Le aconsejo que la trate bien, ya que acaba de convencerme de que me case con ella.

Comprendiendo la implicación, Lottie le dirigió a Nick una mirada que hablaba por sí sola, y él rió con burla.

La señora Trench no pudo ocultar su asombro. No había duda de que era difícil acostumbrarse a la idea de que un hombre como Nick Gentry se casara.

—Sí, señor. —Hizo una reverencia a Lottie—. Bienvenida, señorita Howard. Felicidades, y que sea muy feliz.

—Gracias —correspondió Lottie con una sonrisa, y luego miró con prudencia a Gentry. Nick no había mencionado cómo debían comportarse delante del servicio. Es más, ella ni siquiera sabía que tenía servicio. Suponía que el personal pronto sabría que aquello era un matrimonio de conveniencia, así que no tenía demasiado sentido fingir ningún tipo de afecto por él.

—Acondicione una habitación, y dígale al cocinero que prepare algo para la señorita Howard —le dijo él a la señora Trench.

—¿El señor también querrá plato?

Gentry negó con la cabeza.

—He de marchar pronto para gestionar varios asuntos pendientes.

—Sí, señor. —El ama de llaves se apresuró a cumplir sus deseos.

Mirando a Lottie, Gentry le colocó un cabello suelto detrás de la oreja.

—No estaré ausente mucho tiempo. Aquí estarás segura, y el servicio hará lo que le pidas.

¿Pensaba Nick que se sentiría afligida por su ausencia? Sorprendida por la preocupación de él, Lottie asintió.

—De acuerdo.

—Dile a la señora Trench que te enseñe la casa en mi ausencia. —Dudó un instante—. Por supuesto que no tendré objeciones si deseas cambiar cualquier cosa que no sea de tu agrado.

—Estoy segura de que lo encontraré todo aceptable.

Los interiores eran exquisitos y elegantes; la entrada con su suelo de mármol de diseños geométricos, la pequeña escalera en el vestíbulo más allá, y un juego de puertas de caoba que se abrían para revelar un salón de techo bajo. Las paredes eran de un pálido tono verde y de ellas colgaban algunas sencillas pinturas, mientras que los muebles habían sido primorosamente elegidos para la comodidad y el confort en lugar de la formalidad. Era una casa bonita y elegante, muy superior a aquella en la cual había crecido.

—¿Quién decoró la casa? Seguro que tú no.

Él sonrió.

—Mi hermana Sophia. Le dije que no era necesario, pero ella pareció opinar que mi juicio está poco formado en estas cuestiones.

—¿No provocó chismorreos que ella visitara tu casa?

—Siempre venía con sir Ross. —La mueca que hizo indicó lo poco que le gustaban esas visitas—. Los dos también eligieron el personal por mí, ya que no les gustaban demasiado mis mercenarias de la casa de citas. Les disgustaba en especial Bess, a quien consideraban demasiado... complaciente.

—¿Complaciente? No, no me lo expliques. Estoy segura de que lamentaría saberlo. —Frunció el entrecejo al ver cómo Nick se divertía—. ¿Cuántas criadas tienes?

—Ocho, incluida la señora Trench.

—Me hiciste creer que eras un hombre de recursos limitados.

—Lo soy, comparado con lord Westcliff. Pero puedo proporcionarte una cómoda situación.

—¿Los otros agentes viven de este modo?

Eso le hizo reír.

—Algunos. Además de las asignaciones de Bow Street, la mayoría recibe comisiones privadas. Sería imposible vivir exclusivamente del sueldo que otorga el gobierno.

—¿Comisiones como la de lord Radnor? —Pensar en Radnor le revolvía el estómago de ansiedad. Ahora que estaba en Londres, al fácil alcance de lord Radnor, se sentía como un conejo al que hubieran hecho salir de su madriguera—. ¿Ya te ha pagado por encontrarme? ¿Qué harás con el dinero?

—Se lo devolveré.

—¿Y mi familia? —susurró como disculpándose—. ¿Podría hacerse algo por ellos? Lord Radnor les retirará su mecenazgo...

Gentry asintió.

—Ya he tenido en cuenta eso. Por supuesto que me ocuparé de ellos.

Lottie apenas dio crédito a sus oídos. Era demasiado pedirle a un hombre que mantuviese a toda la familia de su esposa, y sin embargo Gentry parecía aceptarlo sin aparente resentimiento.

—Gracias —dijo ella casi sin respiración y con un repentino alivio—. Eres muy amable.

—Puedo serlo mucho —respondió él—. Dado el correcto incentivo.

Lottie se quedó inmóvil mientras él le frotaba el lóbulo y le acariciaba el hueco detrás. Un arrebato de calor inundó el rostro de Lottie... esa pequeña y casi inocua caricia, y no obstante había encontrado un punto tan sensible que ella jadeó con el contacto del dedo de Nick. Inclinó la cabeza para besarla, pero ella desvió la cara. Él podía tener todo lo que quisiera de ella, excepto eso. Para ella, un beso contenía un significado más allá de lo físico, y no quería darle esa parte de sí misma.

Los labios de Nick optaron por tocarle la mejilla, y ella sintió la cálida curva de su sonrisa. Una vez más, él demostró una extraña habilidad para leerle el pensamiento.

—¿Qué puedo hacer para ganarme un beso tuyo?

—Nada.

Nick deslizó la boca ligeramente sobre el pómulo.

—Eso ya lo veremos.

Para la mayoría de gente, la sombría y desvencijada oficina pública de Bow Street, con su olor a sudor, pulimento de latón y libros de leyes, no era un sitio acogedor. Pero durante los pasados tres años, Nick se había familiarizado tanto con cada centímetro de la oficina que se sentía como en casa. Un visitante apenas podría creer que los pequeños y modestos edificios —Bow Street 3 y 4— eran el centro de investigación criminal de Inglaterra. Aquí fue donde sir Grant Morgan dio audiencia y dirigió la fuerza de ocho agentes bajo sus órdenes.

Exhibiendo una sonrisa relajada, Nick devolvió los saludos de los empleados y guardias mientras se dirigía al número 3. El personal de Bow Street no había tardado en apreciar sus puntos fuertes, y en particular su disposición para ir a los tugurios y casas de citas a las cuales nadie más se atrevía a entrar. No le importaba aceptar las misiones más peligrosas, pues no tenía familia propia que atender, y no tenía remilgos de ninguna clase. De hecho, a través de una rareza de su carácter que ni siquiera Nick entendía, necesitaba con frecuencia una dosis de riesgo, como si el peligro fuese una droga adictiva. Los pasados dos meses de aburrido trabajo de investigación lo habían llenado de una cruda energía que apenas podía contener.

Al llegar a la oficina de Morgan, Nick miró de soslayo al escribano del juzgado principal, Vickery, que le animó asintiendo con la cabeza.

—Sir Grant todavía no ha ido a las sesiones matinales, señor Gentry. Estoy seguro de que deseará verle.

Nick llamó a la puerta y oyó la potente voz de Morgan.

—Adelante.

A pesar de que el maltrecho escritorio de caoba era enorme, parecía una pieza de un mueble infantil comparado con el tamaño del hombre sentado detrás. Sir Grant Morgan era un hombre espectacularmente enorme, unos centímetros más alto que el metro ochenta de Nick. Aunque a Morgan le faltaba muy poco para los cuarenta, ni un atisbo de canas había aparecido en su corto cabello negro, y su distintiva vitalidad no había decrecido desde los días en que había servido como agente de Bow Street. Además de haber sido el más completo agente de su época, Morgan era sin duda el más popular, ya que llegó a ser el personaje de una serie de novelas baratas muy vendidas. Antes de Morgan, el gobierno y los ciudadanos habían considerado a todo el personal de Bow Street con la innata sospecha británica hacia cualquier forma de aplicación organizada de la ley.

A Nick le había aliviado la decisión de sir Ross de asignar a Morgan como su sucesor. Morgan, un hombre inteligente y autodidacta, había ido ascendiendo de rango: empezó en la patrulla de a pie y progresó hasta la elevada posición de magistrado jefe. Nick respetaba eso. También le gustaba la honestidad contundente de Morgan y el hecho de que raramente se entretenía en detalles éticos cuando había que hacer un trabajo.

Morgan trataba a los agentes con mano de hierro, y ellos le respetaban por su dureza. Su única vulnerabilidad aparente era su esposa, una pequeña pero encantadora mujer cuya mera presencia podía hacer que su marido ronroneara como un gato. Siempre se podía distinguir cuando lady Morgan había visitado las oficinas de Bow Street, dejando un hechizante rastro de perfume en el aire y una feliz expresión de aturdimiento en el rostro de su marido. Nick se divertía con la obvia debilidad de sir Grant por su esposa, y estaba decidido a evitar esa trampa. Ninguna mujer le llevaría de la nariz. Que Morgan y sir Ross quedasen en ridículo con sus mujeres... Nick era más listo que ellos.

—Bienvenido a casa —dijo el magistrado, inclinándose hacia atrás en su silla para observarlo con sus ojos verdes y perspicaces—. Siéntese. Supongo que su regreso significa que ha terminado su asunto con lord Radnor...

Nick se sentó delante del escritorio.

—Sí. He encontrado a la señorita Howard en Hampshire, trabajando como dama de compañía para la viuda condesa de Westcliff.

—Conozco a lord Westcliff —remarcó Morgan—. Un hombre de honor y sentido común, y quizás el único noble de Inglaterra que no confunde la modernidad con la vulgaridad.

Para Morgan, los comentarios implicaban un elogio muy efusivo. Nick hizo un gruñido evasivo, con pocas ganas de hablar sobre las muchas virtudes de Westcliff.

—En dos días estaré preparado para nuevos encargos —dijo—. Sólo tengo una última cuestión que aclarar. —Nick había esperado que Morgan estaría encantado por la información (después de todo, había estado ausente durante dos meses), pero el magistrado recibió sus palabras de una forma sorprendentemente distante.

—Veré si puedo encontrarle algo. Mientras tanto...

—¿Qué? —Nick lo miró con abierta sospecha. El magistrado nunca había demostrado tanta reticencia. Siempre había algo por hacer... a menos que todo el hampa de Londres se hubiese ido de vacaciones al mismo tiempo que Nick.

Morgan arrugó el entrecejo.

—Debe visitar a sir Ross —dijo de forma abrupta—. Hay algo que quiere comunicarle.

A Nick le dio mala espina. Su mirada de recelo se encontró con la de Morgan.

—¿Qué demonios quiere? —Siendo una de las pocas personas que conocía el pasado secreto de Nick, Morgan sabía el trato que había hecho Nick tres años antes y las dificultades entre él y su apreciado cuñado.

—Tendrá que saberlo por boca de sir Ross. Y hasta que lo haga, no recibirá nuevos casos de mi parte.

—¿Ahora qué he hecho? —preguntó Nick, sospechando que recibiría alguna clase de castigo. Rápidamente intentó recordar sus acciones de los pasados meses. Habían habido las habituales infracciones menores, pero nada fuera de lo corriente. Encontraba irritante que sir Ross, a pesar de su supuesto retiro, todavía tuviese la habilidad de manipularlo. Y Morgan por desgracia nunca iría en contra de los deseos de sir Ross.

La jocosidad brilló en los ojos del magistrado.

—Que yo sepa, no ha hecho nada malo, Gentry. Sospecho que sir Ross desea hablar de su actuación en el incendio de la casa de Barthas.

Dos meses antes, justo antes de tomar el encargo de lord Radnor, había recibido algunas llamadas de servicio para ir al distrito de moda cerca de Covent Garden. Había tenido lugar un incendio en una casa particular que pertenecía a Nathaniel Barthas, un rico comerciante de vinos. Al ser el primer policía en llegar al lugar del suceso, algunos testigos le dijeron que no habían visto salir del edificio incendiado a nadie de la familia.

Sin detenerse a pensar, Nick se había precipitado dentro del infierno. Encontró a Barthas y su esposa en el segundo piso, lleno de humo, y a sus tres hijos llorando en otra habitación. Después de conseguir reanimar a la pareja, Nick los había hecho salir de la casa mientras cargaba con los tres diablillos que gritaban bajo sus brazos y sobre su espalda. Luego, en lo que pareció una cuestión de segundos, la casa estalló en llamas y el techo se hundió.

Para disgusto de Nick, el *Times* había publicado una extravagante crónica del suceso, haciéndole parecer una figura extraordinaria, heroica, recibiendo el sarcasmo amistoso de los otros agentes, que adoptaban expresiones de adoración burlona y exclamaciones de fingida admiración siempre que entraba en la oficina. Para escapar de la situación, Nick pidió un permiso temporal de Bow Street, y Morgan se lo había concedido sin vacilar. Por suerte, el público tenía una memoria corta. Durante las ocho semanas de ausencia de Nick, la historia se había olvidado y las cosas habían vuelto a la normalidad.

—El maldito incendio ahora es irrelevante —dijo con brusquedad.

—Sir Ross no tiene esa opinión.

Nick sacudió la cabeza, enojado.

—Debería haber tenido el sentido común de alejarme del lugar.

—Pero no lo hizo —replicó Morgan—. Entró poniéndose en grave peligro. Y gracias a sus esfuerzos se salvaron cinco vidas. Dígame, Gentry, ¿habría reaccionado de la misma forma hace tres años?

Nick mantuvo el rostro inexpresivo, aunque la pregunta le sobresaltó. Supo de inmediato la respuesta: no. No habría asumido ese riesgo desinteresadamente para salvar vidas de personas corrientes que no le eran de utilidad. Las hubiera dejado morir y, aunque le doliese, habría encontrado la forma de olvidarlo. Sí, había cambiado de algún modo inexplicable. La conciencia de ello le incomodaba.

—Quién sabe —murmuró encogiéndose de hombros con despreocupación—. ¿Y por qué debería preocuparle a sir Ross? Si me llama para darme una palmada en la espalda por un trabajo bien hecho...

—Es más que eso.

Nick frunció el entrecejo.

—Si no me va a contar nada ni darme trabajo, no voy a malgastar el tiempo sentado aquí.

—Entonces no le retendré —dijo con aplomo el magistrado—. Buenos días, Gentry.

Nick se dirigió a la puerta, pero se giró hacia Morgan.

—Antes de irme, necesito pedirle un favor. ¿Usará su influencia con el registrador para conseguir una licencia civil para mañana?

—¿Una licencia de matrimonio? —La única señal de la confusión de Morgan fue el sutil estrechamiento de sus ojos—. Haciendo recados para lord Radnor, ¿verdad? ¿Por qué desea casarse con la chica con tanta prisa? ¿Y por qué condescendería casándose en la oficina de registros y no en una ceremonia religiosa? Además...

—La licencia no es para Radnor —aclaró Nick. Las palabras de repente se le atascaron en la garganta como un manojo de cardos—. Es para mí.

Siguió un silencio interminable mientras el magistrado arreglaba sus papeles. Al final, recuperándose de un ataque de total asombro, Morgan fijó su mirada en el rostro ruborizado de Nick.

—¿Con quién se casa, Gentry?

—Con la señorita Howard —murmuró Nick.

Al magistrado jefe se le escapó un bufido de incrédula risa.

—¿La prometida de lord Radnor? —Observó a Nick con una mezcla de diversión y fascinación—. Dios mío. Debe de ser una joven muy especial.

Nick se encogió de hombros.

—En realidad no. Acabo de decidir que tener una esposa será práctico.

—En ciertos aspectos sí —dijo Morgan con sequedad—. Pero en otros no. Habría hecho mejor entregándola a Radnor y encontrando a otra mujer para usted. Se ha creado un enemigo considerable, Gentry.

—Sé cómo tratar a Radnor.

Morgan sonrió con una divertida resignación que molestó a Nick.

—Bien, permítame que le ofrezca mis sinceras felicitaciones. Se lo notificaré al registrador, y la licencia estará esperando en su oficina mañana por la mañana. Y le aconsejo que hable con sir Ross inmediatamente después, ya que sus planes serán mucho más relevantes, teniendo en cuenta su inminente boda.

—Apenas puedo esperar a conocerlos —dijo Nick con sarcasmo, haciendo sonreír al magistrado jefe.

Preguntándose con preocupación qué estaría tramando su manipulador cuñado, Nick salió de la oficina de Bow Street. El soleado día de abril pronto se había encapotado, y el aire se había vuelto templado y húmedo. Avanzando insensible a través de los carruajes, carros, carretas y animales que abarrotaban las calles, se alejó del río hacia el oeste. De forma abrupta Knightsbridge rápidamente dio paso al campo abierto, donde enormes mansiones de piedra sustituían las hileras de casas con jardín construidas alrededor de impecables plazas.

Cuando los agresivos perfiles de la poderosa mansión jacobea de lord Radnor se elevaron frente a él, Nick hizo acelerar el paso a su caballo. Los cascos resonaron sobre el largo camino de grava que conducía a la casa. La última y única vez que Nick había ido allí era para aceptar el encargo de Radnor. Toda la gestión posterior había estado a cargo de los hombres del conde, que le habían entregado los informes ocasionales de Nick.

Mientras sentía el leve peso de la esmaltada miniatura, Nick por un instante se arrepintió de devolverla a Radnor. La había llevado y contemplado durante dos meses, y se había convertido en una especie de talismán. Las líneas del rostro de Lottie, la sombra de su cabello, la dulce curva de su boca, habían quedado esculpidas en su cerebro mucho antes de que la conociera. Y sin embargo el retrato —el de una cara bonita pero más bien corriente— no reflejaba nada de lo que la hacía tan deseable. ¿Qué había en ella que lo conmovía tanto? Quizás era su mezcla de fragilidad y coraje, la intensidad que hervía debajo de su tranquila apariencia, las insinuaciones que indicaban que la sensualidad de la chica rivalizaba con la suya propia.

Hizo que Nick se sintiera incómodo para reconocer que su deseo por Lottie no era menos acusado que el de Radnor. Y no obstante los dos la querían por razones muy diferentes.

«No hay esfuerzo lo bastante grande en mi empeño de crear a la mujer perfecta», le había dicho Radnor, como si Lottie estuviese destinada a hacer de Galatea para su Pigmalión. La idea de Radnor de la hembra perfecta era enteramente diferente de Lottie. ¿Por qué se había fijado en ella y no en alguien más tratable? Habría sido infinitamente más fácil dominar a una mujer sumisa por naturaleza... pero quizá Radnor se sentía irresistiblemente atraído por el reto que representaba Lottie.

Llegando a la entrada principal, Nick entregó las riendas de su caballo a un criado y subió despacio por la escalinata de piedra. Un mayordomo le preguntó a qué se debía su visita y pareció galvanizado por la respuesta de Nick.

—Dígale a lord Radnor que tengo noticias de Charlotte Howard.

—Sí, señor. —El mayordomo marchó con una prisa circunspecta y volvió en un minuto. Respiraba con un poco de dificultad, como si hubiese vuelto corriendo a la entrada del vestíbulo—. Lord Radnor le recibirá enseguida, señor Gentry. Acompáñeme, por favor.

Mientras el mayordomo le conducía a través del vestíbulo y por un pasillo, la mansión parecía tragarse a Nick en sus oscuros interiores carmesí. Era asfixiante y apenas tenía luz, aunque estaba lujosamente amueblada. Nick recordó que Radnor era sensible a la luz. En su primer encuentro, había mencionado que la iluminación fuerte le cansaba la vista. Ahora, como entonces, las ventanas estaban cubiertas con un pesado terciopelo que oscurecía cada insinuación de luz solar, y las gruesas alfombras amortiguaban todo el ruido mientras el criado le acompañaba por un laberinto de habitaciones.

Dejó a Nick en la biblioteca. El conde estaba sentado a la mesa de caoba, con su estrecho y anguloso rostro iluminado por la llama de una lámpara.

—¡Gentry! —La ávida mirada de Radnor se fijó en él. No invitó a Nick a sentarse, sólo le indicó que se le acercara—. ¿Qué noticias me traes? ¿La has localizado?

Sacándose del bolsillo un cheque bancario, Nick lo dejó sobre la mesa, junto a la lámpara—. Le devuelvo su dinero, señor. Por desgracia no podré complacerle en cuanto al paradero de la señorita Howard.

El conde curvó los dedos, proyectando sombras en forma de garras sobre la reluciente mesa.

—Entonces, no la has encontrado. Has demostrado ser un estúpido inepto, como los demás. ¿Cómo ha podido una chica insolente haber eludido a todos los hombres que he enviado para capturarla?

Nick sonrió.

—Yo no he dicho que me haya eludido, señor. De hecho, la he traído a Londres conmigo.

Radnor dio un brinco en la silla.

—¿Dónde está?

—Ése ya no es su problema. —De repente Nick se divertía—. El hecho es que la señorita Howard ha elegido casarse con otro hombre. Parece ser que la ausencia le ha hecho el corazón más afectuoso.

—¿Quién?

—Yo.

El ambiente pareció saturarse de veneno. Nick raramente había visto tanta ira en el rostro de un hombre. No dudaba que Radnor lo habría matado de haber dispuesto de los medios. No obstante, el conde le contemplaba con la incipiente conciencia de que Lottie siempre había estado fuera de su alcance.

—No puede ser tuya —suspiró finalmente Radnor, con la cara encendida de cólera asesina.

—No podrá detenerme.

El rostro del conde se retorció en espasmos frenéticos.

—¿Cuánto quieres? Por supuesto que es una forma de extorsionarme... Bien, tómalo y vete al infierno. Dime cuánto quieres.

—No he venido para que me unte la mano —le aseguró Nick—. El hecho es que la quiero. Y ella parece preferir mi oferta a la vuestra. —Sacó la miniatura de Lottie del bolsillo y la lanzó sobre la mesa, junto al brazo rígido del conde—. Me temo que esto es lo único que jamás tendrá de Charlotte Howard, señor.

Era obvio que Radnor encontraba incomprensible la situación, y que le era difícil hablar en el ataque de rabia que se apoderaba de su garganta.

—Ambos pagaréis por esto.

Nick contuvo la mirada.

—No, usted pagará, señor, si se acerca a Lottie de cualquier modo. No habrá comunicación con ella ni represalias contra su familia. Ahora está bajo mi protección. —Se detuvo y consideró necesario añadir—: Si conoce algo de mi historial, no se tomará mi advertencia a la ligera.

—Bastardo ignorante... ¿Te atreves a amenazarme? Yo la creé. Sin mi influencia, Charlotte estaría acabada, con media docena de niños sobre sus faldas o abriendo las piernas a cualquier hombre que dejara caer una moneda entre sus pechos. He gastado una fortuna para convertirla en alguien mucho mejor de lo que nunca hubiera podido ser.

—¿Por qué no me envía la factura?

—Te marearía —le aseguró Radnor con crudo desprecio.

—Envíela de todos modos —insistió Nick con delicadeza—. Me interesará conocer el coste de crear a alguien.

Dejó a Radnor sentado en la oscura habitación como un reptil necesitado de sol.

7

Mientras Lottie tomaba un plato de cordero salado, disfrutaba del sereno ambiente del pequeño comedor, con las brillantes losas exultantes con cera de abeja y el armario lleno de exquisita porcelana blanca.

La señora Trench apareció en la puerta, una confortable presencia con su robusto físico, y una agradable expresión templada por un punto de cautela. Lottie adivinó las preguntas que se hacía la mujer: el ama de llaves se preguntaba si de verdad se iba a casar con Nick Gentry, si la estaba engañando, si el enlace tenía que ver con el amor, la conveniencia, la necesidad... si Lottie era una criatura para compadecer o una fuerza a tener en cuenta.

—¿Le satisface la cena, señorita Howard?

—Sí, gracias. —Lottie le sonrió amistosamente—. ¿Cuánto tiempo lleva con el señor Gentry, señora Trench?

—Tres años. Desde que empezó a trabajar en Bow Street. El propio sir Ross me entrevistó para el puesto, ya que deseaba que el amo tuviera una ama de llaves adecuada. Podría decirse que el señor Gentry es un protegido de sir Ross.

—Me pregunto por qué sir Ross se interesaría tanto por él... —dijo Lottie, intentando discernir si el ama de llaves conocía la relación entre ellos.

La señora Trench negó con la cabeza, y parecía sincera.

—Es un gran misterio, sobre todo porque en su momento fueron amargos enemigos. Mucha gente criticó a sir Ross por traer al señor Gentry a Bow Street. Pero desde entonces la decisión de sir Ross ha demostrado ser correcta. El señor Gentry es el hombre a llamar cuando hay el máximo peligro en juego. No le teme a nada. Una cabeza fría y unos pies rápidos, eso es lo que dice sir Grant de él. Nadie querría ser el objeto de la persecución del señor Gentry.

—Sin duda —dijo Lottie con sequedad.

—El señor Gentry es un hombre temerario y valiente —continuó la señora Trench—. Nadie discutiría eso ahora, después del incendio de Barthas.

—¿Qué incendio?

—¿No ha oído hablar de ello? No hace mucho tiempo, el amo salvó a un comerciante de vinos y a toda su familia en un incendio de su casa. Habrían muerto seguro si el señor Gentry no se hubiera decidido a salvarlos. El *Times* informó de la historia, y el amo fue el hombre más popular de Londres. Imagínese, incluso la reina lo alabó y pidió que protegiera al príncipe consorte en la cena anual del Literary Fund.

—El señor Gentry no me ha mencionado nada de esto —dijo Lottie, encontrando difícil reconciliar aquello con lo que en realidad sabía de él.

Parecía que la señora Trench deseaba decir algo más, pero se abstuvo.

—Si me disculpa, señorita Howard, iré a asegurarme que la habitación de invitados se ha aireado adecuadamente y de que sus pertenencias están guardadas.

—Sí, claro.

Después de terminar con el estofado, Lottie bebió una copa de vino. Nick Gentry arriesgando su vida por otra persona... era difícil de imaginar. Habría sido más fácil considerar a Gentry simplemente un villano. Demonios, uno podía reflexionar sobre él durante semanas y no obstante no llegar a ninguna conclusión. ¿Era un hombre bueno que actuaba como si fuese malo, o un hombre malo que fingía ser bueno?

El vino la dejó soñolienta. Se reclinó en su silla mientras un lacayo recogía la mesa. Sonrió sin humor ante la rareza de casarse con un hombre para evitar casarse con otro. Pero la perspectiva de ser la señora Gentry era mucho más atractiva que la de seguir escondiéndose de lord Radnor y sus secuaces. Además, como Gentry había demostrado, el enlace tendría sus ventajas.

Pensando en las manos de Nick sobre su cuerpo, el calor le provocaba escozor en el rostro y en el vientre. No podía evitar recordar la boca de Nick sobre su pecho, la sedosa textura de su cabello, sus largos y ásperos dedos acariciándola...

—Señorita Howard.

Irguiéndose, se giró hacia la puerta.

—Sí, ¿señora Trench?

—La habitación está lista. Si ha terminado con su comida, una doncella la ayudará a cambiarse de ropa.

Lottie asintió con agradecimiento.

—Si es posible, me gustaría tomar un baño. —Aunque no deseaba molestar a las doncellas con la tarea de subir y bajar las escaleras con aguamaniles de agua caliente, le dolía el cuerpo y deseaba asearse.

—Por supuesto. ¿Deseará tomar una ducha, señorita? El señor Gentry ha instalado una en el baño de arriba, con agua caliente y fría.

—¿De verdad? —Lottie había oído hablar de muchas casas elegantes que disponían de baños con ducha, pero nunca había visto ninguna. Incluso en Stony Cross Park, con todas sus comodidades, todavía no había instalación de agua caliente—. ¡Sí, me encantaría probarlo!

El ama de llaves sonrió ante su entusiasmo.

—Harriet la atenderá.

Harriet era una joven doncella con gafas y una cofia blanca que le cubría el cabello oscuro. Se mostró reservada pero afable mientras acompañaba a Lottie al piso superior. Las habitaciones de vestuario y baño eran contiguas al dormitorio principal, que sin duda pertenecía al amo de la casa. Contenía una cama con un armazón de madera pulida y columnas que sostenían el dosel de seda ámbar de encima. Aunque la cama era grande, la base era más baja de lo habitual, y no precisaba de escalones para subir al colchón. Dando una rápida ojeada a la abundante serie de almohadas y traveseros, Lottie sintió un nudo en el estómago. Trasladó su atención a las paredes, empapeladas con dibujos de pájaros chinos y flores. Un lavamanos de porcelana sobre un trípode estaba colocado junto a un alto guardarropa de caoba, en cuya parte superior había un pequeño espejo cuadrado. Era una bonita y muy masculina habitación.

Una sutil fragancia flotó en el aire, provocando su curiosidad. Descubrió que la fuente del olor era el jabón de afeitar, guardado en una caja de mármol sobre el lavamanos. Al quitar la cubierta de la caja, una pizca de jabón se le pegó en los dedos, impregnándolos de aroma y fragancia. Había inhalado esa fragancia antes, de la cálida y ligeramente espinosa mandíbula de Nick Gentry.

Cielo santo, en menos de una semana la habían arrebatado de su escondrijo y la habían traído a Londres... se hallaba en la habitación de un extraño, ya familiar por la fragancia de su cuerpo. De repente ya no podía estar segura de quién era ella misma, o adónde pertenecía. Su brújula interior había sido dañada de algún modo, y era incapaz de distinguir entre el bien y el mal.

La doncella rompió sus inquietantes reflexiones.

—Señorita Howard, ya he dado el agua. ¿La ayudo a entrar al baño? El agua caliente no dura mucho.

Lottie entró en el baño de losas blancas y azules, mirando la bañera de porcelana con las tuberías expuestas, un perchero y una silla, y la ducha perfectamente adaptada sobre un alto pero estrecho armario. Los reducidos límites de la habitación explicaban por qué el lavamanos seguía en el dormitorio.

Con la ayuda de Harriet, Lottie se desvistió rápidamente y se soltó el cabello. Cubierta sólo con el propio rubor, cruzó el umbral elevado de la ducha. Dudó observando el agua vaporosa que salía en abundancia del tubo directamente sobre su cabeza. Unas gotas frías la salpicaron, poniéndole piel de gallina.

—Adelante, señorita —la animó la doncella, viendo su indecisión.

Respirando hondo, Lottie avanzó hacia el chorro de agua, mientras la puerta se cerraba con suavidad detrás de ella. Una asombrosa lluvia de calor, un momento de acuosa ceguera, hasta que consiguió apartar la cara del chorro de agua. Secándose los ojos con las manos, Lottie sonrió con placer repentino.

—¡Es como estar bajo la lluvia! —exclamó.

La ruidosa salpicadura del agua sobre la losa hizo inaudible la respuesta de la doncella. Inmóvil, Lottie absorbió la estimulante sensación, el cálido cosquilleo en su espalda, el vapor que inundaba sus pulmones. La puerta se abrió, y la doncella le tendió una barra de jabón y una esponja. Se enjabonó el cabello y el cuerpo y giró lentamente, con la cabeza levantada, los ojos y la boca bien cerrados. El agua caliente se deslizaba por todas partes, sobre sus pechos y estómago, bajando por los muslos y entre los dedos de los pies. Era una sorprendente experiencia sensual, haciéndola sentir a la vez enervada y relajada. Quería quedarse allí horas. Sin embargo, el agua empezó a enfriarse demasiado pronto. Con un suspiro de lamentación, Lottie se apartó del chorro antes de que se enfriase del todo.

—Ahora tengo frío —llamó a Harriet, que cerró el grito antes de tenderle una toalla previamente calentada sobre el tubo del agua caliente.

Temblando, Lottie se secó la cara y el cabello, y se envolvió con la toalla.

—Ojalá hubiese durado un poco más —dijo con tristeza, haciendo sonreír a Harriet.

—En tres horas habrá suficiente agua caliente para otra ducha, señorita.

Lottie siguió a la doncella al vestidor contiguo, donde su oscuro vestido azul y ropa de cama estaban dispuestos sobre una estrecha cama reclinable.

—Casi valdría la pena casarse con el señor Gentry por su ducha —dijo.

El comentario provocó una cauta mirada de curiosidad de Harriet.

—¿Entonces es verdad, señorita? ¿Se casará con el amo?

—Parece ser que sí.

Era obvio que a la doncella la reconcomía la curiosidad, pero guardó un silencio respetuoso. Lottie dejó caer la toalla húmeda y se puso las bragas y la camisa. Luego se sentó en la cama con cubierta de terciopelo y empezó a ponerse las medias de grueso algodón. No pudo evitar preguntarse cuántas mujeres se habían bañado, vestido y dormido allí. La cama de Gentry tenía que estar tan frecuentada como un burdel.

—Supongo que has atendido a muchas invitadas —comentó, alcanzando una liga.

Harriet la sorprendió diciendo:

—No, señorita Howard.

Lottie, incrédula, casi dejó caer la liga.

—¿Qué? —Levantó las cejas mirando a la doncella—. Estoy segura de que no soy la primera mujer que ha traído aquí.

—Pues sí que yo sepa, señorita.

—Pero no puede ser... —Se detuvo y añadió con deliberada contundencia—: Estoy segura de que el señor Gentry ha divertido a todo un harén en su habitación.

La doncella negó con la cabeza.

—Nunca he visto en la casa a ninguna señorita... al menos no de esa forma. Por supuesto que después del incendio de Barthas, muchas señoritas admiradoras enviaron cartas e hicieron llamadas. —Una sonrisa apareció en los labios de Harriet—. Toda la calle se llenó de carruajes, y el pobre señor Gentry no podía entrar por la puerta principal, ya que una multitud lo esperaba cada mañana.

—Ummm. —Lottie se ajustó la liga encima de la media y tomó la otra—. ¿Pero nunca ha traído a ninguna señora?

—Oh, no, señorita.

Era evidente que Gentry era más escrupuloso de lo que había esperado —o, al menos, deseaba mantener la privacidad de su casa—. Debía de ser que satisfacía sus necesidades sexuales en un burdel o —desagradable pensamiento— quizá sus apetitos eran tan bajos que buscaba los servicios de prostitutas callejeras. Pero parecía más exigente que eso. La forma como la tocaba lo revelaba como un experto más que como un simple patán. Se le encendió la cara. Mientras se vestía, intentó satisfacer su desconfianza haciéndole más preguntas a la criada.

Harriet era bastante locuaz acerca de su amo. Según la criada, Gentry era una especie de misterio incluso para su propio servicio, pues nunca se sabía qué esperar de él. En privado se comportaba como un caballero, pero en su peligrosa profesión nunca se acobardaba. Podía ser duro o amable, brutal o gentil. Su humor era infinitamente veleidoso. Como los otros agentes de Bow Street, Gentry trabajaba a horas intempestivas y podían llamarlo en cualquier momento para acudir a cualquier desastre, investigar un asesinato o atrapar a un fugitivo peligroso. Había poca rutina en su vida y no le gustaba hacer planes. Y curiosamente, no dormía bien, y en ocasiones le atormentaban las pesadillas.

—¿Pesadillas sobre qué? —preguntó Lottie, fascinada.

—No se lo ha comentado ni siquiera a Dudley, su ayuda de cámara. Pero cuando duerme a veces da gritos de terror, y luego se despierta y ya no vuelve a acostarse. Dudley dice que debe de ser por cosas que el amo recuerda de... —Deteniéndose, Harriet miró a Lottie con cautela.

—¿De sus días en los bajos fondos? —preguntó Lottie con calma—. Sí, estoy al corriente del pasado criminal de Gentry.

—No era un criminal, señorita. No exactamente. Era un detective. Pero dirigía una casa de citas cerca de Fleet Ditch, y lo metieron en chirona una o dos veces.

—¿Quieres decir en prisión?

Harriet asintió, añadiendo con un punto de orgullo:

—El señor Gentry escapó dos veces. Dicen que no hay prisión que pueda con él. La segunda vez dicen que lo encadenaron con pesadas cadenas, justo en el Devil's Closet, en el centro de Newgate. Se deshizo de ellas con una facilidad asombrosa.

A Lottie no le sorprendió, sabiendo lo que sabía de la inusual agilidad de Gentry, su fuerza física y mañosa naturaleza. Quizá la imagen de su inminente marido como criminal habitual debería haberla alarmado, pero sin embargo se sentía extrañamente confiada. Estaba más convencida que nunca de que lord Radnor no lo intimidaría ni sería más listo que él. Gentry era seguramente la mejor protección con que podría contar.

Bostezando, fue con Harriet a la habitación de invitados. Tenía paredes de suave azul, una exquisita cama protegida con cortinas grises y azules y un gran guardarropa Hepplewhite con una hilera de preciosos pequeños cajones para guantes, medias y otros artículos. Encontró su peine en uno de los cajones, y se acercó al hogar mientras la criada encendía un fuego.

—Gracias, es maravilloso —dijo—. Por ahora es suficiente, Harriet.

—Sí, señorita. Si necesita cualquier cosa, la campanilla está allí.

Sentada junto al hogar, Lottie se peinó su fino y liso cabello hasta que los largos y rubios filamentos se secaron. En algún sitio de la casa un reloj sonó cuatro veces. Temblaba mientras miraba el cielo gris más allá de la ventana y la lluvia extendiéndose por los paneles de vidrio. Por un instante se olvidó de sus preocupaciones. Dejando a un lado el peine, cerró las cortinas y se encaramó a la cama.

Se durmió enseguida, nadando en una niebla de agradables imágenes... paseando por el bosque de Hampshire, colgando los pies sobre una fría charca en un día soleado, deteniéndose en la puerta de los besos mientras el aroma de una cálida reina de los prados ascendía hasta su olfato. Cerró los ojos y levantó la barbilla, disfrutando del cálido sol mientras las alas de una mariposa le acariciaban con delicadeza la mejilla. Con el suave cosquilleo se quedó inmóvil. El tacto sedoso se desplazó hasta la punta de su nariz, la sensible periferia del labio superior, las tiernas comisuras de su boca.

Buscando ciegamente, levantó la cara para impregnarse de calidez y fue recompensada por una suave presión que le abrió los labios y le provocó un gemido de placer. Lord Sydney se encontraba con ella en la puerta de los besos, sujetándola por la cintura. La boca de Sydney buscaba la suya con delicadeza, el cuerpo de él firme contra el de Lottie, y ella se retorcía en una muda súplica para que la tomara con más fuerza. Al parecer sabiendo exactamente lo que ella quería, le encajó la rodilla entre las faldas, justo contra el sitio hinchado y anhelante. Jadeando, Lottie enredó los dedos en el brillante cabello de Sydney, el cual le susurró que se relajara, que se ocuparía de ella, que la dejaría satisfecha...

—Oh... —Despertó con brusquedad de su sensual sueño al advertir que no estaba sola.

El largo cuerpo de Nick Gentry estaba enmarañado con el suyo. Una larga mano la agarraba por debajo de las caderas, mientras que la pierna de Nick penetraba íntimamente entre las suyas. Ella sentía su respiración contra el oído, llenándola de calor húmedo, y luego sus labios volvieron hacia los de Lottie por un sendero abrasador. Nick asimiló su protesta mientras la besaba con la lengua, buscándole la boca y su cuerpo ascendiendo sobre el de ella. Lottie sintió la dura longitud de su erección, arremetiendo contra la grieta entre sus muslos hasta que ella pudo sentirla perfectamente... una embestida... otra... otra... cada una tan increíblemente placentera que no podía detenerlo. Se sentía presa de una agitación física que penetraba hasta su alma, y cada parte de ella exigía que atrajera a Nick con más fuerza, más presión, más cerca.

Sin embargo Lottie lo empujó, liberando la boca con un gemido.

—No...

Nick la soltó, y ella se volvió de espaldas, apoyándose en los codos. Mientras jadeaba, era consciente de que lo tenía justo detrás, con su poderoso cuerpo presionándola desde el cuello hasta los tobillos.

—Te has aprovechado de mí mientras dormía —balbuceó—. Eso no es justo.

La mano de Gentry se movió por su cadera en un lento círculo.

—Raramente juego limpio. Con frecuencia es más fácil hacer trampa.

Una risa repentina burbujeó en la garganta de Lottie.

—Eres el hombre más desvergonzado que he conocido.

—Es probable —concedió, apartándole el cabello a un lado y bajando su sonriente boca hacia la nuca de Lottie. Ella inhaló a fondo sintiendo cómo le acariciaba el frágil cabello suelto.

—Qué delicada eres —dijo—. Como la seda. Como la piel de una gatita.

Los labios de Nick enviaron una onda a través del ardiente cuerpo de Lottie.

—Nick, yo...

—La señora Trench me ha dicho que has probado la ducha. —Desplazó la mano de la cadera hasta la cintura—. ¿Te ha gustado?

—Ha sido muy refrescante —consiguió decir ella.

—La próxima vez te veré.

—¡Oh, no, no lo harás!

Él rió con calma.

—Entonces te dejaré que me veas.

Lottie lo imaginó en la ducha, con el agua deslizándose por su piel, oscureciéndole el cabello, con el vapor envolviéndole. La imagen era vaga, pues nunca había visto a un hombre desnudo, sólo las ilustraciones de un libro de anatomía que había encontrado en la biblioteca de lord Westcliff. Había estudiado los dibujos con fascinado detenimiento, deseando que ciertos detalles hubiesen estado mejor perfilados.

Pronto no tendría que preguntarse nada.

Él pareció leerle el pensamiento.

—No es malo que te guste —dijo, acariciándole el diafragma con la palma de la mano—. ¿A quién beneficiaría que negaras tu propio placer? Estás pagando el precio de mi protección. También puedes obtener placer gracias a ello.

—Pero tú eres un extraño —dijo con tristeza.

—¿Qué marido no es un extraño para su mujer? El flirteo consiste en un baile en una pista, en un paseo por el parque y una o dos conversaciones en el jardín. Luego los padres aceptan el enlace, tiene lugar la ceremonia y la chica se encuentra en la cama con un hombre que apenas conoce. No hay mucha diferencia entre ese planteamiento y el nuestro, ¿verdad?

Lottie frunció el entrecejo y se volvió hacia él, sabiendo que había un defecto en su razonamiento, pero siendo incapaz de identificarlo. Gentry se reclinó, apoyado en el codo, con sus anchos hombros oscureciendo la mayor parte de la luz que proyectaba la lámpara de la mesita de noche. Su cuerpo era tan grande y protector, su confianza tan arraigada, que parecía que ella podía envolverse con él como una sábana y estar a salvo para siempre.

Con perspicacia, él comprendió la fatal debilidad de Lottie —esa terrible necesidad de protección— y no dudó en utilizarla. Le deslizó el brazo por la cintura, con la mano reposando en mitad de la espalda y el pulgar frotándole la columna.

—Te cuidaré, Lottie. Te mantendré a salvo y te ofreceré todas las comodidades que necesites. Y a cambio sólo quiero que te lo pases bien conmigo. No es tan terrible, ¿no crees?

Gentry tenía la misma habilidad del demonio para hacer parecer perfectamente razonables sus deseos. Discerniendo la debilidad de Lottie, se inclinó hasta que su sólido cuerpo se aposentó sobre el de ella y el muslo presionó entre las piernas de Lottie.

—Bésame —susurró Gentry. El dulce y embriagante aroma de su piel y su respiración, hicieron que los pensamientos de Lottie se esparcieran como hojas al viento.

Ella sacudió enérgicamente la cabeza, a pesar de que las partes más tiernas de su cuerpo habían empezado a palpitar de agudo deseo.

—¿Por qué no? —preguntó él, tocando con sus dedos el cabello de Lottie.

—Porque un beso es algo que una mujer le da a su novio... algo que tú no eres.

Gentry recorrió con sus dedos la garganta de Lottie, entre sus pechos, más abajo...

—Me besaste en Stony Cross Park.

La asaltó un fiero rubor.

—Entonces no sabía quién eras.

La mano de Gentry reposó peligrosamente en su bajo vientre. De no haber estado vestida, los dedos de Gentry se habrían aposentado sobre su pubis.

—Soy el mismo hombre, Lottie. —Su mano empezó a descender aún más, hasta que ella le sujetó la muñeca y la apartó.

Gentry contuvo la risa, y luego retrocedió para mirarla.

—Hoy he visto a lord Radnor.

Aunque Lottie lo había esperado, igual sintió un escalofrío de alarma.

—¿Qué ha pasado? ¿Qué le has dicho?

—Le he devuelto su dinero, le he informado de tu decisión de casarte conmigo y le he advertido de que no os moleste a ti o a tu familia en el futuro.

—¿Y se ha enfadado mucho?

Gentry separó el pulgar y el índice un milímetro.

—Ha estado casi cerca de reventar de ira.

La ira de Radnor la llenó de satisfacción, pero al mismo tiempo no pudo reprimir un repentino estremecimiento.

—No se rendirá. Nos causará todos los problemas imaginables.

—He tratado con personajes peores.

—No lo conoces tan bien como crees.

Gentry se dispuso a replicar, pero al ver que le temblaba la barbilla el destello agresivo de sus ojos se desvaneció.

—No tengas miedo —le dijo poniéndole la palma de la mano sobre el pecho, en el espacio entre la garganta y los senos. Ella inhaló hondo, con el pecho hinchándosele bajo el aliviante peso de la mano de Gentry—. Iba en serio cuando te he dicho que cuidaría de ti y de tu familia. Le das a Radnor más importancia de la que merece.

—No podrías comprender la forma en que ha ensombrecido mi vida entera. Él...

—Lo comprendo. —Sus dedos se desplazaron hasta la garganta de Lottie, acariciando el tierno punto donde podía sentirla tragar. Era una mano poderosa, pero sin embargo la tocaba con increíble suavidad—. Y sé que nunca has tenido a nadie que te defienda de él. Pero ahora me tienes a mí. Así que deja de palidecer cada vez que alguien menciona su nombre. Nadie volverá a dominarte, y Radnor todavía menos.

—Querrás decir nadie excepto tú.

Él sonrió ante la impertinente acusación, jugueteando con un mechón de su cabello rubio.

—No tengo ningún deseo de dominarte.

Inclinándose, le besó el diminuto pulso en su garganta y lo tocó con la lengua. Lottie permanecía inmóvil, curvando los dedos de los pies. Quería abrazarlo, tocarle el cabello, presionar sus senos contra el pecho de él. El esfuerzo para contenerse le hizo tensar todo el cuerpo.

—Después de casarnos mañana, te llevaré a que conozcas a mi hermana Sophia —dijo Gentry contra su cuello—. ¿Qué te parece la idea?

—Bien, me gusta. ¿También estará sir Ross?

Gentry levantó la cabeza.

—Probablemente. —Parecía poco entusiasmado con la expectativa—. Hoy he recibido un aviso de que mi cuñado está tramando algún plan, como de costumbre, y quiere verme.

—¿No os gustáis nada?

—Dios, no. Sir Ross es un bastardo manipulador que me ha hecho la vida imposible durante muchos años. Por qué Sophia encontró adecuado casarse con él está más allá de mi comprensión.

—¿Ella le quiere?

—Supongo que sí —admitió con reticencia.

—¿Tienen hijos?

—Hasta el momento una hija. Una mocosa tolerable, si a uno le gustan los niños.

—¿Y sir Ross le es fiel a tu hermana?

—Oh, es un santo. Cuando se conocieron, él era un viudo célibe desde la muerte de su esposa. Demasiado honorable para tener relaciones fuera del matrimonio.

—Parece bastante caballeroso.

—Sí. Y por no decir honesto y ético. Insiste en que todos cuantos le rodean sigan las reglas... *sus* reglas. Y como cuñado suyo, recibo una atroz atención de su parte.

Teniendo una justa idea de cómo recibió Gentry los intentos de sir Ross de reformarlo, Lottie se mordió el labio inferior para contener una repentina sonrisa.

Gentry le lanzó una mirada de burlona advertencia.

—Eso te divierte, ¿verdad?

—Sí —admitió ella, y repentinamente gritó de sorpresa cuando él le dio un ligero codazo en un punto sensible debajo de las costillas—. ¡Oh, no! Ahí tengo cosquillas. Por favor...

Se puso encima de ella con sutil gracia. Los muslos a horcajadas sobre sus caderas, sujetándole las muñecas por encima de la cabeza. La diversión de Lottie desapareció de inmediato. Sintió una punzada de temor y una confusa emoción anhelante mientras lo contemplaba encima de ella. Estaba extendida debajo de él en una posición de sumisión, indefensa para impedir que él hiciera lo que deseaba. Sin embargo, a pesar de su ansiedad, no le pidió que la soltara y se limitó a esperar con tensión mirando el rostro oscuro de Gentry, que aflojó la presa en las muñecas de Lottie y le acarició con suavidad las húmedas palmas.

—¿Vengo a verte esta noche? —susurró Gentry.

Lottie tuvo que humedecerse los labios secos para poder responder.

—¿Es una pregunta para mí o para ti mismo?

Una sonrisa brilló en los ojos de Gentry.

—Para ti, por supuesto. Ya sé lo que yo quiero.

—Entonces preferiría que no.

—¿Por qué prolongar lo inevitable? Una noche más no cambiará las cosas.

—Preferiría esperar hasta estar casados.

—¿Principios? —se burló, acariciándole despacio la cara interna de los brazos.

—Sentido práctico —respondió Lottie, incapaz de impedir un gemido mientras él le tocaba los delicados pliegues de los codos. ¿Cómo era posible que pudiese provocarle sensaciones en esas partes tan normales del cuerpo?

—Si crees que puedo cambiar de opinión sobre nuestro matrimonio después de una noche de amor, estás equivocada. Mi apetito no se satisface con tanta facilidad. De hecho, poseerte una vez sólo hará que te desee más. Es una lástima que seas virgen. Eso limitará el número de cosas que pueda hacerte... al menos durante un rato.

Lottie frunció el entrecejo.

—Lamento la inconveniencia.

Gentry se rió de su enfado.

—De acuerdo. Lo haremos lo mejor que podamos, dadas las circunstancias. Quizá sea menos problemático de lo que espero. Nunca he poseído a una virgen. No sabré cómo es hasta que pruebe una.

—Bien, tendrás que esperar hasta mañana por la noche —dijo con firmeza, retorciéndose para liberarse.

Por alguna razón él se quedó inmóvil con gesto serio.

—¿Qué pasa? ¿Te he herido?

Sacudiendo la cabeza, Gentry se apartó de ella. Se mesó su reluciente cabello castaño mientras se levantaba.

—No —murmuró, tenso—. Aunque puedo quedarme debilitado para siempre si no consigo aliviarme pronto.

—¿Aliviarte de qué? —preguntó ella mientras él abandonaba la cama y se ajustaba la parte delantera de sus pantalones.

—Ya lo descubrirás. —La miró con los ojos azules llenos de amenaza y una deliciosa promesa—. Vístete y cenaremos abajo. Si no puedo satisfacer un apetito, será mejor que pruebe con el otro.

8

La posible boda con lord Radnor había estado muy presente en las pesadillas de Lottie durante años. Inevitablemente había llegado a considerar esa ceremonia con recelo y horror. Por consiguiente, agradecía que los trámites en la oficina del registro hubiesen sido rápidos y eficientes, firmando papeles, intercambiando obligatorias promesas y pagando una tasa. No hubo besos ni miradas arrobadas, ni ninguna insinuación de emoción para dar colorido al acto. Por todo ello estaba agradecida. Sin embargo, no se sintió más casada que antes al abandonar la oficina del registro.

Acababa de convertirse en la esposa de un hombre que no la amaba y que era probablemente incapaz de tal sentimiento. Y casándose con él, acababa de perder toda posibilidad de encontrar un amor para ella misma.

No obstante, habría compensaciones, y la más importante era que escaparía de lord Radnor. Y a decir verdad, Nick Gentry era una compañía fascinante. No se molestaba en ocultar sus defectos como los demás, pero en cambio se jactaba de ellos como si hubiese algún mérito en ser amoral y mercenario. Para ella era un desconocido que procedía de un mundo del cual sólo había oído susurros... un mundo lleno de carroñeros, ladrones, gente desposeída que recurría a la violencia y la prostitución.

Los caballeros y las damas se suponía que debían fingir que ese bajo mundo no existía. Pero Nick Gentry respondía las preguntas de Lottie con asombrosa franqueza, explicando exactamente qué ocurría en los bajos fondos de Londres, y las dificultades con que se encontraban los agentes de Bow Street cuando intentaba llevar a los criminales ante la justicia.

—Algunos callejones son tan estrechos —le contó mientras su carruaje avanzaba hacia la casa de sir Ross— que un hombre tiene que pasar de lado entre los edificios. Muchas veces he perdido a un fugitivo simplemente por ser más delgado que yo. Y luego también hay edificios conectados (tejado, patio y sótano), de manera que un ladrón puede escurrirse a través de ellos como un conejo en una madriguera. Con frecuencia acompaño a los agentes noveles, ya que pueden perderse en menos de un minuto. Y cuando un agente se pierde, puede caer en una trampa.

—¿Qué clase de trampa?

—Pues un grupo de ladrones o de vendedores ambulantes que esperen romperle la cabeza, o incluso apuñalarlo. O también pueden cubrir un pozo con tablas podridas para que el oficial las pise y caiga al vacío. Ese tipo de trampas.

Lottie abrió los ojos.

—¡Qué horror!

—No es peligroso cuando sabes qué esperar —le aseguró—. He estado en todos los rincones de los bajos fondos de Londres, y conozco todos los trucos y trampas.

—Casi parece que disfrutes de tu trabajo... pero no debería ser así...

—No me gusta. —Dudó antes de añadir—: Sin embargo, lo necesito.

Lottie meneó la cabeza, confusa.

—¿Te refieres al esfuerzo físico?

—Esa parte del trabajo. Saltar muros, subir a los tejados, la sensación de agarrar a un fugitivo y bajarlo al suelo...

—¿Y la lucha? —preguntó Lottie—. ¿Te gusta ese aspecto? —Aunque esperaba que lo negara, él asintió con brevedad.

—Es adictivo —dijo—. El desafío y la emoción... incluso el peligro.

Lottie entrelazó los dedos en su regazo, pensando que alguien debía domar a Nick lo suficiente para que pudiera vivir de forma normal algún día. De lo contrario, su predicción de que su vida sería corta se cumpliría deprisa.

El carruaje avanzó por un paseo flanqueado de plátanos, con sus complejas hojas lobuladas que ofrecían una densa protección a las blancas campanillas y a las espinosas flores de tallo verde. Se detuvieron delante de una gran casa, bonita en su sobria sencillez, con la entrada protegida por barrotes de hierro forjado y lámparas clásicas arqueadas. Una pareja de atentos lacayos, Daniel y George, ayudó a Lottie a bajar del carruaje y fueron a avisar de su llegada. Dándose cuenta de que la letra C tenía el diseño del hierro forjado, Lottie se detuvo para trazarlo con los dedos.

Gentry sonrió.

—Los Cannon no pertenecen a la nobleza, pero nadie lo diría al verlos.

—¿Sir Ross es un caballero muy tradicional?

—En ciertos aspectos. Pero políticamente hablando es un progresista. Lucha por los derechos de las mujeres y los niños, y apoya toda causa reformista imaginable. —Con un leve suspiro, Gentry la guió hacia la escalinata—. Te gustará. A todas las mujeres les gusta.

Mientras subían los escalones, Gentry la sorprendió pasándole el brazo por los hombros.

—Sujétate de mi mano. Ese escalón es irregular. —La guió con cuidado sobre la irregular superficie.

Entraron en un gran vestíbulo pintado de beige y relucientes adornos de bronce dorado en el elevado techo. Media docena de puertas conectaban el salón con seis habitaciones principales, mientras una escalera en forma de herradura conducía a las suites privadas de encima.

Lottie apenas tuvo tiempo de apreciar el gracioso diseño del interior de la casa antes de que se les acercara una mujer encantadora. Su cabello rubio, como de miel añeja, era más oscuro que el de Lottie.

Tenía que ser lady Cannon, pues su semblante era una delicada copia de las facciones duramente bellas de Gentry. Su nariz era menos prominente, la barbilla era definida pero no tanto como la de su hermano. Sin embargo, los ojos tenían el mismo llamativo azul; oscuros e insondables. Lady Cannon tenía un aspecto tan joven que nadie habría adivinado que era cuatro años mayor que su hermano.

—¡Nick! —exclamó con una sonrisa exuberante, adelantándose y poniéndose de puntillas para recibir el beso de su hermano, que le dio un breve abrazo y se apartó para apreciarla. En ese instante, Lottie vio la profundidad del sentimiento que les unía, el cual de algún modo había sobrevivido a años de distancia, pérdida y engaño.

—Esperas a alguien más —dijo Gentry después de un momento.

Su hermana rió.

—¿Cómo lo sabes? Sir Grant te lo ha dicho, ¿verdad?

—No. Pero tu cintura está más gruesa... o los cordones del corsé se han aflojado.

Apartándose, lady Cannon rió y le golpeó el pecho.

—Eres un canalla sin tacto. Sí, mi cintura está más gruesa, y continuará en aumento hasta enero, cuando tendrás una nueva sobrina o sobrino a quien hacer brincar sobre las rodillas.

—Que Dios me ayude.

Lady Cannon se giró hacia Lottie sonriendo.

—Bienvenida, Charlotte. Nick me habló de ti ayer. He estado terriblemente impaciente por conocerte. —Olía a té y rosas, una fragancia tan dulce como atractiva. Deslizando un esbelto brazo por los hombros de Lottie, se giró para dirigirse a Gentry—. Qué hermana más encantadora me has traído —comentó—. Procura tratarla bien, Nick, o la invitaré a que viva aquí conmigo. Parece demasiado elegante para estar cerca de tus amigos.

—Hasta el momento no tengo quejas del trato del señor Gentry —respondió Lottie con una sonrisa—. Claro que sólo hace una hora que estamos casados.

Lady Cannon pareció escandalizarse.

—¡Te has casado con esta pobre chica en la oficina del registro! Sin siquiera haber permitido que yo preparase algo aquí.

¡Y ni siquiera le has regalado el anillo! Francamente, Nick...

—No podía esperar —la interrumpió él.

Antes de que lady Cannon pudiera responder, una chiquilla entró en el vestíbulo, seguida por una niñera con delantal. La pequeña de ojos azules y mejillas pecosas no aparentaba más de dos años.

—¡Tío Nick! —gritó, precipitándose hacia él, con los rizos agitándose en una masa enmarañada.

Gentry la levantó y la columpió en el aire, sonriendo ante sus gritos de alegría. Cuando la abrazó, su intenso afecto hacia la niña fue más que obvio, contradiciendo su previa descripción de ella como «mocosa tolerable». Poniéndole las rollizas manitas alrededor de su cuello, la chiquilla gruñía juguetonamente, besándole y tirándole del pelo.

—Dios, qué salvaje —dijo Gentry riendo. La puso cabeza abajo haciéndola chillar de emoción.

—Nick —le advirtió su hermana, aunque también reía—. Si la sueltas se va a hacer daño en la cabeza.

—Ni hablar —dijo él, girando a la niña y estrechándola contra el pecho.

—Caramelos —pidió la pequeña, buscando en el bolsillo de Nick con la misma devoción que un hurón. Sacó un pequeño paquete y exultó de emoción mientras su tío lo abría para ella.

—¿Qué le das esta vez? —le preguntó lady Cannon con resignación.

—Un caramelo de café —dijo mientras su sobrina hinchaba la mejilla con un gran caramelo azucarado. Los ojos de Nick seguían brillando cuando miró a Lottie—. ¿Quieres uno?

Ella negó con la cabeza, mientras el corazón le palpitaba. Al mirarla de esa forma, con el rostro distendido y la sonrisa presta y tranquila, se le veía tan increíblemente guapo que Lottie sintió un estremecimiento de dicha desde la nuca hasta los pies.

—Amelia —murmuró Gentry, acercándola a Lottie—, dile hola a tu tía Charlotte. Me he casado con ella esta mañana.

Repentinamente tímida, la chiquilla apoyó la cabeza en el hombro de Gentry y sonrió a Lottie.

Ella le devolvió la sonrisa, insegura sobre qué decir. Tenía poca experiencia con niños, ya que había vivido lejos de casa durante muchos años.

Lady Cannon tomó a su hija, que tenía la boca pegajosa, y le alisó hacia atrás los rizos enmarañados.

—Cariño —murmuró—, ¿dejarás que Nanny te cepille el cabello?

La pequeña movió con obstinación la suave y redonda barbilla.

—No —dijo con la boca llena de caramelo, acentuando su rechazo con una sonrisa babeante.

—Si no dejas que te alise el cabello, se volverá tan imposible que tendremos que cortártelo.

Gentry añadió:

—Si dejas que Nanny te cepille el cabello, cielo, la próxima vez que venga te traeré una bonita cinta azul.

—Y una muñeca —pidió Amelia esperanzada.

—Una muñeca tan grande como tú —prometió su tío.

Apartándose de su madre, la pequeña fue hacia la niñera.

—Es una niña muy bonita —comentó Lottie.

Lady Cannon meneó la cabeza con una melancólica sonrisa y con los ojos llenos de orgullo materno.

—Y malcriada al máximo. —Volviéndose hacia Lottie, la tomó de la mano—. Debes llamarme Sophia —dijo con calidez—. No hace falta molestarse con términos de etiqueta.

—Sí, mi... Sí, Sophia.

—Mi marido se unirá a nosotros en el salón...

—Oh, fantástico —dijo Gentry.

Sophia continuó como si no lo hubiese oído.

—Y pediré que nos sirvan un refrigerio. Acabo de conseguir un exquisito servicio de chocolate. ¿Te gusta el chocolate, Charlotte?

Lottie acompañó a su nueva cuñada a un suntuoso salón, una parte del cual estaba flanqueado con paneles de vidrio que ofrecía la vista de un exuberante invernadero interior.

—No lo he probado —contestó. En Maidstone nunca habían servido chocolate. Incluso de haberlo servido, lord Radnor no le habría permitido beberlo. Y sin duda el servicio en Stony Cross Park jamás había disfrutado de esos lujos. Raramente se le concedía mantequilla y huevos, y todavía menos algo tan apreciado como el chocolate.

—¿Nunca? Bien, entonces tendrás que probarlo hoy. —La sonrisa de Sophia fue traviesa cuando añadió—: Resulta que soy una gran autoridad en la materia.

El salón estaba decorado con tonos borgoña, dorado y verde, y el sólido mobiliario de caoba estaba tapizado de brocado y terciopelo. Habían esparcidas por toda la habitación pequeñas mesas forradas de piel llenas de novelas y periódicos. Por indicación de Sophia, Lottie se sentó sobre un diván demasiado acolchado, contra una hilera de cojines bordados con dibujos de animales y flores. Nick se sentó junto a ella y Sophia en una silla.

Una doncella se acercó a Sophia, recibió algunas indicaciones susurradas y salió de la habitación con discreción.

—Mi marido estará aquí en un momento —les informó Sophia—. Bien, Charlotte, dime cómo os conocisteis tú y Nick. Su nota era bastante breve y estoy ansiosa por conocer los detalles.

Lottie abrió y cerró la boca como un pez en tierra firme, incapaz de encontrar una respuesta. No quería mentirle a Sophia, pero la verdad —que su matrimonio era un frío y práctico acuerdo— era demasiado embarazosa para revelarla. Gentry contestó por ella, con su mano cubriendo la suya.

—Nos conocimos en Hampshire durante una de mis investigaciones —dijo, jugueteando con los dedos de Lottie mientras hablaba—. Ella estaba prometida contra su voluntad con lord Radnor, y huyó para evitarlo. Él me contrató para encontrarla, y cuando lo conseguí... —Se encogió de hombros y dejó que Sophia llegara a sus propias conclusiones.

—Pero lord Radnor es al menos treinta años mayor que Charlotte —dijo Sophia, arrugando la nariz. Miró a Lottie con franca simpatía—. Y habiendo coincidido con él en una o dos ocasiones, lo encuentro bastante raro. No me extraña que no te gustase. —Miró a Gentry—. ¿Y cuando la encontraste te enamoraste inmediatamente de ella?

—¿Y quién no lo habría hecho? —Dibujó un lento círculo sobre la palma de la mano de Lottie, la acarició entre los dedos y pasó el pulgar por las delicadas venas de la muñeca. Aquella sutil exploración la excitó y la dejó sin respiración, con todo el cuerpo centrado en la yema del dedo que se desplazaba por la carnosa zona superior de la palma. Lo más desconcertante era que Gentry ni siquiera sabía lo que estaba haciendo. Jugueteaba vagamente con la mano de Lottie y hablaba con Sophia, mientras el servicio de chocolate era servido sobre la mesa.

—¿No es encantador? —preguntó Sophia indicando el servicio de floreada porcelana con un ademán. Tomó la alta y estrecha jarra y sirvió un oscuro y aromático líquido en una taza—. La mayoría de la gente utiliza cacao en polvo, pero los mejores resultados se obtienen mezclando la nata con licor de chocolate. —Con mano experta removió una generosa cucharada de azúcar en el humeante líquido—. Cuidado, no es licor como el vino o el alcohol convencional. El licor de chocolate se extrae de los granos, después de haber sido descascarados y tostados.

—Huele delicioso —comentó Lottie mientras el dedo de Gentry investigaba la suave base del pulgar.

Sophia sirvió las otras tazas.

—Sí, y el sabor es divino. Por la mañana prefiero el chocolate al café.

—¿Entonces es un estimulante? —preguntó Lottie, finalmente consiguiendo liberar la mano.

Privado de su juguete, él le dirigió una mirada inquisitiva.

—Sí, en cierto modo —contestó Sophia, sirviendo una generosa cantidad de nata en el endulzado licor de chocolate. Removió las tazas con una cucharilla de plata—. Aunque no es tan excitante como el café, el chocolate es estimulante a su manera. —Guiñó el ojo a Lottie—. Algunos incluso afirman que despierta el instinto amoroso.

—Qué interesante —dijo Lottie, esforzándose por ignorar a Gentry mientras tomaba la taza que le tendía Sophia. Inhalando con aprecio el rico aroma, tomó un pequeño sorbo. La densa dulzura le resbaló por la lengua y le hizo cosquillas en el paladar.

Sophia sonrió complacida.

—Ya veo que te gusta. Bien, he encontrado un reclamo para que nos visitéis a menudo.

Lottie asintió mientras seguía bebiendo. Cuando se acabó la taza, sentía flotar la cabeza, y sus nervios hormigueaban por la mezcla del calor y el azúcar.

Gentry dejó a un lado su taza después de dar uno o dos sorbos.

—Demasiado cargado para mi gusto, Sophia, aunque aprecio tu habilidad en prepararlo. Además, mis instintos amorosos no necesitan apoyo —sonrió, y la afirmación hizo que Lottie se atragantara.

—¿Quieres más, Charlotte? —ofreció Sophia.

—Oh, sí, por favor.

Sin embargo, antes de que Sophia le rellenara la taza, un hombre alto de cabello negro entró en la habitación. Habló con voz profunda, de áspera suavidad y acento exquisitamente culto.

—Perdonad mi retraso en unirme a vosotros. Estaba cerrando un asunto con mi agente de la propiedad.

De alguna forma Lottie había esperado que sir Ross fuese rígido, y pomposo en su mediana edad. Después de todo, tenía más de cuarenta años. Sin embargo, sir Ross parecía estar más en forma y ser más viril que la mayoría de hombres con la mitad de sus años. Era bello de una forma fría, con una autoridad natural tan potente que Lottie instintivamente se encogió. Era alto y delgado, y poseía una combinación de seguridad en sí mismo y una vitalidad asombrosas. Su innata elegancia se habría puesto de manifiesto aunque hubiese ido con un atuendo rústico de campesino. Llevaba un sobrio abrigo negro y pantalones de conjunto, con una corbata de seda negra atada hábilmente.

Repasó la escena con la mirada.

Primero observó a Lottie, luego fijó los ojos en Gentry y a continuación en su esposa. Qué ojos tan extraños tenía sir Ross... un gris tan penetrante y brillante que hizo pensar a Lottie en un rayo atrapado en una botella.

Sin embargo, Sophia le habló como si fuese un hombre corriente, con un tono coqueto.

—Ahora que estás aquí, supongo que tendremos que hablar de algo aburrido, como la política o la reforma judicial.

Sir Ross rió mientras se inclinaba para besarle la mejilla. Habría sido un gesto marital corriente de no haber terminado el beso con un suave y casi imperceptible roce con la nariz. Sophia cerró los ojos un instante, como si aquella imagen le trajese tentadores recuerdos.

—Intentaré ser divertido —murmuró con una atractiva sonrisa. Mientras se erguía, la luz jugó sobre su negro cabello y resaltó las franjas plateadas en sus sienes.

Gentry se mostró hierático cuando se levantó para darle la mano a su cuñado.

—Sir Grant me dijo que deseas verme —dijo sin preámbulos—. ¿Qué estás tramando, Cannon?

—Hablaremos de eso más tarde. Primero quiero conocer a tu valiente y joven esposa.

Lottie rió ante la implicación de que cualquier mujer tendría que ser valiente para casarse con un hombre como Nick Gentry. Hizo una reverencia mientras el magistrado se acercaba a ella. Tomándole las manos con las suyas, sir Ross habló con convincente delicadeza.

—Bienvenida a la familia, señora Gentry. No dudes que si necesitas ayuda de cualquier tipo, sólo debes pedirla. Estoy a tu disposición.

Cuando cruzaron las miradas, Lottie supo instintivamente que no era un simple formalismo.

—Gracias, sir Ross. Lamento haber tenido que mantener en secreto nuestro noviazgo, pues hubiese estado muy orgullosa considerándole a usted y a lady Cannon como parientes.

—Quizá podamos hacer algo al respecto —contestó de forma enigmática.

De repente Lottie sintió las manos de Gentry en la cintura, apartándola de sir Ross.

—Lo dudo —le dijo Gentry a su cuñado.

Sophia intercedió.

—Como es demasiado tarde para tomar el tradicional desayuno de boda, propongo que disfrutemos de un almuerzo. La cocinera está preparando costillas de cordero, espárragos y algunas variedades de ensalada. Y crema de piña para postre.

—Qué maravilla —dijo Lottie, uniéndose a ella en un esfuerzo por mantener el ambiente tranquilo. Se sentó una vez más en el diván y se ajustó las faldas—. Nunca he comido espárragos, pero siempre he querido probarlos.

—¿Nunca has comido espárragos? —preguntó Sophia, incrédula.

Mientras Lottie buscaba una forma de explicar su ignorancia en los temas culinarios, Gentry se sentó a su lado y volvió a cogerle la mano.

—Me temo que mi mujer siguió en la escuela una dieta bastante espartana —le dijo a su hermana— Fue a Maidstone durante varios años.

Sir Ross ocupó una silla junto a la de Sophia y miró a Lottie atentamente.

—Una conocida institución con la reputación de formar a consumadas señoritas. Dime, ¿disfrutaste de tus años allí, señora Gentry?

—Llámeme Lottie, por favor —le invitó con una tímida sonrisa. Procedió a describir sus experiencias en la escuela y sir Ross escuchó con atención, aunque Lottie no tenía idea de por qué el tema era de tanto interés.

Más tarde se sirvió el almuerzo en el invernadero, en una mesa cargada de reluciente cristalería y floreada porcelana, mientras dos lacayos les atendían. A Lottie le encantaban los árboles interiores y las abundantes y delicadas rosas de té que impregnaban el aire. Incluso el humor de Gentry pareció iluminarse en el alegre ambiente. Reclinándose relajado en la silla, les obsequió con historias de Bow Street, incluida una anécdota sobre cómo se les había asignado a los agentes que registrasen la sucia ropa interior y las camisas de los presos retenidos en los calabozos. Aparentemente, los presos a menudo escribían mensajes secretos en sus ropas, los cuales se entregaban a los familiares, quienes les traían nuevas ropas para ponerse cuando vieran al magistrado. El estado de la ropa de los prisioneros era con frecuencia tan sucio que los agentes habían recurrido a sorteos para decidir quién se encargaría de la asquerosa tarea. Cuando Gentry describió la ira de un agente en concreto que siempre salía elegido, incluso sir Ross reía abiertamente.

Finalmente sir Ross y Gentry se enfrascaron en una conversación sobre los problemas referentes a la Policía Metropolitana, la cual se había creado aproximadamente diez años antes. Desde entonces, Bow Street se había mantenido separada de la Policía Metropolitana, ya que el cuerpo de agentes y oficiales de sir Grant estaba mejor entrenado y era más efectivo que las «langostas crudas».

—¿Por qué a la Policía Metropolitana la llaman langostas crudas? —Lottie no pudo resistir la pregunta.

Sir Ross contestó con una ligera sonrisa.

—Porque las langostas crudas son azules —el color de los nuevos uniformes— y también pellizcan.

El comentario hizo reír a Gentry.

La conversación sobre la policía continuaba, y Sophia se acercó a Lottie.

—¿Crees que mi hermano deseará seguir en Bow Street ahora que se ha casado?

—Me da la sensación de que no tiene otra elección —contestó Lottie con cuidado—. El trato con sir Ross...

—Sí, pero ese trato nunca tuvo la intención de durar para siempre. Y ahora que Nick se ha casado, quizá mi marido lo libere de su cumplimiento.

—¿Por qué nuestro matrimonio habría de tener ningún efecto sobre la posición de Nick en Bow Street?

Sophia miró con prudencia a los hombres al otro lado de la mesa.

—La respuesta a eso es demasiado privada (y complicada) para comentarla ahora. ¿Puedo llamarte pronto, Lottie? Podríamos tener una larga charla, y quizá podríamos ir de compras.

Lottie sonrió. Nunca había esperado que la hermana de Gentry resultase tan atractiva. Y parecía que Sophia estaba dispuesta a echar un poco de luz sobre el misterioso pasado de Gentry, lo cual ayudaría a que Lottie le comprendiera mejor.

—Sí, me gustaría mucho.

—Perfecto. Seguro que lo pasaremos muy bien.

Entreoyendo el último comentario de su hermana, Gentry arqueó una oscura ceja.

—¿Qué tramas, Sophia?

—Oh, un simple paseo por Oxford Street —respondió con alegría.

Gentry emitió un bufido.

—En Oxford hay al menos ciento cincuenta tiendas. Supongo que haréis algo más que simplemente pasear.

Sophia se rió.

—Ábrele cuentas a Charlotte en los merceros, en Wedgwood, por supuesto en las joyerías, en la librería y...

—Oh, señora... eh, Sophia —interrumpió Lottie con incomodidad, dándose cuenta de que sus finanzas eran bastante pobres comparadas con las de los Cannon—. Estoy segura de que no será necesario abrir cuentas a mi nombre.

Gentry dijo a Sophia con una ligera sonrisa:

—Lottie puede tener crédito allí donde quiera. Pero primero llévala a tu modisto. Que yo sepa, ella no tiene ajuar de novia.

—No necesito nuevos vestidos —protestó Lottie—. Quizás uno bonito, pero nada más. —Lo último que deseaba era que Gentry se gastase un dineral en ropa para ella. El recuerdo de las costumbres derrochadoras de sus padres, y la pobreza como consecuencia, permanecía con claridad en su mente. Tenía un temor instintivo a gastar dinero, y sabía mejor que nadie cómo incluso una cómoda fortuna podía dilapidarse en poco tiempo—. Por favor, insisto en que no...

—De acuerdo —la interrumpió Gentry tocándole el hombro. Su mirada transmitía el mensaje de que ahora no era momento de debatir esa cuestión.

Sonrojándose, Lottie guardó silencio. La mano de Gentry seguía sobre su hombro, luego se desplazó al codo, apretándolo ligeramente.

Afortunadamente, el silencio en la mesa fue aliviado por la aparición de un lacayo que recogió la vajilla mientras otro servía los platos de postre y pequeñas copas de vino dulce. Los platos contenían delicadas galletas y crema de piña.

Sir Ross introdujo un nuevo tema de conversación sobre unas enmiendas propuestas recientemente a la Ley del Pobre, a la cual tanto él como Gentry apoyaban. Sophia dio sus propias opiniones al respecto, y los hombres escucharon con atención.

Lottie intentó ocultar su asombro, pues durante años le habían enseñado que una dama nunca debía expresar sus opiniones en presencia de compañía masculina. Sin duda ella no debería decir nada sobre política, un tema candente sobre el cual sólo los hombres estaban cualificados para debatir. Y sin embargo un hombre tan distinguido como sir Ross parecía no encontrar nada malo en que su esposa expresara sus opiniones. Tampoco Gentry parecía disgustado por la franqueza de su hermana.

Quizá Gentry le permitiría la misma libertad. Con ese agradable pensamiento, Lottie tomó su crema de piña, una suculenta y sedosa natilla con un sabor fuerte. Al acabarla, anheló tomar otra. Sin embargo, los buenos modales y el temor de parecer glotona hacía impensable que pidiera más.

Dándose cuenta de la ávida mirada que Lottie dirigió a su plato vacío, Gentry rió discretamente y deslizó hacia ella su propio postre intacto.

—Te gustan más los dulces que a la pequeña Amelia —le murmuró en el oído. Su cálida respiración erizó la nuca de Lottie.

—En la escuela no tomábamos postre —comentó con una sonrisa.

Nick cogió su servilleta y se limpió la comisura del labio.

—Ya veo que me llevará mucho tiempo compensar todas las cosas de que te privaron. Supongo que ahora querrás dulces en todas las comidas.

Deteniéndose en el acto de levantar la cuchara, Lottie miró aquellos ojos cálidos y azules tan cerca de los suyos, y de repente se sintió inundada por una ola de calor. Era ridículo que bastase que Nick le hablara con ese tono mimoso para que ella se derritiese.

Sir Ross estudió a la pareja con mirada penetrante.

—Gentry, hay una cuestión que me gustaría tratar contigo. Sin duda habrá mejores ocasiones para hablar sobre tu futuro, pero me cuesta imaginarlas. Tus circunstancias son inusuales. —Se detuvo y sonrió—. Es un eufemismo, por supuesto. Los vaivenes de tu vida sólo pueden calificarse de grotescos.

Gentry se reclinó con languidez y aspecto relajado, pero Lottie sintió su inquietud.

—No te he pedido que pienses en mi futuro.

—Sin embargo lo he hecho. Durante los pasados tres años que he seguido tu carrera...

—¿Seguido? —repuso Gentry con sequedad—. Más bien manipulado, entrometido, interferido.

Habituado a la retórica después de tantos años en el tribunal, sir Ross encogió los hombros.

—He hecho lo que he considerado mejor. Ten en cuenta que en mis tratos contigo también he tenido que considerar los intereses de Sophia. Ella es la única razón por la cual te libré de la horca. Ella creía que había un potencial bondadoso en ti. Y aunque entonces yo no lo viera, ahora estoy dispuesto a admitir que tenía razón. No eres el villano redomado que creía que eras.

Gentry sonrió con frialdad, consciente de que le estaban maldiciendo con falsos elogios.

—Y yo he de admitir que no eres exactamente el hipócrita y frío pez gordo que creía que eras.

—Nick —le regañó Sophia, y apoyó su esbelta mano en la de sir Ross—. Mi marido nunca ha tenido un pensamiento hipócrita en su vida. Y en cuanto a que sea un pez frío, puedo asegurarte sin ninguna duda que no lo es. Además...

—Sophia —la interrumpió sir Ross con delicadeza—. No tienes que defenderme, amor mío.

—Bien, pues no lo eres —insistió.

Volvió la mano para coger la de Sophia, y por un instante la pareja contempló sus dedos entrelazados con un placer compartido que parecía inefablemente íntimo. Lottie sintió una punzada en el pecho. ¿Cómo debía de ser amarse de esa forma? Ambos parecían sentir un enorme regocijo mutuo.

—De acuerdo —dijo Gentry con impaciencia—. Vayamos al grano, Cannon. No tengo ganas de pasar todo el día de mi boda contigo.

Eso provocó una maliciosa sonrisa en el ex magistrado.

—Muy bien. Intentaré ser sucinto. Desde que ingresaste en Bow Street, sir Grant me ha mantenido informado de tus logros; las operaciones detectivescas, el trabajo con las patrullas de a pie, las persecuciones que has llevado a cabo arriesgando la vida. Pero sólo a raíz del incendio en casa de Barthas comprendí cuánto has cambiado.

—No he cambiado —dijo Gentry con cautela.

—Has aprendido a valorar la vida de los demás tanto como la tuya —continuó sir Ross—. Has superado el desafío que te propuse hace tres años y has contribuido enormemente al bien público. Y ahora incluso tienes una esposa. Y es interesante que se trate de la clase de mujer joven con la que podrías haberte casado si las circunstancias no te hubiesen privado de tu título y posición hace tanto tiempo.

Gentry entrecerró los ojos.

—Nunca me importó un cuerno el título. Y Dios sabe que ahora no lo puedo usar.

Sir Ross jugueteó con su cuchara, con una expresión que

se correspondía con la de un jugador de ajedrez en mitad de una larga partida.

—Hay algo que nunca has comprendido del todo sobre tu título. Es tuyo, tanto si lo quieres como si no. Un título no desaparece simplemente porque uno elija ignorarlo.

—Desaparece si uno elige ser otra persona.

—Pero tú no eres otra persona. El auténtico Nick Gentry murió hace catorce años. Tú eres lord Sydney.

—Nadie sabe eso.

—Eso —dijo sir Ross con calma— está a punto de cambiar.

Gentry se quedó inmóvil mientras digería la afirmación.

—¿Qué demonios significa eso?

—Después de muchas deliberaciones, decidí iniciar el proceso de dignificación en tu nombre. Recientemente he explicado los detalles de tu situación a las oficinas de la Corona y al canciller. No sólo les aseguré que de hecho eres el desaparecido hace mucho tiempo lord Sydney, sino que además les confirmé que estás preparado en cuanto a finanzas para asumir el título. En dos semanas aproximadamente, el secretario de la Corona te dará audiencia en la Cámara de los Lores, en cuyo momento te presentaré en público como lord Sydney y organizaré un baile en tu honor.

Gentry se levantó de un brinco y su silla cayó hacia atrás ruidosamente.

—¡Vete al infierno, Cannon!

Lottie dio un respingo ante aquella explosión de hostilidad, pues Gentry había reaccionado como si su propia esposa estuviese siendo amenazada.

Sin embargo, el peligro al que se enfrentaba no era el riesgo físico al que estaba acostumbrado, sino intangible e insidioso, la única prisión de la cual no podía escapar. Lottie adivinó los pensamientos ocultos detrás de la dura expresión de Nick, la forma como su astuta mente analizaba las cosas y consideraba las formas de evadirse.

—Lo negaré todo —dijo Gentry.

Sir Ross juntó las manos observándolo con firmeza.

—Si lo haces, responderé con declaraciones mías, de sir Grant, de tu hermana e incluso de tu esposa, testificando que has confesado en privado que eres lord Sydney. Todo ello, combinado con oportunas casualidades como la pérdida de registros de defunción e informes incoherentes de tu muerte, supone lo que en la ley inglesa se conoce como *fecundatio ab extra*, un extraño pero no imposible caso.

Gentry parecía querer asesinar al antiguo magistrado de Bow Street.

—Pediré a la Cámara de los Lores que me permitan renunciar al título. Dios sabe que estarán encantados de librarse de mí.

—No seas necio. ¿De verdad crees que permitirán que renuncies? En su mentalidad, tal renuncia desafiaría la misma institución aristocrática. Temerían que las distinciones entre clases (incluso la propia monarquía) se viesen amenazadas.

—Tú no crees en el privilegio basado en el nacimiento —contraatacó Gentry—. Entonces, ¿por qué obligarme a un maldito título? No lo quiero.

—Esto no tiene nada que ver con mis convicciones políticas. Es una cuestión de hechos consumados. Eres Sydney, y no importa lo que alegues. No serás capaz de darle la vuelta a setecientos años de principios hereditarios, y tampoco podrás seguir eludiendo tus obligaciones como lord Sydney.

—¿Obligaciones hacia qué? —sonrió Gentry, burlándose—. ¿Hacia una finca que ha estado en desuso durante catorce años?

—Tienes una responsabilidad hacia los arrendatarios que intentan ganarse la vida como pueden en tierras abandonadas. Hacia la Cámara de los Lores, donde tu escaño ha estado vacante durante dos décadas. Hacia tu hermana, obligada a mantener en secreto su relación contigo. Hacia tu esposa, que disfrutará de más respeto y ventajas sociales como lady Sydney que como señora Gentry. Hacia la memoria de tus padres. Y hacia ti mismo. Durante media vida te has estado ocultando detrás de un nombre falso. Es hora de que reconozcas quién eres.

Gentry apretó los puños.

—Eso no tienes que decidirlo tú.

—Si no saco a relucir el tema, te pasarás el resto de tu vida evitándolo.

—¡Tengo todo el derecho!

—Quizá. Pero si no entras en razón, te será imposible seguir en Bow Street. Sir Grant está de acuerdo conmigo, y por consiguiente no requerirá más de tus servicios.

Un arrebato de color apareció en el rostro de Gentry, al darse cuenta de que sus días como agente tocaban a su fin.

—Entonces pasaré el tiempo aceptando encargos privados.

—Eso sería una novedad, ¿verdad? —repuso sir Ross con sarcasmo—. El vizconde detective.

—Nick —intervino Sophia con delicadeza—, sabes lo que papá y mamá hubieran querido.

Él parecía amargado y desgraciado, y por encima de todo ultrajado.

—He sido Nick Gentry demasiado tiempo para cambiar.

Sophia contestó con tacto, y parecía comprender por qué él lo consideraba imposible.

—Será difícil. Nadie lo negará. Pero ya tienes el apoyo de Lottie.

Nick emitió un sonido desdeñoso.

—Lottie, querida —dijo Sophia con una suave inflexibilidad que delataba la fuerte voluntad debajo de su delicado aspecto—. ¿Cuántos años estuviste en Maidstone?

—Seis —dijo Lottie, lanzando una cautelosa mirada hacia el duro perfil de su marido.

—Si la reputación de Maidstone es merecida, esos seis años estuvieron llenos de una educación que incluía una preparación rigurosa en conducta, gracia, el arte de la diversión educada, las habilidades de la buena administración del hogar y su funcionamiento, los secretos del protocolo y el buen gusto, los rituales de las visitas matutinas y las reuniones después de la cena... los miles de pequeños detalles de etiqueta que separan a la alta sociedad de los demás estratos sociales.

Sospecho que podrías dirigir con facilidad un hogar de cualquier tamaño, por grande que fuese. No hay duda de que también te enseñaron a bailar, montar, tocar un instrumento musical, hablar francés y quizás un poco de alemán... ¿Me equivoco?

—Tienes razón —dijo Lottie a secas, acelerando la repentina convicción de que era parte de la trampa que acechaba a Gentry. Le estaban forzando a ser algo que no deseaba ser, y ella comprendía sus sentimientos demasiado bien.

Asintiendo con satisfacción, Sophia se giró hacia su excitado hermano.

—Lottie es una gran ventaja para ti. Demostrará ser decisiva para tu adaptación a la nueva vida.

—No voy a adaptarme a esa maldita vida —gruñó y lanzó una mirada exigente a Lottie—. Ven, que nos vamos. Ahora.

Ella se levantó automáticamente y también lo hizo Ross. Preocupada, Lottie miró a su cuñado. No había un destello de victoria en sus ojos. Lottie no creía que sus motivos tuviesen nada que ver con la venganza o la mala voluntad. Estaba segura de que sir Ross y Sophia creían del todo necesario que Gentry recuperara su antigua identidad. Deseaba hablar de la cuestión con ellos, pero estaba claro que ahora Nick apenas mantenía el control de sí mismo. Cualquier otro hombre se habría sentido gratificado al recuperar su título, sus tierras y sus posesiones familiares. Sin embargo, era obvio que para Gentry eso era una pesadilla.

Lottie guardó silencio durante el viaje en carruaje de vuelta a casa. Su marido iba inmóvil, intentando contener su explosiva ira, y probablemente luchando por asimilar la precipitación con la cual había cambiado su vida. No era diferente del humor de Lottie respecto a su abandono de Stony Cross Park, pensó irónicamente.

Cuando llegaron a la casa en Betterton Street, Gentry prácticamente saltó del carruaje, dejando que Lottie aceptara la ayuda del lacayo para bajar. Cuando ella llegó a la puerta principal, él había desaparecido.

El ama de llaves estaba en el vestíbulo, con una expresión perpleja que delataba que acababa de ver a Gentry entrar furibundo en la casa.

—Señora Trench —dijo Lottie con calma—, ¿sabe adónde ha ido el señor Gentry?

—Creo que está en la biblioteca, señorita. Quiero decir... señora Gentry.

Cielo santo. Qué extraño era que la llamaran así. Y todavía era más extraño contemplar la posibilidad de que dentro de poco la llamaran lady Sydney. Frunciendo el ceño, desde la escalera miró hacia la sala que conducía a la biblioteca. Una parte de ella quería retirarse a la seguridad y aislamiento de su habitación. Sin embargo, la otra parte quería reunirse con Gentry.

Después de que la señora Trench tomara su sombrero y sus guantes, Lottie se dirigió hacia la biblioteca. Llamó a la puerta antes de entrar. La biblioteca era oscura, de madera de cerezo, con alfombras tejidas con medallones de oro sobre un fondo marrón. Las ventanas de múltiples paneles se extendían casi hasta el techo, de al menos seis metros de altura.

La figura de Gentry se distinguía contra una ventana, con la espalda visiblemente tensa mientras oía acercarse a Lottie. La copa de brandy que apretaba en su mano parecía como si fuese a hacerse añicos entre sus largos dedos.

Lottie dudó junto a una de las elevadas estanterías, dándose cuenta de que a la biblioteca curiosamente le faltaban volúmenes.

—Tienes una estantería casi vacía —comentó.

Gentry seguía de pie junto a la ventana, con la mirada siniestra y ausente. Tragó lo que quedaba del brandy con un movimiento brusco de muñeca.

—Entonces compra libros y llénala desde el suelo hasta el techo.

—Gracias. —Animada por el hecho de que todavía no le hubiese dicho que se marchase, Lottie se atrevió a acercarse—. Señor Gentry...

—No me llames así —dijo en un arrebato.

—Lo siento, Nick. —Se le acercó—. Deseo corregir algo que ha dicho sir Ross. No tienes ninguna responsabilidad de convertirme en lady Sydney. Como ya te he dicho antes, no me importa si eres un aristócrata o un ciudadano corriente.

Nick guardó silencio un buen rato y luego soltó un tenso suspiro. Yendo con paso firme hacia la licorera, se sirvió otro brandy.

—¿Hay alguna forma de impedir que sir Ross lleve a cabo sus planes? —preguntó Lottie—. Quizá podamos buscar consejo legal...

—Es demasiado tarde. Conozco a sir Ross. Ha calculado cualquier posible contramaniobra. Y su influencia se extiende por todas partes; la judicial, la aplicación legal, el Parlamento, la oficina de la Corona... esa escritura de citación llegará, y no importa qué demonios pueda yo hacer para evitarlo. —Soltó un inusual juramento—. Me gustaría romperle los huesos a ese insufrible imbécil.

—¿Qué puedo hacer? —preguntó ella con calma.

—Ya has oído a mi hermana, ¿verdad? Serás la señora de la casa señorial y me ayudarás a que finja ser un vizconde.

—Lo hiciste bastante bien en Stony Cross Park —señaló—. Me diste una convincente sensación de nobleza.

—Eso fue sólo unos días —dijo con amargura—. Pero ahora parece que tendré que interpretar el papel el resto de mi vida. —Sacudió la cabeza con furiosa incredulidad—. ¡Dios! No quiero eso. No tardaré en matar a alguien.

Lottie ladeó la cabeza contemplándolo con especulación. No había duda de que era de temer cuando se encontraba de ese humor. De hecho parecía a punto de cometer un asesinato, con los ojos que irradiaban sed de venganza. Pero curiosamente ella estaba llena de amabilidad; incluso más que eso, de un sentido de camaradería. Los dos estaban confusos, enfrentándose a una vida que no habían planificado ni pedido.

—¿Cómo te sentiste en Stony Cross Park cuando te presentaste como lord Sydney? —le preguntó.

—Primero lo encontré divertido. La ironía de disfrazarme de mí mismo. Pero después del primer día resultó un peso sobre mis espaldas. La simple mención del nombre me saca de quicio.

Lottie se preguntó por qué le contrariaba tanto su propio nombre. Tenía que haber alguna razón distinta a las que había dado hasta el momento.

—Nick, ¿a qué se refería sir Ross cuando dijo que estás preparado financieramente para asumir el título?

Nick torció la boca.

—Se refería a que puedo permitirme el coste de mantener una gran finca y la clase de vida de un aristócrata.

—¿Cómo podía saberlo?

—No lo sabe seguro.

—Se equivoca, pues.

—No —murmuró Nick—. No se equivoca. Antes de llegar a Bow Street hice algunas inversiones y tengo algunas propiedades aquí y allá. En total, tengo unas doscientas ahorradas.

Lottie pensó que doscientas libras en ahorros no estaban mal, pero no ofrecían la clase de seguridad que uno podría desear. Sólo esperaba que esos ahorros no se devaluasen.

—Bien, parece bastante satisfactorio —dijo, sin querer herir sus sentimientos—. Creo que haríamos bien en economizar. Pero no creo que las circunstancias permitan un ajuar de novia. No ahora. Quizás en el futuro...

—Lottie —la interrumpió—. No necesitamos economizar.

—Doscientas libras es una buena suma, pero será difícil mantener una casa con...

—Lottie —la miró con una extraña expresión—. Me refería a miles. Doscientas mil libras.

—Pero... pero... —Lottie se quedó asombrada. Era una suma inmensa, una fortuna para cualquiera.

—Y sobre cinco mil al año en inversiones e ingresos privados —añadió, asombrándola más. El rostro de Nick se ensombreció—. Aunque parece que mis días de actividades privadas han terminado.

—¡Cielos! Debes de ser tan rico como lord Radnor —dijo aturdida.

Nick hizo un gesto agitado con la mano, como si el dinero fuese del todo irrelevante, comparado con su mayor problema.

—Es probable.

—Podrías permitirte tener una docena de casas. Podrías tener todo lo que...

—No necesito una docena de casas. Sólo puedo dormir bajo un techo a la vez, comer tres veces al día. Y no tengo ningún interés en impresionar a nadie.

Lottie estaba sorprendida por constatar que a Nick no le motivaba adquirir riqueza. Su fortuna había llegado como consecuencia de su necesidad de superarlo todo desde los bajos fondos hasta Bow Street. Y ahora que le habían arrebatado su profesión de agente de la ley, necesitaría con urgencia hacer algo. Era un hombre tremendamente activo, en absoluto de una naturaleza para cultivar la indolencia de la vida aristocrática. ¿Cómo, en nombre del cielo, iba a adaptarse a la vida aristocrática?

Sus pensamientos debieron de reflejar los de ella, ya que gruñó de rabia y se mesó el cabello. Un mechón suelto cayó sobre su frente, y a Lottie la sorprendió su impulso de juguetear con los gruesos pelos castaños, alisarlos hacia atrás, deslizar los dedos entre ellos.

—Lottie —dijo él con brusquedad—. Saldré unas horas. Probablemente no volveré hasta la mañana. Puedes respirar por una noche.

—¿Qué piensas hacer?

—Todavía no lo sé. —Se apartó de ella con una inquietud que contenía un matiz de pánico, como si una pesada red le hubiese caído encima.

Lottie sabía que no debería importarle si salía y bebía, si se peleaba con alguien o si hacía cualquiera de las muchas estupideces que los hombres hacen buscando diversión. No debería intentar aliviar su apenas contenida furia. Pero lo hacía.

Impulsivamente, se acercó a él y tocó el bonito velarte de

su abrigo con la palma de la mano. Pasó la mano por el tejido y luego por dentro. El chaleco de Nick era del mismo tono negro de su abrigo, pero el material era más sedoso, amoldándose a la dura delineación de sus músculos pectorales. Ella pensó en lo caliente que debía de estar su piel para transmitir esa calidez a la gruesa prenda.

Nick de repente se quedó inmóvil, respirando cada vez más lento y profundo. Lottie no le miró a la cara y se centró en el nudo de la corbata gris mientras los dedos de él exploraban los blancos y fragantes pliegues de su falda.

—No quiero un respiro —dijo finalmente, y tiró del nudo hasta que se soltó.

Mientras se desanudaba la corbata, parecía que el control de sí mismo también se deshacía. Respiró con más pesadez y apretó con fuerza los puños. Con poca habilidad se quitó el rígido cuello de la camisa para revelar el brillo ámbar de su garganta. Ella le miró a la cara y vio con repentino nerviosismo que su furia se transformaba rápidamente en puro deseo sexual. El color le teñía los pómulos y el puente de la nariz, un destello bruñido que le hacía parecer los ojos como de fuego azul.

Bajó la cabeza con lentitud, como si le estuviese dando la oportunidad de escapar. Ella se quedó donde estaba, cerrando los ojos como si sintiera el apenas perceptible tacto de su boca a un lado del cuello. Los labios de Nick rozaron la sensible piel, se separaron, y la punta de la lengua la acarició en un círculo caliente y delicado. Con un agitado suspiro, Lottie se apoyó contra el cuerpo de Nick mientras las piernas se movían debajo de ella. Nick no la tocaba con las manos, sólo seguía explorándole el cuello con exquisita delicadeza. Ella le rodeó con los brazos su esbelta cintura.

Nick dirigió las manos a los hombros de Lottie, tomándolos con suavidad. No parecía saber si atraerla hacia sí o rechazarla. Tenía la voz ronca cuando preguntó:

—¿Qué estás haciendo, Lottie?

El corazón de ella latía con tanta fuerza que casi no podía tomar aire para hablar.

—Supongo que ayudarte a terminar lo que empezaste en la biblioteca de lord Westcliff.

—No lo dudes —dijo con brusquedad—. No he estado con una mujer en seis meses. Si de repente decides parar, no lo voy a tomar bien.

—No te pediré que pares.

Él le dirigió una mirada brillante, febril, con el rostro endurecido.

—¿Por qué ahora, cuando ayer no quisiste?

Eso no podía explicarlo con palabras. Después de los acontecimientos de esa tarde, de repente Nick parecía vulnerable ante ella. Lottie empezaba a ver las maneras en que él la necesitaba, necesidades que iban más allá del deseo sexual. Y el desafío de controlarlo, igualando su poderosa voluntad con la suya, era demasiado tentador para resistirlo.

—Ahora estamos casados —dijo ella, recurriendo a la primera excusa que se le ocurrió—. Y preferiría... hacerlo cuanto antes.

Ella vio el destello depredador en sus ojos. La deseaba. No perdió el tiempo haciendo preguntas, y se limitó a alargar la mano.

—De acuerdo.

Con delicadeza Lottie le puso la mano en la suya.

—Nick, sólo hay una cosa...

—¿Qué?

—Todavía no es de noche.

—¿Y?

—¿Es correcto hacerlo por la tarde?

La pregunta arrancó a Nick una risa insegura.

—No lo sé. Y me importa un pimiento. —Sin soltarle la mano la llevó desde la biblioteca hasta el vestíbulo, y luego escaleras arriba.

9

Lottie subió las escaleras tomándole la mano y cuando llegaron al dormitorio sintió las piernas como si fuesen de goma. Las cortinas estaban abiertas y dejaban penetrar la luz. Habría preferido la oscuridad. La idea de estar desnuda a plena luz del sol la hizo estremecerse.

—Tranquila —murmuró Nick, de pie detrás de ella. La tomó con suavidad por los brazos. Nick hablaba en voz más baja que de costumbre—. Iré con cuidado. Será agradable para ti si...

—¿Sí?

—Si confías en mí.

Lottie se humedeció los labios pues no había confiado en nadie durante años. Y depositar su fe en Nick Gentry, el hombre con menos escrúpulos que había conocido, no era una estupidez, era una locura.

—Sí —dijo, sorprendiéndose a sí misma—. Sí, confiaré en ti.

Nick emitió un suave sonido, como si esas palabras lo hubiesen pillado desprevenido.

Gradualmente le rodeó la parte superior del pecho con una mano, ejerciendo una suave presión que hizo que ella apoyase la espalda contra él. Lottie sintió su boca en la nuca, y sus labios jugueteando con los sedosos cabellos. Nick presionó los dientes en un punto sensible que la hizo retorcerse de placer. Desplazándose hacia un lado de su cuello, le dio un pequeño mordisco en la punta del lóbulo, mientras las manos manipulaban su vestido. El corpiño se separó, para revelar el marco del ligero corsé. Los dedos de Nick se deslizaron por la garganta de Lottie, acariciaron la vulnerable curva y luego fueron hasta la clavícula.

—Eres bella, Lottie —susurró—. La forma como sientes... tu piel, tu cabello... —Le quitó las horquillas del cabello y las lanzó sobre la alfombra. Hundió los dedos en los pálidos mechones sedosos que caían sobre el hombro de Lottie. Acercándose el cabello a la cara, lo rozó contra la mejilla y la barbilla. El calor oscilaba en el cuerpo de Lottie, intensificándose.

Nick le bajó el vestido hasta la cintura, ayudándola a sacar los brazos de las mangas, con los dedos recorriéndola ligeramente los antebrazos. Haciéndola girar para que lo encarase, le desabrochó con destreza el corsé, liberándola de éste y los encajes. Sus pechos, acentuados artificialmente por los soportes de alambre, quedaron libres, y los pezones se endurecieron contra la fina y aplastada muselina de su camisa. Nick la acarició por encima de la tela. Deslizando los dedos por debajo de la plenitud de su pecho le puso el pulgar sobre un pezón. Lo masajeó con suavidad, hasta ponerlo tieso.

Jadeando, Lottie se aferró a su espalda para mantener el equilibrio. Él deslizó un sólido brazo por su cintura mientras seguía jugueteando delicadamente con el cuerpo de Lottie, tocándole el pezón con suavidad. Un arrebato de placer se le concentró en el estómago mientras Nick le colmaba el pecho con la mano, con toda su redondez en la palma. De repente ella quiso que le tocara el otro pecho. Quería sentir boca en todas partes y deslizar sus propios labios por la piel de Nick, sentir su desnudo cuerpo contra el de ella. Ansiosa, se aferró a su abrigo, hasta que la risa de Nick resonó en el aire.

—Despacio —susurró—. No hay necesidad de precipitarse. —Se sacó el abrigo, el chaleco, los calcetines y los zapatos, los pantalones, la camisa y finalmente la prenda que ocultaba la sorprendente visión de su erección.

De pronto Lottie no sabía dónde mirar. Nick debería haber parecido vulnerable en su desnudez, pero parecía más poderoso ahora que cuando iba vestido. Su cuerpo, tallado con una gracia brutal, era grande, musculoso e increíblemente atractivo. Su bronceado terminaba en la línea de la cintura, desvaneciéndose en la pálida piel de sus caderas. Un generoso y grueso vello oscuro le cubría el pecho, y había bastante más en la ingle, alrededor de la oscura y elevada longitud de su erección.

Un dedo de Nick resiguió el lado de la mejilla escarlata de Lottie.

—¿Sabes qué va a pasar?

Lottie asintió con inquietud.

—Creo que sí.

Nick le acarició la barbilla, dejando con la yema del dedo un rastro de fuego.

—¿Quién te lo explicó? ¿Tu madre?

—Oh, no. Ella iba a contármelo todo la noche antes de la boda con lord Radnor. Pero eso nunca tuvo lugar. —Lottie cerró los ojos mientras él le acariciaba el cuello con una mano cálida y un poco rasposa por los callos—. Aunque oí comentarios en la escuela. Algunas chicas habían... hecho cosas... y nos contaban sobre ello.

—¿Hecho qué cosas?

—Se habían encontrado en privado con caballeros amigos, o primos, y les permitían tomarse libertades. —Lottie abrió los ojos y encontró su sonriente mirada, evitando mirarle más abajo de la clavícula.

—¿Y esas libertades fueron muy lejos? ¿Tan lejos como fuimos nosotros la otra noche?

—Sí —se esforzó en admitir.

—¿Te gustó la forma como te toqué? —le preguntó con delicadeza.

Las mejillas le ardían y, agitada, consiguió asentir.

—Pues todavía te haré disfrutar más —prometió él, sujetándole la camisa.

Obedeciendo a su apremio, Lottie levantó los brazos y

dejó que le quitara la prenda. Se sacó los zapatos y se quedó sólo con las largas bragas y las medias, con los brazos cruzados sobre los desnudos pechos.

Nick se inclinó sobre ella y le acarició la espalda, erizándole cada centímetro de piel.

—Rodéame con los brazos, Lottie.

Ella obedeció torpemente, apretando todo su cuerpo contra el de Nick. Los pezones se hundieron en el áspero vello pectoral. El cuerpo de Nick estaba increíblemente caliente, con una erección que ardía contra las bragas de muselina y le oprimía el estómago. Hasta que él puso las manos por debajo de sus nalgas y la alzó. Le deslizó una mano entre las nalgas para sujetarla con fuerza contra él, y ella le sintió presionar contra su sexo. La invadió un arrebato de lujuria casi insoportable. Sujetándole el cuello, Lottie apretó la cara contra su grueso hombro. Los dedos de Nick se deslizaron entre sus muslos. La braga se humedeció mientras él le acariciaba el suave surco. Durante un feliz minuto la tuvo así, calentándola con su propio cuerpo hasta que ella empezó a frotarse contra su erección.

Nick tiró de las cintas de las bragas. Dejó caer la prenda al suelo y llevó a Lottie a la cama con asombrosa facilidad. Ella se reclinó en la bordada colcha, y él deslizó la mirada por todo su cuerpo. Nick esbozó una sonrisa.

—Nunca había visto a nadie sonrojarse desde la cabeza a los pies.

—Pues yo nunca había estado desnuda delante de un hombre —dijo Lottie con apuro. Le resultaba inconcebible estar hablando con un hombre mientras llevaba unas medias por todo atuendo.

Nick cerró delicadamente las manos alrededor de los tobillos de Lottie.

—Eres adorable —susurró, y se subió encima de ella.

Tiró de una liga con los dientes, soltando la cinta que la ataba. Ella jadeó mientras Nick le besaba las marcas rojas dejadas por la atadura. Bajándole las medias, le separó los muslos. Cada vez más incómoda, Lottie se cubrió con la mano.

Nick le pasó un dedo por el frágil pliegue entre el muslo y la ingle.

—No te cubras —le rogó.

—No puedo evitarlo —dijo ella, retorciéndose para evitar los rápidos y sutiles movimientos de su lengua, que hurgaba en lugares donde nunca había imaginado que un hombre querría poner la lengua. De algún modo consiguió cubrirse con la templada suavidad de las sábanas.

Después de una discreta risa, Nick se deslizó entre las sábanas hasta la cabeza, y ella sintió sus manos en las rodillas, intentando separarlas una vez más.

Lottie miró sin ver el oscuro dosel de encima.

—Nick —preguntó con brusquedad—, ¿es así como la gente suele tener relaciones?

—¿Te refieres a cuál es la forma usual? —graznó él.

Ella inhaló hondo mientras él le mordisqueaba la cara interna del muslo.

—No estoy del todo segura, pero no creo que sea ésta.

La voz de Nick se llenó de diversión.

—Sé lo que estoy haciendo, Lottie.

—No pretendía que no lo supieras... ¡Oh, por favor, no me beses ahí! —Y oyó cómo él se retorcía conteniendo la risa.

—Para alguien que nunca ha hecho esto antes, tienes una opinión bastante formada. Déjame que te haga el amor tal como quiero, ¿de acuerdo? Al menos la primera vez. —Le agarró ambas muñecas y se las puso a su lado—. No te muevas.

—Nick... —gimió, mientras la boca de Gentry descendía hasta el nido de rizos rubios—. Nick...

Pero él no escuchaba, absorto en su aroma salado y acre. La respiración de Nick llenaba la húmeda grieta con vaporoso calor. Lottie emitió un gemido y sus muñecas se retorcieron en las manos de Nick, cuya lengua exploraba los ligeros rizos hasta que alcanzó los rosáceos labios escondidos debajo. Lamió un lado de su sexo, luego el otro, con la punta de la lengua jugueteando con delicadeza.

Su boca la excitaba con suavidad, y su lengua resbalaba

sobre la vulva hinchada para encontrar la entrada secreta, llenándola de sedoso calor... retirando... llenando. Lottie se sintió débil por todo el cuerpo, y su sexo palpitaba con urgencia. Mientras la acariciaba con la punta de la nariz, ella intentó colocarse de modo que él alcanzase el punto que latía con tanta desesperación.

Nick no parecía comprender lo que ella quería y se limitaba a lamerle el entorno del punto sensible pero sin llegar a alcanzarlo.

—Nick —susurró ella, incapaz de encontrar las palabras para lo que quería—. Por favor... por favor...

Pero continuó ignorándola, hasta que ella se dio cuenta de que lo hacía a propósito. Frustrada a más no poder, descendió hasta la cabeza de Nick y sintió el resuello de su breve risa contra ella. Nick deslizó la boca hacia abajo, saboreando los húmedos pliegues de sus rodillas, desplazándose hasta sus tobillos. El cuerpo entero de Lottie ardía de deseo. Nick volvió a colocar la cabeza entre sus piernas. Lottie aguantó la respiración, consciente de las calientes secreciones de su propio cuerpo.

Nick rozó con los labios el sexo de Lottie, que no pudo contener un grito salvaje apretándose contra su boca.

—No —murmuró Nick contra su húmeda carne—. Todavía no, Lottie. Espera un poco más.

—No puedo, no puedo, oh, no pares... —Tiró de la cabeza de Nick frenéticamente, gimiendo mientras él le pasaba la lengua una vez más.

Sujetándole las muñecas, se las puso encima de la cabeza y acomodó su cuerpo entre sus muslos. Su verga se instaló en el caliente valle y Nick la miró directamente a los ojos mientras le soltaba las manos.

—Déjalas así —dijo él, y ella obedeció con un sollozo.

Le besó los pechos, moviéndose de uno al otro, al tiempo que su sexo se deslizaba sobre el de ella con movimientos que rozaban y atormentaban, mientras su boca ávida le chupaba los pezones. Ella se arqueó con suplicantes gemidos. Un placer asombroso crecía en su interior, ganando intensidad... flotaba en el límite, esperando, esperando... Oh, por favor... hasta que le llegó el orgasmo. Chilló de vergonzosa emoción mientras los espasmos se esparcían desde el centro de su cuerpo.

—Sí —susurró él contra la tensa garganta de Lottie, embistiéndola superficialmente una y otra vez. La sensación declinó en largas sacudidas mientras Nick le apartaba el cabello de su empapada frente.

—Nick... —le dijo, a la vez que respiraba hondo—. Ha... ha pasado algo...

—Sí, lo sé. Has llegado al orgasmo. —Su voz era tierna y ligeramente divertida—. ¿Quieres otra vez?

—No —dijo ella al instante, haciéndole reír.

—Entonces es mi turno.

Deslizó una mano por debajo del cuello de Lottie para que la cabeza descansara en el pliegue de su codo. La montó otra vez, con el peso de sus muslos empujando entre los de ella, que sintió la ancha cabeza de su miembro presionar contra su vulnerable intimidad. La rozó húmedamente en deliberados círculos, y luego la penetró apenas, hasta que Lottie se sintió arder. Se encogió por instinto. Sin moverse, Nick la miró, de repente con el rostro tirante y absorto. Nick bajó la cabeza y rozó su delicado entrecejo.

—Lo siento —musitó.

—¿Por qué?... —repuso ella, y jadeó mientras él la penetraba hasta el fondo con una sola fuerte embestida.

Lottie se encogió de dolor, cerrando las piernas instintivamente, pero no podía evitar sentirse atrapada bajo su cuerpo, atravesada de dureza y calor.

Él la empujó más, con cuidado.

—Lo siento —dijo otra vez—. Creía que sería más fácil para ti si lo hacía deprisa.

Dolía más de lo que Lottie había esperado. Era una curiosa sensación, tener parte del cuerpo de alguien en el propio cuerpo. Era tan extraordinario que casi se olvidó del dolor. Sentía el esfuerzo que a él le suponía mantenerse inmóvil. Lottie se dio cuenta de que Nick intentaba esperar hasta que ella se acostumbrase a él. Pero el dolor persistía, y ella temía que no importaba cuánto tiempo le diese, que no iba a mejorar.

—Nick —le dijo insegura—, ¿te sería posible terminar con esta parte inmediatamente?

—Dios —murmuró lamentándose—. Sí, puedo hacerlo. —Con cuidado apretó las caderas y Lottie se dio cuenta consternada de que estaba avanzando incluso más profundamente. La cabeza del hinchado miembro presionó contra su matriz y ella se encogió, afligida. Nick se retiró un poco, acariciándola con la mano desde el pecho hasta la cadera—. La próxima vez será mejor —dijo, ahora embistiendo con menos intensidad—. Eres tan dulce, Lottie, tan dulce...

Se quedó sin respiración, con los ojos bien cerrados y las manos aferrándose al colchón. A pesar del dolor que le provocaron sus movimientos, Lottie experimentó una curiosa sensación de protección... incluso de ternura. Deslizó las manos por la espalda de Nick, resiguiendo su columna. Lottie apretó los muslos sobre las caderas de Nick, soportando su gran cuerpo, abrazándolo, escuchando el ritmo de su respiración. De pronto él se hundió en ella y se quedó inmóvil. Lottie lo sintió estremecerse mientras liberaba su pasión con un agudo gemido. Acariciándole la espalda, ella dejó que sus dedos se deslizaran hacia abajo, más abajo, hasta que encontró las curvas musculosas de las nalgas de Nick, más duras de lo que imaginaba que fuese la carne humana.

Luego Nick murmuró su nombre y abrió los ojos, con un fulgor de azul sobrenatural en su rostro encendido por la pasión. La forma en que murmuraba su nombre la hacía estremecer. Él se apoyó en un codo para contemplarla desde encima.

—¿Estás bien?

—Sí. —Una perezosa sonrisa le curvó los labios—. No ha estado mal del todo. Hasta el final, creí que incluso era mejor que tomar una ducha.

Nick sonrió.

—Sí, ¿pero ha sido tan bueno como el chocolate?

Lottie alargó el brazo para acariciarle el pecho. No podía resistirse a tocarlo.

—No tanto.

A él se le volvió a escapar la risa.

—Dios mío, eres difícil de contentar. —Le besó el hueco húmedo de la palma—. En cuanto a mí, estoy más contento que un marinero en el jardín del violinista.

Lottie siguió explorando el contorno de su cara con la yema de los dedos. Con las mejillas sonrojadas y las comisuras de los labios suavizadas, Nick parecía más joven que de costumbre.

—¿Qué es el jardín del violinista? —preguntó Lottie.

—Un lugar en el cielo para los marineros. Sólo hay vino, mujeres y música, día y noche.

—¿Cuál es tu idea del cielo?

—No creo en el cielo.

Lottie abrió los ojos.

—¿Estoy casada con un pagano? —preguntó, y él rió.

—Puede que lamentes no haberte casado con Radnor.

—No bromees con eso —dijo, volviéndose—. Es un tema serio.

—Lo siento —le interrumpió Nick, deslizándole el brazo por la cintura. La atrajo hacia sí, la espalda de ella contra su peludo pecho—. No quería irritarte. Descansa conmigo. —Nick pasó la nariz entre los pálidos mechones de su cabello—. Eres una muchacha muy agresiva.

—No soy agresiva —protestó Lottie, ya que esa cualidad era apenas algo que se correspondía con una señorita graduada en Maidstone.

—Sí, lo eres —apretó la mano posesivamente en su cadera—. Lo supe desde el instante en que nos conocimos. Es una de las razones por las cuales te quise.

—Dijiste que me querías sólo por conveniencia.

—También —dijo burlándose, y reaccionó deprisa cuando ella intentó darle un codazo—. Pero en realidad la conveniencia no tenía nada que ver con ello. Te deseaba más que a ninguna otra mujer que haya conocido.

—¿Por qué insististe en el matrimonio cuando ofrecí ser tu amante?

—Porque ser una amante no es suficiente para ti. —Hizo una pausa antes de añadir con calma—: Te mereces todo lo que pueda darte, incluido mi nombre.

Una leve idea ensombreció la dicha de Lottie.

—Cuando se sepa que eres lord Sydney, todas irán detrás de ti —dijo. Un hombre de su aspecto, su fortuna, y además con un título, era una combinación irresistible. Sin duda recibiría mucha atención de mujeres que querrían tentarlo para tener una aventura.

—No me separaré de ti —dijo Nick, sorprendiéndola.

—No puedes estar seguro. Un hombre con tu historia personal...

—¿Qué sabes tú de mi historia personal? —Le presionó la espalda y se inclinó sobre ella, con una larga pierna deslizándose entre las suyas.

—Es obvio que tienes mucha experiencia en la cama.

—La tengo —admitió—. Pero eso no quiere decir que haya sido poco selectivo. De hecho...

—¿De hecho qué?

Nick desvió la mirada.

—Nada.

—Supongo que ibas a decirme que no te has acostado con tantas mujeres. —Su tono estaba cargado de escepticismo—. Aunque el concepto es obviamente subjetivo. Me pregunto qué significa «tantas» para ti. ¿Cien? ¿Cincuenta? ¿Diez?

—No importa.

—No te creería si afirmaras que con menos de veinte.

—Entonces te equivocarías.

—¿De cuántas me habría equivocado?

—Sólo he estado con dos mujeres —dijo con brusquedad—. Tú incluida.

—No es verdad —exclamó Lottie con incredulidad.

—Cree lo que quieras —murmuró él, separándose de ella. Parecía arrepentido de lo que acababa de decirle. Al abandonar la cama y dirigirse hacia el guardarropa, Lottie vio que estaba afligido. Ella no podía aceptar esa afirmación y, no obstante, no había ninguna razón para que Nick le mintiera.

—¿Quién era la otra? —no pudo resistirse a preguntar.

La ancha y musculosa espalda de Nick se flexionó mientras se encogía en su batín de terciopelo borgoña.

—Una *madame*.

—Quieres decir una francesa...

—No, la clase de mujer que dirige una casa de citas —replicó con contundencia.

Lottie casi se cayó de la cama. Se esforzó en mantener la compostura mientras él se giraba hacia ella.

—¿Fue una larga... amistad?

—Tres años.

Lottie asimiló la información en silencio. Comprobó con consternación que el peso sobre su pecho lo provocaban los celos.

—¿Estabas enamorado de ella? —consiguió preguntar.

—No —dijo sin dudar—. Pero me gustaba. Y todavía me gusta.

Lottie arrugó la frente.

—¿Por qué ya no la ves?

Nick sacudió la cabeza.

—Con el tiempo Gemma creyó que ya no tenía sentido continuar la relación. Y he acabado por admitir que tenía razón. No me he acostado con nadie más excepto tú. Como puedes ver, no tengo problemas en mantener los pantalones abrochados.

Una ola de alivio la invadió. Sentirse encantada de saber que podría tenerlo para ella sola no era, sin embargo, algo que desease meditar demasiado. Abandonó la cama y recogió su vestido del suelo.

—Admito que estoy sorprendida —dijo, intentando parecer natural en su desnudez—. Sin duda no eres predecible en ningún aspecto.

Nick se le acercó y apoyó las manos en sus desnudos hombros.

—Tampoco tú. Nunca esperé recibir tanto placer de una principiante. —Tomándole el vestido de las manos, lo dejó caer al suelo y presionó el cuerpo de Lottie contra su batín de terciopelo. Lottie se estremeció con la acolchada suavidad que la acariciaba de los senos a las rodillas—. Quizás es porque eres mía —murmuró, con la mano cubriéndole un pálido y redondeado pecho—. Nadie me ha pertenecido antes.

Lottie sonrió con ironía.

—Me haces sentir como un caballo recién comprado.

—Un caballo habría sido más barato —le contestó, y sonrió con picardía mientras ella protestaba.

Le torció las muñecas con habilidad detrás de la espalda, provocando que sus pechos se proyectasen hacia delante.

—Ahorra fuerzas —le aconsejó sonriendo. Liberándole las muñecas, le rozó la espalda con una mano—. Debes de estar dolorida. Te prepararé un baño caliente. Cuando acabes, comeremos algo.

Un baño caliente sería maravilloso. Sin embargo, la idea de ponerse el corsé y vestirse para cenar era especialmente desagradable.

—¿Hago subir una bandeja con nuestra cena? —preguntó Nick.

—Sí —contestó Lottie al momento, y le lanzó una mirada burlona—. ¿Cómo lo haces? Siempre pareces saber lo que estoy pensando...

—Tu cara es un libro abierto. —Se quitó el batín y la cubrió, el pesado terciopelo calentándola con la calidez de su cuerpo.

—Sólo he comido una vez en mi dormitorio, cuando estuve enferma —le dijo, mientras él le ceñía el batín—. Y eso fue hace años.

Nick se inclinó para susurrarle en la oreja.

—Mi apasionada esposa... después te demostraré que el dormitorio es el mejor sitio donde cenar.

La bañó, arrodillado junto a la bañera con las mangas del batín subidas. Con los ojos medio cerrados, Lottie lo miró desde su bronceado cuello hasta el oscuro vello que llenaba la V del batín. Era una criatura masculina muy robusta, y sin embargo la tocaba con exquisita suavidad. Velos de vapor emergían del agua, calentando el aire y convirtiéndolo en iridiscente. Lottie se sentía embriagada de calor y sensualidad mientras las manos fuertes y jabonosas de Nick se deslizaban por las partes íntimas de su cuerpo.

—¿Aquí te duele? —preguntó Nick, con los dedos resbalando sobre la hinchada entrada de su sexo.

—Un poco —se inclinó contra su brazo, recostando la cabeza en el borde de madera pulida de la bañera.

Nick la masajeó ligeramente con la yema de los dedos, como si pudiese curarla con su tacto.

—He intentado ir con cuidado.

—Lo sé —consiguió decir, separando los muslos como si flotaran.

Nick contempló la trémula silueta de Lottie bajo el agua. Sus facciones parecían esculpidas con tanta gravedad que su rostro podría haber sido de bronce. El borde de la manga subida penetró en el agua y el terciopelo se oscureció al mojarse.

—Nunca más volveré a hacerte daño —aseguró—. Te lo prometo.

Lottie aguantó la respiración mientras Nick separaba los tiernos pliegues entre sus muslos e investigaba la sensualidad que ocultaban. Lottie levantó las caderas apoyándose en las manos para no hundirse en la bañera. Nick le pasó un brazo de apoyo por la espalda, sujetándola con seguridad.

—Inclínate hacia atrás —murmuró Nick—. Déjame satisfacerte.

«No —pensó ella—, en una bañera es imposible.» Pero se relajó en su brazo y se abrió para él. Tomó la muñeca de Nick ligeramente, sintiendo el movimiento de los tendones y músculos mientras él deslizaba el pulgar por los labios de su vulva. Nick juntó los bordes sedosos de los labios interiores con tacto tierno y ligero. La tumbó con suavidad, pasando la punta del dedo medio por la tierna costura, frotando cada vez la rosada perla de su sexo. Sonrió discretamente al ver manchas de rubor en su rostro y pecho.

—Los chinos llaman a esto «la terraza de la joya» —susurró. Introdujo con suavidad el dedo en el interior de Lottie, avanzando sólo un centímetro, trazando círculos con delicadeza—. Y aquí, las cuerdas del laúd... Y aquí... —alcanzó los puntos más secretos de su cuerpo— el corazón de la flor. ¿Te duele si te toco así?

—No —jadeó.

Él le rozó la oreja con los labios.

—La próxima vez que nos acostemos, te enseñaré una postura llamada Salto del Tigre. Te penetro por detrás muy adentro... y te froto el corazón de la flor más y más... —Le chupó el lóbulo apretándolo ligeramente entre los dientes. Un murmullo de placer subió hasta la garganta de Lottie. Flotaba ingrávida, y sin embargo el brazo de Nick la sujetaba por la espalda y con la mano entre sus muslos.

—¿Cómo sabes esas cosas? —preguntó titubeando.

—Gemma colecciona libros de técnicas eróticas. Uno de sus favoritos es un texto escrito durante la dinastía Tang. El libro aconseja a los hombres aumentar su resistencia adelantándose a su propio placer tanto tiempo como sea posible. —Retiró el dedo y le acarició la cara interior de los muslos con la ligereza de las alas de una mariposa—. Y enumera los beneficios para la salud: fortalece los huesos, enriquece la sangre, asegura una larga vida.

—Dime otras técnicas —dijo Lottie, tragando saliva mientras Nick le daba ligeros golpecitos rítmicos en la parte más sensible.

Nick le frotó la mejilla con la nariz.

—Está el Phoenix Volador, que dicen hace desaparecer muchas enfermedades. Y los Cuellos Entrelazados de las Grullas, con fama de ser muy buenos para la curación.

—¿Cuántas has probado?

—Sólo unas cuarenta. Los viejos maestros me considerarían un novato.

Lottie se reclinó para contemplarlo asombrada, haciendo un movimiento que provocó una onda de agua que impactó en el extremo de la bañera.

—Por el amor de Dios, ¿cuántas hay?

—Son quince movimientos coitales aplicados a treinta y seis posiciones básicas... lo que significa unas cuatrocientas variaciones.

—Eso pa... parece bastante excesivo —consiguió decir.

Nick sonrió.

—Nos tendría bastante ocupados, ¿verdad?

Lottie hizo una mueca de dolor al darse cuenta de que Nick intentaba deslizar dos dedos en su interior.

—Nick, no puedo...

—Inspira hondo y aspira despacio —le susurró—. Seré suave. —Y le introdujo los dedos centrales más allá de la firme entrada, mientras con el pulgar jugueteaba con su sexo.

Gimiendo, Lottie hundió la cara contra el brazo de Nick, mientras sus músculos interiores se aferraban con desespero a la suave invasión. Después de desvanecerse la sacudida inicial, empezó a retorcerse y jadear en cada embestida.

—Aquí dentro tienes tanta dulzura —le dijo Nick con voz ronca—. Quiero ir más y más adentro... perderme en ti...

Sus palabras sonaban ahogadas por el retumbo de sus propios latidos, y a ella la atormentaban escalofríos de felicidad, con los sentidos iluminados con fuego candente.

Mucho rato después, Lottie se puso una blanca y fresca bata de noche y se acercó a la mesa del dormitorio, junto a la cual Nick estaba de pie. Sintió que se ruborizaba mientras él la miraba con una media sonrisa.

—Me gusta cómo te sienta —dijo, pasando los dedos por la bata de cuello alto—. Muy inocente.

—Ya no lo soy —dijo Lottie con una sonrisa recatada.

Él la levantó contra su cuerpo, rozando la cara en la templada humedad de su cabello. Su persuasiva boca encontró el cuello de Lottie.

—Oh, sí, lo eres —dijo—. Hará falta mucho tiempo y esfuerzo para corromperte del todo.

—Tengo toda la fe puesta en tu éxito —repuso Lottie, y se sentó delante de un plato lleno de jamón, *pudding* de verduras y patatas.

—Por nuestro matrimonio —propuso Nick, sirviéndole una copa de vino—. Para que siga mejor que como empezó.

Levantaron las copas y brindaron. Lottie sorbió con precaución, descubriendo un consistente y picante sabor que compensaba la sal del jamón.

Poniendo a un lado su copa, Nick la tomó de la mano y observó sus dedos desnudos.

—No tienes anillo. Mañana solucionaré eso.

Lottie sintió una inconfesable chispa de interés en la idea. Nunca había tenido una joya. Sin embargo, en Maidstone le habían inculcado que una dama debía evitar la ostentación. Consiguió adoptar una expresión impasible que habría satisfecho a sus antiguos maestros.

—No es necesario —dijo—. Muchas mujeres casadas no llevan anillos.

—Quiero que todo aquel que te vea sepa que estás casada.

Lottie le ofreció una sonrisa radiante.

—Si insistes, supongo que no podré detenerte.

Nick sonrió ante su obvia impaciencia. Le frotó el pulgar sobre los cinco bellos puntos de sus nudillos.

—¿Qué clase de piedra te gustaría?

—¿Un zafiro? —sugirió esperanzada.

—De acuerdo, un zafiro. —Le cogió la mano mientras hablaban, jugueteando ausente con los dedos y las perfectamente recortadas uñas de Lottie—. Sospecho que querrás ver pronto a tu familia.

Lottie se olvidó del anillo.

—Sí, por favor. Me temo que lord Radnor ya les habrá contado a mis padres lo que he hecho. Y no quiero que se preocupen pensando que les he dejado en la miseria casándome con otro.

—No hace falta que te sientas tan culpable —dijo Nick, resiguiendo las delgadas venas de su muñeca—. Tú no participaste en el acuerdo... No tienes la culpa de no desear mantenerlo.

—Pero me beneficié —señaló Lottie con reticencia—. Todos esos años en Maidstone... mi educación costó un dineral. Y ahora lord Radnor no tiene nada a cambio.

Nick arqueó una oscura ceja.

—Si quieres decir que Radnor ha sido perjudicado...

—No, no es eso exactamente. Sólo es que... en fin, que no me he comportado honorablemente.

—Sí, no hay duda de que deberías haber caído sobre la espada por el bien de la familia —dijo Nick con sarcasmo—. Pero tus padres también quedarán bien servidos de esta forma. Yo no podría ser un yerno peor que Radnor.

—Sin duda eres preferible como marido.

Nick sonrió.

—Preferirías como marido a cualquiera menos a Radnor... eso lo has dejado bastante claro.

Lottie sonrió, pensando que al casarse con Nick había acabado con un marido muy diferente de lo que había esperado.

—¿Qué harás mañana? —le preguntó, recordando su reciente enfrentamiento con sir Ross. Estaba segura de que Nick no renunciaría por las buenas a su posición en Bow Street.

Soltándole la mano, Nick frunció el entrecejo.

—Visitaré a Morgan.

—¿Crees que te apoyará contra sir Ross?

—No hay ninguna posibilidad. Pero al menos tendré la satisfacción de decirle lo traidor que es.

Lottie se inclinó para tocar la solapa de su batín.

—¿Has pensado que tal vez están haciendo lo que consideran mejor para ti? ¿Que podría ir a favor de tus intereses reclamar el título?

—¡Qué dices! Dios mío, viviría en una jaula de oro.

—Allí estaré contigo.

La miró, en apariencia cautivado por esas palabras. La observó con tanta intensidad, que al final Lottie se sintió inducida a preguntar:

—¿En qué piensas?

Nick sonrió sin humor.

—Sólo reflexionaba si estás más preparada que yo para mi vida.

Aunque Lottie lo había invitado a pasar la noche con ella, después de cenar, Nick se retiró a su habitación, unas puertas más allá.

«Allí estaré contigo.» Las palabras de Lottie lo habían afectado curiosamente, igual que le había ocurrido con sus espontáneos comentarios en el pozo de los deseos. Lottie poseía la terrible virtud de aclararlo todo con una simple frase... unas palabras sencillas y sin embargo cargadas de significado.

No sabía qué hacer con Lottie. A pesar de la forma como la había engañado al principio, parecía preparada para actuar como su compañera. Le respondía con pasión y generosidad, y en sus brazos Nick había olvidado las pesadillas que le habían acechado durante catorce años. Deseaba más de ese dulce olvido. Las pasadas horas habían sido extraordinariamente diferentes de lo que había experimentado con Gemma. Cuando le hacía el amor a Lottie, su lujuria se entrelazaba con una profunda ternura que hacía que sus respuestas físicas tuviesen una insoportable agudeza.

Lottie parecía superar sus defensas sin siquiera proponérselo, y Nick no podía permitirle a nadie ese tipo de intimidad. Por tanto sólo era cuestión de tiempo que ella descubriera los demonios que acechaban en su interior. Y si eso ocurría, se apartaría de él horrorizada. Tenía que mantener cierta distancia entre ambos, o de lo contrario ella podría empezar a verlo con malos ojos. O con compasión. Ese pensamiento le hizo hervir la sangre.

Tenía que guardar las distancias, aunque incluso ahora deseaba volver con ella.

En sus veintiocho años de vida nunca había sentido esta dolorosa necesidad por alguien. Tan sólo estar en la misma habitación con ella.

«Dios mío —pensó con un vago horror, yendo hacia la ventana y contemplando la noche sin verla—. ¿Qué me está ocurriendo?»

Sir Grant Morgan levantó la vista de su escritorio cuando Nick irrumpió en su despacho antes de las sesiones matinales. No había rastro de disculpa en sus duros ojos verdes.

—Ya veo que ha hablado con sir Ross —dijo.

Nick procedió a dar rienda suelta a su ira con las palabras más vulgares jamás concebidas en la historia de la lengua inglesa, endilgándole acusaciones que habrían hecho que cualquier otro hombre se acobardara de miedo o cogiera la pistola más cercana. Sin embargo, Morgan escuchó con la misma calma que si Nick le estuviera haciendo una descripción del tiempo.

Después de vociferar la posibilidad de que Morgan no fuese más que una marioneta movida por sir Ross, el magistrado jefe suspiró y le interrumpió.

—Ya es suficiente —dijo con sequedad—. Empieza a repetirse. A menos que tenga algo nuevo que añadir, puede ahorrarse el aliento. En cuanto a su última acusación (que todo esto es cosa de sir Ross) puedo asegurarle que la decisión de apartarle de Bow Street fue tanto mía como suya.

Hasta ese momento Nick no se había dado cuenta de que la opinión de Morgan fuese tan importante para él. Pero experimentaba una auténtica punzada de dolor, una horrible sensación de traición y fracaso.

—¿Por qué? —se oyó decir con voz ronca—. ¿Tan insatisfactoria ha sido mi labor? ¿Qué más podría haber hecho? He solucionado todos los casos y he atrapado a todos los hombres que me habéis mandado perseguir, y lo he hecho siguiendo las reglas, tal como queríais. He hecho todo lo que me pedíais. Incluso más.

—Jamás ha habido problemas con su trabajo —confirmó Morgan con calma—. Ha cumplido con sus obligaciones mejor que nadie. Nunca he visto nadie que le iguale en valentía y astucia.

—Entonces apóyeme contra sir Ross —dijo Nick sin contemplaciones—. Dígale que se meta esa escritura de citación por el culo... que usted me necesita en Bow Street.

Se sostuvieron sus miradas furibundas, y luego algo cambió en el rostro de Morgan. «Que me parta un rayo si no parece casi paternal», pensó Nick con resentimiento, a pesar de que Morgan sólo tenía unos diez años más que él.

—Siéntese —dijo Morgan.

—No, ni hablar...

—Por favor. —Pronunció el ruego con inapelable educación.

«¿Por favor?» Nick ocupó la silla más cercana, casi tambaleándose por la conmoción. Morgan nunca había usado antes esa expresión. —Nick no habría pensado que formase parte de su vocabulario—. Aferrando los posabrazos de la desgastada silla de piel, Nick lo observó con cautela.

El magistrado empezó a hablar. En los tres años que se conocían, Morgan nunca le había hablado así, con ese tono amistoso y más bien paternal.

—No le quiero más en Bow Street, Gentry. Dios sabe que no tiene nada que ver con su eficiencia. Es el mejor agente que he conocido. Desde que vino aquí he intentado ofrecerle la poca orientación que he creído que aceptaría, y le he visto dejar de ser un bastardo egoísta para convertirse en un hombre formal y responsable. Pero hay una cosa que siento decir no ha cambiado. Desde el principio ha asumido riesgos suicidas en su trabajo porque no se importa a sí mismo ni tampoco le importa nadie. Y en mi opinión, seguirá así si se queda aquí... al precio de su propia vida.

—¿Y por qué le preocupa?

—Fui agente durante diez años y he visto morir a muchos hombres en el cumplimiento del deber. Yo mismo estuve muy cerca más de una vez. Llega un momento en que un hombre le ha tocado las narices al diablo tantas veces, y es tan testarudo o estúpido para darse cuenta, que al final lo paga con su propia vida. Yo supe parar. Y usted también debe saberlo.

—¿Gracias a sus famosos instintos? —Nick rió con sarcasmo—. Maldita sea, Morgan, ¡usted fue agente hasta los treinta y cinco! Según eso, todavía me quedan siete años.

—Ha tentado a la suerte muchas más veces en los últimos tres años que yo en diez —replicó el magistrado—. Y a diferencia de usted, yo no utilizaba el trabajo como un medio para exorcizar mis demonios.

Nick se mostró inexpresivo mientras la frenética pregunta «¿qué sabe él?» le daba vueltas en la cabeza. Sophia era la única que conocía su horrible pasado. Era probable que se lo hubiera contado a Cannon, que a su vez podría haberle dicho algo a Morgan...

—No, no sé cuáles son esos demonios —dijo Morgan con delicadeza, con mirada cálida y un destello de compasión o amabilidad—. Aunque puedo sugerir algo interesante. Por desgracia no tengo la llave mágica para reconciliarse con el pasado. Todo lo que sé es que de esta forma no ha funcionado, y que me parta un rayo si dejo que le maten delante de mis narices.

—No sé de qué diablos está hablando.

Morgan continuó como si no le hubiera oído.

—Me siento inclinado a compartir la opinión de sir Ross de que nunca encontrará la paz hasta que deje de vivir detrás de un nombre falso. Es difícil afrontar las cosas como lord Sydney, pero no obstante creo que es lo mejor...

—¿Qué se supone que debo hacer como vizconde? —repuso Nick con una risa desagradable—. ¿Coleccionar tabaqueras y corbatas? ¿Leer periódicos en el club? ¿Aconsejar a los arrendatarios? Por Dios, sé tanto sobre la tierra como usted.

—Hay miles de maneras en que un hombre puede serle

útil a la sociedad —dijo Morgan llanamente—. Créame, nadie espera o desea que lleve una vida indolente. —Se detuvo y cogió un secador de tinta, observándolo pensativo—. De todas maneras, los agentes desaparecerán pronto. No tardaría en tener que encontrar algo que hacer. Sólo estoy precipitando el asunto unos meses.

Nick se quedó boquiabierto.

—¿Qué?

Morgan se rió ante su expresión.

—Vamos, eso no debería sorprenderle, incluso sin interesarle la política. Desde que Cannon dejó la magistratura, el despido de los agentes sólo es cuestión de tiempo. Él era el corazón y el espíritu de este lugar... él dedicó todas sus horas a ello durante años, hasta que... —Se detuvo con tacto para que Nick acabara la frase.

—Hasta que conoció a mi hermana —dijo éste con aspereza—. Y se casó con ella.

—Sí. —Morgan no parecía en absoluto resentido por la marcha de Cannon. De hecho, sus afiladas facciones se suavizaron y no dejó de sonreír mientras proseguía—. Lo mejor que le ha pasado nunca. Sin embargo, fue apenas una ventaja para Bow Street. Ahora que Cannon se ha retirado, el Parlamento pretende reforzar la Policía Metropolitana. Y muchos políticos creen que ésta sería más popular si Bow Street dejase de competir con ella.

—¿Pretenden dejar todo Londres en manos de esa pandilla de imbéciles? —preguntó Nick, incrédulo—. Cielo santo... la mitad de ellos no cuenta con ninguna experiencia, y la otra mitad son ovejas negras o idiotas...

—Sea como fuera, mientras haya agentes los ciudadanos nunca apoyarán del todo a la Policía Metropolitana. Los viejos instrumentos no tienen cabida en la nueva máquina.

Asombrado por las palabras del magistrado jefe, Nick le lanzó una mirada acusadora.

—¿No luchará por Bow Street? Tiene una obligación...

—No —dijo el magistrado jefe—. Mi única obligación tiene que ver con mi esposa. Ella y mis hijos son lo más importante para mí. Le dejé claro a Cannon que nunca cedería mi alma a Bow Street tal como él hizo tanto tiempo. Y lo comprendió.

—¿Pero qué será de los agentes? —preguntó Nick pensando en sus colegas... Sayer, Flagstad, Gee, Ruthven... hombres con talento que habían servido a los ciudadanos con coraje y dedicación, todo por un sueldo de miseria.

Imagino que algunos se unirán a la Policía Metropolitana, porque lo necesitan de verdad. Otros cambiarán de profesión. Puede que yo abra una oficina de investigación privada y emplee a dos o tres durante un tiempo. —Se encogió de hombros. Habiendo reunido una pequeña fortuna a lo largo de los años, no necesitaba trabajar, excepto por decisión propia.

—Dios mío, me fui para ocuparme de un caso privado, ¡y he vuelto para encontrarme destruida toda la maldita oficina!

El magistrado rió con placidez.

—Vuelva a casa con su esposa, Sydney. Empiece a hacer proyectos. Su vida está cambiando, y no conseguirá evitarlo.

—No seré lord Sydney —gruñó Nick.

Los ojos verdes brillaron con amistosa irreverencia.

—Hay peores destinos. Un título, una tierra, una esposa... Si no sabe aprovecharlo es que usted no tiene remedio.

10

—Creo que algo amarillo pálido —dijo Sophia con decisión, sentada entre tantos tejidos que parecía que el arco iris había explotado en la habitación.

—Amarillo —repitió Lottie, mordiéndose el labio inferior—. No creo que desmerezca mi figura.

Como era al menos la décima sugerencia que rechazaba, Sophia sacudió la cabeza sonriendo. Se había apropiado de la trastienda de la modista de Oxford Street especialmente para encargar un ajuar para Lottie.

—Lo siento —dijo Lottie con sinceridad—. No quiero ser complicada. Sin duda no tengo experiencia en esta clase de cosas.

Nunca le habían permitido elegir los estilos o colores de sus vestidos. Según los dictados de lord Radnor, siempre había vestido diseños castos de tonos oscuros. Por desgracia ahora le resultaba difícil verse a sí misma con un color azul intenso, amarillo o, que Dios la ayudara, rosa. Y la idea de exponer en público casi toda la parte superior del pecho era tan desconcertante que se había encogido de miedo ante las ilustraciones del libro de modelos que le había enseñado Sophia. Por fortuna, la hermana de Nick era muy paciente. Se centraba en Lottie con una triste mirada melancólica y una persuasiva sonrisa que guardaban cierto parecido con su hermano.

—Lottie, querida, no estás siendo complicada en absoluto, pero...

—Mentirosilla —respondió Lottie, y ambas se rieron.

—De acuerdo —dijo Sophia con una maliciosa sonrisa—. Estás siendo condenadamente complicada, aunque estoy segura de que no lo haces a propósito. Por tanto voy a pedirte dos cosas. Primero, ten presente que no es una cuestión de vida o muerte. Elegir un vestido no es tan difícil, sobre todo cuando a una le aconseja una mujer astuta y enterada... o sea yo misma.

Lottie sonrió.

—¿Y la segunda?

—La segunda es... que por favor confíes en mí. —Sophia le sostenía la mirada, y estaba claro que el magnetismo de la familia Sydney no se limitaba a los hombres. Ella irradiaba una mezcla de calidez y confianza imposible de resistir—. No dejaré que parezcas descuidada o vulgar —le prometió—. Tengo un gusto excelente, y he frecuentado la sociedad londinense durante un tiempo, mientras que tú has estado...

—¿Enterrada en Hampshire? —Lottie le facilitó terminar la frase.

—Sí, exacto. Y si insistes en vestirte con estilos tristes y apropiados para mujeres que te doblan la edad, te sentirás fuera de lugar entre tu propia gente. Además, afectaría sin duda negativamente a mi hermano, ya que las malas lenguas dirían que se muestra tacaño contigo.

—No —dijo Lottie—. Eso sería injusto para él, ya que me ha permitido comprar todo lo que deseo.

—Entonces deja que elija algunas cosas para ti —rogó Sophia.

Lottie asintió. Tendría que aprender a confiar en otras personas.

—Estoy en tus manos —dijo con resignación—. Me pondré lo que me sugieras.

Sophia sonrió de satisfacción.

—¡Excelente! —Se puso un libro de modelos sobre el regazo y empezó a marcar los que le gustaban especialmente. La luz provocaba sombras de trigo y miel sobre su oscuro cabello dorado. Era una mujer singularmente bella, con unas facciones delicadas pero decididas que eran un reflejo femenino del potente rostro de Nick. De vez en cuando se detenía para echarle a Lottie una mirada de evaluación, seguida de un asentimiento o una rápida sacudida de desaprobación con la cabeza.

Lottie estaba plácidamente sentada y bebía el té que la ayudante de la modista había traído. Fuera llovía fuerte y la tarde era gris y fresca, pero la habitación era cómoda y tranquila. Elementos femeninos colgaban o se amontonaban por todas partes... cantidad de encajes, tiras de seda y cintas de terciopelo, maravillosas flores artificiales con los pétalos adornados con gotas de cristal para simular el rocío.

De vez en cuando aparecía la modista, hablaba con Sophia y tomaba notas, y luego desaparecía con discreción. Ésta le había dicho a Lottie que algunas clientas precisaban que la modista las atendiera cada minuto. Otras estaban mucho más seguras de sus preferencias y les gustaba tomar decisiones sin interferencias.

Perdida en un tranquilo ensueño, Lottie estaba a punto de decir algo cuando Sophia habló.

—No puedes imaginarte cómo me emocioné cuando Nick me escribió que tenía novia. —Juntó dos telas y las examinó críticamente, girándolas para ver el efecto de la luz—. Dime, ¿qué fue lo que te atrajo de mi hermano?

—Es guapo —dijo Lottie con prudencia—. No pude evitar mirarle los ojos y el cabello oscuro, y... también era encantador, y... —Se detuvo, retrocediendo a aquellos cálidos momentos en la puerta de los besos, cerca del bosque... Qué hastiado había parecido, qué necesitado de calor—. Y parecía desolado —dijo, casi sin respirar—. Me pareció la persona más solitaria que había conocido.

—Oh, Lottie —dijo Sophia con placidez—. Me pregunto cómo pudiste ver eso en él, cuando el resto de la gente le considera invulnerable. —Inclinándose, sujetó una pálida tira de seda ámbar bajo la barbilla de Lottie, probándola, y luego la bajó—. Nick ha tenido que luchar para sobrevivir la mayor parte de su vida. Era muy joven cuando murieron nuestros padres... y luego se volvió muy rebelde... —Meneó la cabeza, como si quisiera evitar dolorosos recuerdos—. Luego se fue a Londres y no supe nada de él hasta que un día me enteré de que le habían acusado de un horrible crimen y le habían sentenciado a prisión en una goleta. Unos meses después, me dijeron que había muerto a bordo del barco. Lloré durante años.

—¿Por qué no vino a verte? Al menos podría haberte enviado una carta y ahorrarte tanto dolor innecesario.

—Creo que estaba demasiado avergonzado de lo que le había sucedido. Intentó olvidar que John, lord Sydney, había existido. Era más fácil olvidarse de todo y crearse una nueva vida como Nick Gentry.

—¿Qué le había sucedido? —preguntó Lottie—. ¿Te refieres a su encarcelamiento?

Los ojos azules de Sophia buscaron los suyos. Dándose cuenta al parecer que a Lottie no le habían contado mucho, se volvió reservada.

—Sí, su encarcelamiento —dijo vagamente, y Lottie supo que protegía a su hermano de una forma misteriosa.

—¿Cómo supiste que seguía vivo?

—Vine a Londres para vengarme del magistrado que le había sentenciado a prisión. Le culpé por la muerte de mi hermano. Pero para mi consternación, pronto me encontré enamorada de él.

—¿Sir Ross? —Lottie la miró sorprendida—. No me extraña que a Nick le desa... —Dándose cuenta de lo que iba a decir, se detuvo abruptamente.

—¿Desagrade tanto? —Sophia esbozó una triste sonrisa—. Sí, los dos no se dispensan mucho afecto. Sin embargo, eso no ha impedido a mi marido hacer todo lo posible para ayudar a Nick. Ya lo ves, incluso después de unirse a los agentes de Bow Street... Nick era... bastante temerario.

—Sí —reconoció Lottie con cautela—. Tiene una constitución bastante vigorosa.

Sophia sonrió sin humor.

—Me temo que es más que eso, querida. Durante tres años Nick ha corrido riesgos insensatos, como si no le importara vivir o morir.

—¿Pero por qué?

—Ciertos hechos del pasado de Nick le han amargado y distanciado bastante. Mi marido y sir Grant se han esforzado en ayudarle a cambiar para mejor. No siempre he estado de acuerdo en sus métodos. Puedo asegurarte que sir Ross y yo hemos tenido encendidas discusiones al respecto. Sin embargo, con el paso del tiempo parece que mi hermano ha mejorado en muchos aspectos. Y estoy muy animada por el hecho de que se haya casado contigo. —Le cogió la mano y la apretó con calidez.

—Sophia... —Lottie apartó la mirada, hablando con reticencia—. No creo que nuestro matrimonio pueda ser considerado una unión por amor.

—No —coincidió con complicidad la otra—. Me temo que la experiencia de amar y ser amado es bastante ajena a Nick. Sin duda le llevará bastante tiempo reconocer ese sentimiento.

Lottie estaba segura de que Sophia intentaba tranquilizarla. Sin embargo, la idea de que Nick se enamorase de ella no sólo era improbable sino también alarmante. Él nunca bajaría la guardia hasta ese punto, nunca permitiría que alguien tuviera poder sobre él, y si así fuese, podría volverse tan obsesivo y dominante como lord Radnor. Ella no quería que nadie la amase. Aunque era evidente que algunas personas encontraban una gran felicidad en el amor, como Sophia y sir Ross, Lottie no podía evitar considerarlo una trampa. La relación que ella y Nick habían diseñado era mucho más segura.

Nick se encontró extrañamente aturdido después de abandonar las oficinas de Bow Street. Había empezado a llover y los nubarrones prometían un fuerte diluvio. Sin sombrero, caminando por la resbaladiza acera, sentía las frías gotas empaparle el pelo y correrle por su abrigo. Debía refugiarse en algún sitio... The Brown Bear, una taberna al otro lado de Bow Street, o quizás el café de Tom, donde el médico preferido de los agentes, el doctor Linley, solía aparecer. O su propia casa... pero desechó inmediatamente ese pensamiento.

La lluvia caía con más fuerza, obligando a los vendedores y peatones a agruparse debajo de los toldos de las tiendas. Chicos escuálidos corrían exponiéndose en la calle para conseguir coches de alquiler para los caballeros que la lluvia había pillado desprevenidos. Se abrían los paraguas, con los bordes tensados por las fuertes ráfagas de viento, mientras el cielo era roto por las dentadas flechas de los relámpagos. El aire perdió su característico olor de establo y adquirió la frescura de la lluvia de primavera. Corrientes turbias corrían por los desagües, librándolos de la suciedad que los barrenderos no habían conseguido eliminar durante la noche.

Nick caminaba sin rumbo mientras la lluvia le resbalaba por la cara. En su tiempo libre normalmente iba a algún sitio con Sayer o Ruthven a intercambiar historias con la compañía de una cerveza y bistecs de carne, iban al boxeo o asistían a una comedia picante en Drury Lane. A veces patrullaban por las calles en un pequeño grupo, inspeccionando las callejuelas por si había alguna señal de desorden.

Pensando en los otros agentes, Nick sabía que pronto perdería su amistad. Era una estupidez pensar lo contrario. Ya no podría moverse en su mundo —sir Ross lo había hecho imposible—. ¿Pero por qué? ¿Por qué aquel entrometido bastardo no lo había dejado en paz? Los pensamientos de Nick se perdían en círculos, no pudiendo encontrar la respuesta. Quizá tenía relación con la firme obsesión por la rectitud, por el orden, de sir Ross. Nick había nacido vizconde y por consiguiente tenía que volver a su posición, sin importar si le convenía o no.

Nick consideró lo que conocía de la aristocracia, de sus hábitos y rituales, de las incontables normas de comportamiento, de la inevitable alienación de los aristócratas terratenientes de la realidad de la vida corriente. Intentó imaginarse pasando la mayor parte de su tiempo en banquetes en salas y salones, o haciendo crujir su recién planchado periódico en el club. Haciendo discursos a los lores para manifestar su conciencia social. Atendiendo veladas y charlando sobre arte y literatura, intercambiando habladurías sobre otros caballeros.

Le embargó un sentimiento de pánico. No se había sentido así de atrapado, así de apabullado, desde que le habían bajado al recinto oscuro y apestoso de la goleta-prisión, encadenado junto a los seres más degradados que se pueda imaginar. Excepto que entonces había sabido que la libertad se encontraba fuera de aquel casco del barco anclado. Y ahora no había a donde escapar.

Como un animal enjaulado, su mente buscaba ciegamente alguna clase de refugio.

—¡Gentry! —La amistosa exclamación interrumpió sus pensamientos.

Eddie Saye se acercó con su habitual sonrisa bonachona que reflejaba la alegría de verle. Grande, impetuoso y agradable por naturaleza, los agentes lo apreciaban, y era en quien Nick más confiaba en las situaciones complicadas.

—Por fin has vuelto —exclamó Sayer, estrechándole la mano con sinceridad. Sus ojos castaños parpadeaban bajo el ala de su goteante sombrero—. Veo que vienes de la oficina. Sin duda sir Grant te ha endilgado una endemoniada misión para compensar tu larga ausencia.

Nick comprobó que se había agotado su habitual arsenal de agudezas. Negó con la cabeza, encontrando difícil explicar que su vida había sufrido un revés en el lapso de una semana.

—No hay ninguna misión —dijo con voz ronca—. Me han despedido.

—¿Qué? —Sayer lo miró pálido—. ¿Quieres decir para siempre? Eres el mejor hombre de Morgan. ¿Por qué rayos haría eso?

—Porque voy a ser vizconde.

De pronto la confusión de Sayer desapareció, y rió.

—¡Y yo voy a ser el duque de Devonshire!

Nick no esbozó ninguna sonrisa, sólo lo contempló con triste resignación que hizo arrugar el entrecejo al otro hombre.

—Gentry —preguntó—, ¿no es un poco temprano para estar medio trompa?

—No he bebido.

Ignorando la réplica, Sayer hizo un ademán señalando el café de Tom.

—Vamos, intentaremos que recuperes la sobriedad con un poco de café. Quizá Linley pueda ayudarnos a descubrir a qué viene tanta confusión.

Después de un par de tazas de café, Nick se sintió como un reloj de bolsillo con demasiada cuerda. No se sentía cómodo en compañía de Sayer y Linley, que sin duda no sabían qué pensar de su disparatada afirmación. Le presionaron para saber detalles que él era incapaz de dar, pues no conseguía hablar de un pasado que durante una década y media había intentado olvidar. Luego les dejó en el café y volvió a salir a la lluvia. Con amargura pensó que el único período de su vida en que había sido capaz de tomar decisiones por sí mismo habían sido sus años como señor del crimen. Sería demasiado fácil pasar por encima la violenta sordidez de esos años y sólo pensar en el placer salvaje que había sentido al burlar a cada momento a sir Ross Cannon. Si entonces alguien le hubiese dicho que algún día trabajaría para Bow Street y se casaría y que estaría obligado a aceptar el maldito título familiar... cielo santo. Habría tomado todas las medidas posibles para evitar ese destino.

Pero ahora no podía pensar en lo que podría haber sido. El trato con sir Ross había sido inevitable. Y desde el momento que había visto a Lottie de pie en aquel muro en Hampshire la había deseado. También sabía que nunca dejaría de desearla, y que probablemente debería abandonar todos los intentos de descubrir por qué. A veces no había razones... las cosas eran porque sí.

Pensando en el aroma erótico y dulce de su esposa, y en sus elocuentes ojos castaños, de pronto se encontró delante de una joyería. No había clientes, excepto uno que se estaba preparando para salir al aguacero bajo la precaria protección de un paraguas roto.

Nick entró justo cuando el otro hombre salía. Apartándose el mojado cabello de los ojos, miró alrededor de la tienda, advirtiendo las mesas cubiertas de fieltro y la puerta que conducía a la cámara de seguridad.

—¿Señor? —Un joyero se le acercó, con una gran lupa colgándole del cuello. Le dirigió a Nick una mirada de afable curiosidad—. ¿Puedo atenderle?

—Quiero un zafiro —le dijo Nick—. Para un anillo de señora.

El hombre sonrió.

—Entonces ha hecho bien viniendo aquí, ya que acabo de importar una magnífica selección de zafiros de Ceilán. ¿Tiene pensado un peso en especial?

—Al menos cinco quilates, y sin taras. Algo grande, si lo tiene.

Los ojos del joyero brillaron.

—Una señora muy afortunada de recibir un regalo tan generoso.

—Es para la esposa de un vizconde —dijo Nick con sarcasmo, desabrochándose el abrigo empapado.

Nick volvió a Betterton Street por la tarde. Desmontando en la entrada de su casa le dio las riendas al lacayo, que había salido a la tormenta con un paraguas.

Rechazando el paraguas, que a esas alturas no le sería de demasiada utilidad, Nick chapoteó subiendo las escaleras principales. La señora Trench cerró la puerta contra el retumbo de la tormenta, abriendo los ojos al verlo. Entonces apareció Lottie, limpia y seca en su batín oscuro y gris, con el cabello plateado a la luz de la lámpara.

—Cielo santo, estás medio ahogado —exclamó Lottie, apresurándose hacia él. Le pidió a una doncella que la ayudara a quitarle el abrigo y ordenó a Nick que se quitase las fangosas botas allí mismo en el vestíbulo. Nick apenas oyó lo que le decía a las criadas, con toda la atención puesta en la figura de Lottie mientras la seguía escaleras arriba.

—Debes de tener frío —dijo preocupada, mirándole por encima del hombro—. Prepararé un baño caliente, y luego te sientas delante del fuego. Tu hermana ha venido y hemos ido a Oxford Street a pasar una deliciosa mañana en la modistería. Te aseguro que te arrepentirás de haberme dado carta blanca con tu crédito, ya que le he permitido a Sophia persuadirme para encargar una increíble cantidad de vestidos. Algunos son decididamente escandalosos (me temo que nunca tendré el coraje de llevarlos fuera de casa). Y luego fuimos a la librería, y ha sido allí donde en realidad he perdido la cabeza. No hay duda de que he conseguido que seamos pobres...

Luego siguió una detallada descripción de sus varias compras, mientras le daba empujones hacia el vestidor y le ordenaba que se sacase la ropa mojada. Nick se movía con un cuidado inusual, observándola con tanta intensidad que casi parecía torpe. Lottie atribuyó su lentitud a un constipado pillado por pasear con aquella tormenta, y le aconsejó tomar una taza de té con brandy después del baño. Pero él no tenía frío en absoluto. Ardía por dentro, recordando los detalles de la noche anterior... sus senos, los muslos abiertos, los sitios donde la sedosa tersura fluía entre los ligeros e íntimos rizos.

No podía haberse precipitado sobre ella nada más entrar en la casa, como un poseso. Pero, oh, cómo lo había deseado, pensó con una sonrisa irónica mientras se quitaba la ropa. Las prendas húmedas cedieron con dificultad. A pesar de su calor interior, se dio cuenta de que en realidad estaba helado. Oyó el traqueteo de las cañerías mientras esperaba en el baño, y luego un golpecito en la puerta.

—Ten tu batín —dijo. Su mano apareció en el umbral de la puerta sosteniendo el terciopelo borgoña.

Nick miró aquella pequeña mano, su tierna muñeca con el fino trazado de las venas. La noche anterior no había sido fácil encontrar todos los latidos de su pulso, todos los puntos vulnerables de su cuerpo. Extendió la mano, ignorando el batín, para rodearle la delicada muñeca. Tiró de ella hasta tenerla delante. Para Lottie no era difícil saber lo que quería.

—No necesito un batín —dijo con brusquedad, quitándole la prenda y tirándola al suelo.

—El baño... —murmuró Lottie, pero enmudeció cuando Nick alcanzó los botones de su vestido.

Los dedos de Nick se movieron rápidos y seguros para dejar al descubierto los firmes pechos de su mujer. Le bajó la camisa hasta los codos y le besó la desnuda curva de su hombro. Como un milagro, Lottie se relajó, con una predisposición que Nick no había esperado. La besó y lamió desde el hombro hasta la garganta mientras la liberaba del vestido bajándoselo hasta las caderas.

La ducha empezaba a calentarse, saturando el aire con vapor. Nick desabrochó el corsé, presionando los duros extremos de la prenda, y luego liberándolos del todo. A continuación le quitó el resto de ropa interior. Lottie tenía los ojos cerrados, con los translúcidos párpados temblando ligeramente y respirando con largos suspiros.

Ansioso, Nick la atrajo a la caliente lluvia de la ducha. Apartando la cara del chorro de agua, Lottie apoyó la cabeza en el hombro de Nick, sin moverse mientras las manos de él se deslizaban por todo su cuerpo. Sus pechos eran pequeños pero estaban hinchados y los pezones se endurecieron. Nick le acarició la cintura, las caderas y las redondas nalgas... La acariciaba por todas partes, restregándola contra la magnífica longitud de su sexo. Gimiendo, ella separó las piernas obedeciendo a la exploradora mano de Nick. La penetró con los dedos y ella jadeó y se relajó instintivamente. La acarició, rozándola en profundos y secretos lugares que la llevaron al límite del clímax. Cuando estaba preparada para el orgasmo, él la levantó contra la pared enlosada, con un brazo sujetándola por las nalgas y el otro por la espalda. Lottie gimió y se aferró a él abriendo los ojos cuando Nick la penetró. Su carne se contrajo alrededor de él, engullendo cada centímetro de su dardo cuando Nick la dejó acomodarse contra él.

—Te tengo —murmuró Nick, con el resbaladizo cuerpo perfectamente anclado en sus brazos—. No temas.

Respirando deprisa, Lottie apoyó la cabeza contra el brazo de Nick. Con el agua caliente cayendo sobre la espalda de éste y aquel sensual cuerpo femenino empalado sobre el suyo, cualquier pensamiento lúcido se evaporó enseguida. Nick la llenó con fuertes embestidas hacia arriba, una y otra vez, hasta que ella gritó y se aferró a él con lujuriosas contracciones. Nick se quedó quieto, sintiendo cómo ella se estremecía, las profundidades de su cuerpo volviéndose casi insoportablemente cálidas. Los espasmos de Lottie parecían hacer empujar a Nick con más profundidad, provocándole oleadas de placer desde la ingle, y se estremeció al descargar dentro de ella.

Soltándola despacio, dejó que sus pies volvieran a tocar el suelo enlosado. Nick le puso una mano en la cabeza mojada y le pasó la boca por el cabello, las pestañas, la punta de la nariz. Al llegar a los labios, Lottie giró la cara y él gruñó frustrado, muriéndose por saborearla. Nunca había deseado nada con tanta locura. Por un instante estuvo tentado de sujetarle la cabeza con las manos y aplastar su boca en la suya. Pero eso no le satisfaría... no podía conseguir lo que quería de ella por la fuerza.

Se secaron delante de la chimenea del dormitorio y le peinó el pelo. Con la humedad, los finos cabellos eran ámbar oscuro, cambiando a un tono pálido champán al secarse. Admirando el contraste de los brillantes cabellos contra su batín de terciopelo, los acarició con los dedos.

—¿Qué hablasteis tú y sir Grant? —preguntó curiosa Lottie, apoyándose hacia atrás contra su pecho cuando se sentaron sobre la gruesa alfombra Aubusson. Llevaba otro de los batines de Nick, al menos tres veces más grande que su talla.

—Apoyó la decisión de sir Ross, por supuesto —dijo Nick, sorprendido de que su amarga desesperación de la mañana se hubiese desvanecido considerablemente. Parecía que su mente se reconciliaba con la perspectiva futura, aunque fuese sin quererlo. Le contó lo que Morgan había dicho sobre el inminente despido de los agentes.

Lottie se giró para mirarlo pensativamente.

—¿Londres sin los agentes de Bow Street?

—Las cosas cambian —dijo con sequedad—. Así que estoy aprendiendo.

Lottie se sentó para tenerlo de frente, sin darse cuenta de que le ponía el brazo sobre su alzada rodilla para apoyarse.

—Nick —dijo con cautela—. Mientras Sophia y yo hablábamos hoy, mencionó algo que creo que desearás saber, aunque se supone que es una sorpresa.

—No me gustan las sorpresas. Ya he tenido bastantes últimamente.

—Sí, eso es lo que yo creía.

Los ojos de Lottie eran castaños, como tazas de reluciente té en un tren de lujo. Nick miró su dulce y curvo rostro, la barbilla demasiado puntiaguda, la nariz muy corta. Las pequeñas imperfecciones hacían su belleza única e increíblemente atractiva; unas facciones más clásicas le habrían aburrido rápido. Nick reaccionó con placer a la presión del delgado brazo que le rodeaba la pierna y el costado del pecho de Lottie rozándole la rodilla.

—¿Qué te ha contado mi hermana?

Lottie alisó los pliegues del batín de seda.

—Tiene que ver con la finca de tu familia en Worcestershire. Sophia y sir Ross la están haciendo restaurar como regalo para ti. Están arreglando la casa señorial y ajardinando los alrededores. Sophia se ha esforzado mucho en seleccionar los tejidos, las pinturas y los muebles, para que se parezcan a los que recuerda. Dice que es como hacer un viaje atrás en el tiempo, que cuando cruza la entrada principal casi espera oír la voz de tu madre llamándola, y encontrar a tu padre fumando en la biblioteca...

—Dios mío —dijo Nick entre dientes, levantándose.

Lottie alargó las manos hacia el fuego.

—Quieren que vayamos allí cuando llegue la citación. He creído conveniente avisarte con antelación, para que puedas prepararte.

—Gracias —consiguió decir Nick—. Aunque ni todo el tiempo del mundo sería suficiente para eso.

La finca familiar... Worcestershire... No había vuelto allí desde que él y Sophia habían quedado huérfanos. ¿No había escapatoria a todo aquello? Se sentía como si estuviesen a punto de lanzarlo inexorablemente hacia un agujero sin fondo. El nombre de Sydney, el título, la finca, los recuerdos... No quería nada de eso, y en cambio se lo estaban echando todo encima.

Le invadió una repentina sospecha.

—¿Qué más te dijo mi hermana?

—Nada relevante.

Nick habría podido ver si su hermana se había ido de la lengua. Pero parecía que Sophia no lo había traicionado en ese sentido. Y si hasta el momento no le había contado nada a Lottie, probablemente seguiría manteniendo su silencio. Relajándose un poco, se mesó el cabello totalmente despeinado.

—Maldita sea todo y todo el mundo —masculló en voz baja. Pero cuando vio la expresión de Lottie, añadió—: Excepto tú.

—Espero que así sea —replicó—. Estoy de tu lado, ya lo sabes.

—¿De verdad? —preguntó Nick, atraído por la idea a pesar de sí mismo.

—Tu vida no es la única que está en desorden. ¡Y pensar que estaba preocupada por los problemas que causaría mi familia!

Nick sonrió a pesar de su irritación. Se acercó a Lottie y bajó la mano hacia ella.

—Si deja de llover —dijo, tirando de ella hacia arriba—, mañana visitaremos a tus padres.

El expresivo rostro de Lottie se demudó.

—Si no es oportuno... es decir, si tienes otros planes, puedo esperar.

—No tengo planes —dijo Nick, pensando un instante en su despido—. Mañana será tan oportuno como cualquier otro día.

—Gracias. Quiero verlos. Sólo espero... —Se interrumpió, juntando las cejas. El dobladillo del batín se arrastró en una larga cola mientras se acercaba más al fuego.

Nick la siguió con el ferviente deseo de abrazarla y de tranquilizarla, besarle los labios hasta ablandarlos en los suyos.

—Intenta no pensar en ello —aconsejó—. Que te aflijas no cambiará las cosas.

—No será una visita agradable. No se me ocurre una situación en la cual dos partes puedan sentirse más traicionadas mutuamente. Aunque estoy segura de que mucha gente me encontraría culpable.

Nick le dio golpecitos en los brazos, sobre las mangas de seda.

—Si tuvieses que repetirlo de nuevo, ¿te habrías quedado para casarte con lord Radnor?

—Por supuesto que no.

Girándola hacia sí, le alisó el cabello hacia atrás desde la frente.

—Entonces te prohíbo que te sientas culpable por ello.

—¿«Prohíbo»? —repitió Lottie, arqueando las cejas.

Nick sonrió burlón.

—Prometiste obedecerme, ¿verdad? Bien, pues haz lo que te digo o asume las consecuencias.

—Que son...

Le desabrochó el batín, lo dejó caer al suelo y procedió a demostrarle exactamente a qué se refería.

La familia Howard vivía en un villorrio a tres kilómetros al oeste de Londres, una extensión residencial rodeada de cultivos. Nick recordaba la casa bien estructurada pero desvencijada de su última y ya lejana visita, al principio de su búsqueda de Lottie. La ironía de volver a verlos como su nuevo y muy indeseado yerno le habría hecho sonreír, ya que la situación implicaba divertidos elementos de farsa. Sin embargo, su diversión estaba limitada por el impenetrable silencio de Lottie. Deseaba poderle ahorrar el engorro de ver a su familia. Por otro lado, era necesario que Lottie se enfrentara a ellos y al menos intentase hacer las paces.

La pequeña casa estilo Tudor era una de la serie en hilera con arquitectura similar. Delante tenía pequeños parterres cubiertos de malas hierbas, con la fachada de ladrillo rojo tristemente deteriorada. La puerta principal se elevaba cuatro escalones del suelo y la estrecha entrada conducía a un pequeño salón. Junto a la entrada, otra serie de escalones llevaba abajo, al sótano, que contenía una cocina y un depósito de agua que se llenaba desde la cañería principal en la carretera.

Tres niños jugaban en el jardín, blandiendo palos y corriendo en círculos. Como Lottie, eran muy rubios, de piel blanca y delgados de constitución. El carruaje se detuvo en el camino, y las pequeñas caras se acercaron a la verja principal, mirando por los raídos barrotes mientras Nick ayudaba a Lottie a bajar del carruaje.

Lottie estaba en apariencia tranquila, pero Nick vio lo apretadas que tenía las manos enguantadas, y experimentó algo que nunca había conocido antes: preocupación por los sentimientos de otra persona. No le gustó.

Lottie se detuvo en la verja, con el semblante pálido.

—Hola —murmuró—. ¿Eres tú, Charles? Oh, has crecido tanto que apenas puedo reconocerte. Y Eliza, y... oh, cielos, ¿ese bebé es Albert?

—¡No soy un bebé! —protestó el pequeño.

Lottie se sonrojó, al límite entre las lágrimas y la risa.

—No, claro que no. Ya debes de tener tres años.

—Eres nuestra hermana Charlotte —dijo Eliza, su serio semblante enmarcado por dos largas trenzas—. La hermana que huyó.

—Así es. —La asaltó una repentina melancolía—. No deseo estar lejos nunca más, Eliza. Os he echado mucho de menos.

—Se suponía que debías casarte con lord Radnor —dijo Charles, observándola con sus ojos azules—. Se enfadó mucho de que no fuera así, y ahora va a...

—¡Charles! —La agitada voz de una mujer vino del portal—. Callad y alejaros de la verja de una vez.

—Pero si es Charlotte —protestó el chico.

—Sí, ya lo sé. Venid, niños, venid todos. Decidle a la cocinera que prepare tostadas con confitura.

Era la madre de Lottie, una frágil y esbelta mujer de poco más de cuarenta años, con un semblante inusualmente estrecho y cabello rubio claro. Nick recordaba que su marido era bajo pero corpulento y con las mejillas llenas. Ninguno de los dos era especialmente guapo, pero por algún capricho de la naturaleza Lottie había heredado los mejores rasgos de cada uno.

—Mamá —dijo Lottie con suavidad, mientras los niños se alejaban corriendo, ansiosos por el regalo prometido.

La señora Howard contempló a su hija con una mirada serena y líneas marcadas en toda la frente.

—Lord Radnor vino no hace más de dos días —dijo. La simple afirmación contenía acusación y sentencia.

Sin encontrar palabras, Lottie miró por encima del hombro a Nick, que entró en acción inmediatamente abriendo la puerta.

—¿Podemos entrar, señora Howard? —preguntó él, y acompañó a Lottie hacia la casa sin esperar el permiso. Algún demonio le instó a añadir—: ¿O prefiere que la llame mamá?

Por su atrevimiento, Lottie subrepticiamente le hundió un codo en las costillas cuando entraban en la casa, y él sonrió con picardía.

La casa olía a humedad. Las cortinas de las ventanas se veían desigualmente blanqueadas por el sol, mientras que las alfombras estaban tan raídas que no se distinguía ningún dibujo. Todo, desde las descascarilladas figuras de porcelana hasta el sucio papel de las paredes, contribuía a una imagen de elegancia decadente. La propia señora Howard daba la misma impresión, moviéndose con la indolencia de alguien que en su día había estado acostumbrado a una vida mucho mejor.

—¿Dónde está papá? —preguntó Lottie, de pie en el centro del pequeño salón.

—En la ciudad, visitando a tu tío. —Hubo un tenso silencio—. ¿Por qué has venido, Charlotte? —preguntó por fin la madre.

—Os echaba de menos. Yo... —Lottie hizo una pausa ante la palidez que vio en el rostro de su madre. Nick notó la lucha de su esposa entre el testarudo orgullo y el remordimiento mientras ella continuaba con delicadeza—. Quería deciros que siento lo que hice.

—Ojalá pudiera creerte eso —contestó la señora Howard con brusquedad—. Pero no te importó abandonar tus responsabilidades, ni lamentaste anteponer tus propias necesidades a las de los demás.

Nick descubrió que no le resultaba fácil escuchar a alguien criticar a su esposa —incluso si esa persona resultaba ser su propia madre—. No obstante, por el bien de Lottie se esforzó en mantener la boca cerrada. Sujetándose las manos a la espalda, se centró en el borroso dibujo de la vieja alfombra.

—Siento haberos causado tanto dolor y preocupación, mamá —dijo Lottie—. Siento los dos años de silencio que han pasado entre nosotros.

Finalmente la señora Howard mostró alguna señal de emoción, y su voz se cargó de rabia.

—Todo ha sido culpa tuya, no nuestra.

—Por supuesto —reconoció su hija con humildad—. No pretendo pedirte que me perdones, pero...

—Lo hecho, hecho está —terció Nick, incapaz de tolerar el tono casto de Lottie. Se maldeciría si permitía que Lottie se arrodillase arrepentida. Puso la mano en la cintura perfectamente encorsetada de Lottie en un gesto protector. Su fría y firme mirada se cruzó con la de la señora Howard—. Hablando del pasado nada se gana. Hemos venido a hablar del futuro.

—Usted no tiene nada que ver con nuestro futuro, señor Gentry. —Los azules ojos de la mujer estaban helados por el desprecio—. Le culpo tanto de nuestra situación como a mi hija. Nunca habría hablado con usted, ni respondido a sus preguntas de haber sabido que su plan era quedársela para sí mismo.

—No fue ningún plan. —Nick ciñó la curva de la cintura de Lottie, recordando su deliciosa suavidad—. No tenía ni idea de que querría casarme con Lottie hasta que la conocí. Pero entonces era obvio (como lo es ahora) que a Lottie le convenía mucho más casarse conmigo que con Radnor.

—Está muy equivocado —soltó la señora Howard—. ¡Alimaña arrogante! ¿Cómo se atreve a compararse con un noble del reino?

Sintiendo que Lottie se ponía rígida, Nick la apretó sutilmente en un silencioso mensaje de que no corrigiera a su madre en ese punto. Lo último que haría sería usar su título para compararse con Radnor.

—Lord Radnor es un hombre de una gran riqueza y refinamiento —continuó la señora Howard—. Es exquisitamente educado y honorable en todos los sentidos. Y si no fuese por el egoísmo de mi hija y su interferencia, ahora Charlotte sería su esposa.

—Ha omitido ciertos puntos —dijo Nick—. Incluido el hecho de que Radnor tiene treinta años más que Lottie y que resulta que está loco de atar.

El rostro de la señora Howard se encendió en la parte superior de las mejillas.

—¡No está loco!

Por el bien de Lottie, Nick luchó por controlar su repentina furia. La imaginó como una pequeña e indefensa ni-

ña, encerrada sola en una habitación con un depredador como Radnor. Y esa mujer lo habría permitido. Se prometió
que Lottie no estaría nunca más desprotegida. Le lanzó a la
señora Howard una dura mirada.

—¿No vio nada raro en las obsesivas atenciones de Radnor a una niña de ocho años? —preguntó con delicadeza.

—A la nobleza se le permite tener debilidades, señor
Gentry. Su sangre superior implica ciertas excentricidades.
Pero por supuesto usted no sabe nada de eso.

—Se sorprendería —dijo Nick con sarcasmo—. A pesar
de todo, lord Radnor apenas es un ejemplo de conducta racional. Las relaciones sociales que disfrutó en su día se han
marchitado gracias a sus llamadas debilidades. Se ha retirado de la sociedad y pasa la mayor parte de su tiempo en su
mansión, escondiéndose de la luz del sol. Su vida se había
centrado en moldear a una chica vulnerable según su versión
de la mujer ideal (una mujer a quien no se le permitía ni siquiera respirar sin su permiso). Antes de que culpe a Lottie
por escapar de eso, respóndame con honestidad: ¿se habría
casado usted con ese hombre?

La señora Howard se libró de tener que contestar gracias a la repentina llegada de la hermana menor de Lottie,
Ellie, una bonita chica de dieciséis años de rostro lleno, generosas pestañas y ojos azules. Su cabello era más oscuro que
el de Lottie, y su figura estaba mucho más dotada. Deteniéndose en seco en la puerta, Ellie contemplo a su pródiga
hermana con exultante emoción.

—¡Lottie! —Se precipitó hacia ella y la abrazó—. ¡Oh,
Lottie, has vuelto! Te he echado de menos cada día y he pensado en ti y he sufrido por ti...

—Ellie, te he echado de menos todavía más —dijo Lottie con una risa ahogada—. No me atrevía a escribirte, pero,
oh, cómo quería hacerlo. Se podría empapelar las paredes
con las cartas que deseaba enviarte...

—Ellie —interrumpió su madre—. Vuelve a tu habitación.

Ella no la oyó o la ignoró, ya que siguió mirando a Lottie.

—¡Qué guapa estás! —exclamó—. Sabía que lo estarías. Sabía... —Se detuvo al reparar en Nick—. ¿De verdad te has casado con él? —susurró con un regocijo escandaloso que hizo reír a Nick.

Lottie lo miró con una curiosa expresión. Nick se preguntó si le desagradaba tener que reconocer que era su marido. No parecía disgustada, pero tampoco demasiado entusiasmada.

—Creo que ya conoces a mi hermana —le dijo.

—La señorita Ellie —murmuró Nick inclinándose ligeramente—. Es un placer verte de nuevo.

La chica se ruborizó y se inclinó, y luego miró a Lottie.

—¿Vivirás en Londres? —preguntó—. ¿Podré ir a visitarte? Deseo tanto...

—Ellie —dijo la señora Howard muy en serio—. Vete a tu habitación ahora mismo. Basta de tonterías.

—Sí, mamá. —La chica rodeó con los brazos a Lottie en un último abrazo. Susurró algo al oído de su hermana mayor, una pregunta que Lottie respondió con un murmullo y un asentimiento.

Adivinando que había sido otra petición para que la invitase a visitarla, Nick disimuló una sonrisa. Parecía que Lottie no era la única hija con iniciativa en la familia Howard. Con una tímida mirada a Nick, Ellie salió de la sala y profirió un suspiro al alejarse.

Enternecida por la obvia alegría de su hermana de verla otra vez, Lottie envió a la señora Howard una mirada de súplica.

—Mamá, hay tantas cosas que debo contarte...

—Me temo que no tiene sentido seguir hablando —repuso su madre con frágil dignidad—. Has hecho tu elección y tu padre y yo hemos hecho la nuestra. Nuestra relación con lord Radnor es demasiado importante para romperla. Cumpliremos nuestras obligaciones con él, Charlotte... aunque tú no estés dispuesta.

Lottie la miró confusa.

—¿Cómo podríais hacerlo?

—Eso ya no es de tu incumbencia.

—Pero no veo... —empezó Lottie, y Nick la interrumpió, con la mirada clavada en la señora Howard. Durante años había negociado con éxito con criminales habituales, magistrados atareados, culpables, inocentes y demás. Y sin duda alcanzaría alguna clase de acuerdo con su propia suegra.

—Señora Howard, comprendo que yo no sea su primera opción como marido para Lottie. —Le dirigió la mirada irónica y encantadora que funcionaba bien con la mayoría de mujeres—. El diablo sabe que yo no sería la preferencia de nadie. Pero tal como están las cosas, demostraré ser un benefactor mucho más generoso que Radnor. —Miró en derredor—. No hay razón por la cual no deba hacer mejoras en la casa y restaurarla a su gusto. También pagaré la educación de los niños y me encargaré de que Ellie tenga una buena presentación en sociedad. Si lo desea, puede viajar al extranjero o pasar los meses de verano en la costa. Dígame todo lo que desee y lo tendrá.

La expresión de la mujer era de franca incredulidad.

—¿Y por qué haría todo eso?

—Por mi mujer —respondió sin vacilar.

Lottie se giró hacia él con los ojos maravillados. Era un precio muy bajo por lo que ella le daba, pensó, y le acarició la cintura.

Por desgracia, ese gesto íntimo pareció volver a la señora Howard en contra de él.

—No queremos nada de usted, señor Gentry.

—Entiendo que esté en deuda con Radnor —persistió Nick, intuyendo que no había otra manera de enderezar el tema que con contundencia—. Me ocuparé de ello. Ya me he ofrecido a compensarle por los años de Lottie en la escuela, y también asumiré vuestras otras obligaciones financieras.

—No puede permitirse mantener esas promesas —replicó su tozuda suegra—. Incluso si pudiera, la respuesta seguiría siendo no. Le ruego que se vaya, señor Gentry, no pienso discutir más sobre esa cuestión.

Nick la miró con agudeza y detectó desesperación, inquietud y culpa. Todos sus instintos le avisaban que estaba escondiendo algo.

—Volveré otra vez —dijo con delicadeza—. Cuando el señor Howard esté en casa.

—Su respuesta no será diferente de la mía.

Nick no dio muestras de haberla oído.

—Buenos días, señora Howard. Nos vamos con el deseo de que disfrute de buena salud y felicidad.

Lottie aferró la manga del abrigo de Nick luchando por dominar sus emociones.

—Adiós, mamá —dijo con voz ronca, y salió con él.

Nick la ayudó a subir al carruaje y miró atrás al yermo jardín. No había nadie en las ventanas de la casa, excepto en el piso superior, donde apareció la cara de Ellie, que saludó con la mano tristemente y apoyó la barbilla en las manos mientras se cerraba la puerta del carruaje.

El vehículo arrancó con una sacudida. Lottie reclinó la cabeza en el asiento de terciopelo, con los ojos cerrados y la boca temblando. El brillo de las lágrimas reprimidas apareció debajo de sus generosas pestañas doradas.

—He sido una tonta al esperar un recibimiento más caluroso —dijo forzando la ironía, pero un sollozo se le escapó de la garganta.

Nick iba con todo el cuerpo tenso. La imagen de su mujer llorando le alarmó. Pero, para alivio de Nick, Lottie consiguió dominarse y apretó las manos enguantadas contra los ojos.

—No podían permitirse rechazar mi oferta —afirmó Nick—. A menos que sigan recibiendo dinero de Radnor.

Lottie sacudió la cabeza, confundida.

—Pero no tiene sentido que siga manteniendo a mi familia ahora que me he casado contigo.

—¿Tienen otra fuente de ingresos?

—Se me ocurre una. Quizá mi tío les da algo. Aunque no podría mantenerlos indefinidamente.

—Hmmm. —Considerando varias posibilidades, Nick

se apoyó en la esquina de su asiento, con la mirada fijada en el paisaje más allá de la ventanilla.

—Nick... ¿es verdad que le dijiste a lord Radnor que compensarías mi instrucción escolar de todos esos años?

—Sí.

Curiosamente, Lottie no preguntó por qué, y sólo se ocupó de ajustarse las faldas y bajarse las mangas hasta las muñecas. Quitándose los guantes, los dobló y los puso a un lado en el asiento. Nick la observó con los ojos entrecerrados. Cuando ella no pudo encontrar nada más para ajustar o enderezar, lo miró.

—¿Y ahora qué? —preguntó, como si se preparase para una nueva serie de dificultades.

Nick consideró la cuestión, sintiendo un vuelco en el pecho al ver la resolución en la expresión de Lottie. Ella había pasado los últimos años con una ecuanimidad extraordinaria para una chica de su edad. Sin duda cualquier otra mujer habría quedado reducida a un montón de lágrimas. Nick quería eliminar su tensa mirada y verla por una vez libre y relajada.

—Bien, señora Gentry —dijo, desplazándose hasta su lado—. Para los próximos dos días, propongo que nos divirtamos.

—Diversión —repitió ella, como si la palabra no le fuese familiar—. Perdóname, pero mi capacidad de diversión en este momento está por los suelos.

Nick sonrió y le puso la mano en el perfil de su muslo.

—Estás en la ciudad más excitante del mundo —murmuró—, en compañía de un joven y viril marido y su vil riqueza. —La besó en la oreja, haciéndola estremecer—. Créeme, hay mucha diversión que disfrutar.

Lottie no habría creído poder superar el abatimiento después del frío recibimiento de su madre. Sin embargo, le había tomado tanto afecto a Nick durante los últimos días que encontraba difícil no pensar en nada que no fuera él.

Esa noche su marido la llevó a un pub donde había música y actuaciones cómicas para atraer clientes. Situado en

Covent Garden, el Vestris —llamado así por quien fuera un popular bailarín italiano de ópera— era un punto de encuentro para el folclore teatral, nobles de poca monta y toda clase de excéntricos personajes. El local apestaba a vino y humo, y el suelo estaba tan pegajoso que Lottie corría el peligro de que se le descalzaran los zapatos. Cruzó el umbral con reticencia, ya que las jóvenes esposas de buena familia nunca aparecían en esos lugares a menos que fueran acompañadas de sus maridos —e incluso entonces era muy cuestionable—. Los parroquianos saludaron a Nick, muchos de los cuales parecían completos rufianes. Después de un breve intervalo de palmadas en la espalda y un intercambio de amistosos insultos, Nick llevó a Lottie a una mesa. Les sirvieron una cena de carne con patatas que podría haber satisfecho a una familia de cuatro.

—¿Qué es esto? —preguntó Lottie, agarrando su jarra con cautela y observando su contenido.

—Cerveza —respondió Nick, apoyando el brazo en el respaldo de la silla—. Prueba un poco.

Obediente, bebió un sorbo del denso brebaje con sabor a cereal y su cara se arrugó de repugnancia. Riéndose, Nick pidió a la camarera un ponche de ginebra. Los clientes abarrotaban el edificio, las jarras golpeaban con fuerza sobre las castigadas mesas de madera y las camareras se desplazaban ajetreadas entre la multitud con grandes jarros.

En la tarima, una esbelta mujer vestida de hombre y un caballero vestido de criada campesina, con unos enormes y oscilantes senos postizos, cantaban una canción cómica. Luego, el «hombre» perseguía a la «criada» por toda la taberna, cantando una canción de amor que resaltaba su belleza, y el público irrumpía en gritos y risas. La mera estupidez de la actuación era irresistible. Apoyada contra su esposo, con una copa de astringente ponche de ginebra en las manos, Lottie intentó sin éxito ahogar la risa.

Siguieron más actuaciones; canciones picantes y bailes, versos cómicos, incluso una demostración de acrobacias y malabarismo.

Se hizo tarde y los rincones del local quedaron en penumbra. En el relajado ambiente, las parejas empezaron a ceder a las caricias y los besos. A Lottie el ponche le había hecho caer en la somnolencia y tenía la cabeza espesa. De pronto descubrió que estaba sentada en el regazo de Nick, con las piernas entre las suyas, y que la única razón por la cual podía mantener la vertical era porque los brazos de Nick la rodeaban.

—Oh, cielos —dijo mirando su copa vacía—. ¿He bebido todo esto?

Nick le cogió la copa y la puso sobre la mesa.

—Me temo que sí.

—Has conseguido deshacer mis años de instrucción en Maidstone en una noche —dijo, haciéndole reír con picardía.

La mirada de Nick se fijó en su boca y resiguió la línea de la mandíbula de Lottie con la yema del dedo.

—¿Ahora estás corrompida por completo? ¿No? Entonces vayamos a casa y terminaré el trabajo.

Sintiéndose desvalida y muy tierna, Lottie rió nerviosamente mientras él la acompañaba hacia la puerta.

—El suelo es irregular —dijo, apoyándose con torpeza contra su brazo.

—No es el suelo, querida, son tus pies.

Meditándolo, Lottie lo miró desde la divertida cara hasta los pies.

—Los siento como si estuvieran colocados en las piernas equivocadas.

Nick meneó la cabeza, con los ojos azules brillando de hilaridad.

—No toleras la ginebra, ¿verdad? Vamos, deja que te lleve.

—No, no quiero dar un espectáculo —protestó mientras él la levantaba en volandas y la llevaba fuera.

Viendo que salían, un lacayo que esperaba corrió hacia la esquina, donde el carruaje esperaba en una larga fila.

—Ofrecerás un espectáculo mayor si te das de bruces contra el suelo —replicó Nick.

—No estoy tan borracha —protestó Lottie. Sin embargo, los brazos de su marido eran tan sólidos y su hombro tan atractivo que se acurrucó con un suspiro. El aroma ligeramente almizclado de su piel mezclado con el seco olor a almidón de la corbata, era una combinación tan irresistible que ella se apretó aún más contra él para inhalar a fondo.

Nick se detuvo a un lado de la calle. Giró la cabeza y su mejilla afeitada rozó la de Lottie.

—¿Qué estás haciendo?

—Tu olor... —dijo ella, como en sueños—. Es maravilloso. Me di cuenta la primera vez que nos conocimos, cuando casi me hiciste caer del muro.

Él rió.

—Quieres decir que te salvé de caer.

Intrigada por la rasposa textura de su piel, Lottie presionó los labios debajo de la mandíbula de Nick. Lo sintió tragar saliva, el movimiento vibrando contra su boca. Era la primera vez que se anticipaba a Nick, y el pequeño gesto fue sorprendentemente efectivo. Él empezó a respirar cada vez con más dificultad. Viendo que podía excitarlo con tanta facilidad, Lottie tiró del nudo de su corbata y le besó la garganta.

—No, Lottie.

Le pasó una uña por la incipiente barba que daba aspereza a la piel, rascando con delicadeza.

—Lottie... —volvió a intentarlo. Lo que fuera que pensaba decir quedó olvidado cuando ella le besó la oreja y le dio un suave mordisco en el lóbulo.

El carruaje se detuvo ante ellos y el lacayo se apresuró a bajar el escalón. Recuperando la compostura, Nick metió a Lottie dentro y subió después.

Tan pronto se cerró la puerta, la puso en su regazo y tiró de su vestido con brusquedad. Ella extendió la mano para enredarla en el pelo de Nick, entrelazando los dedos en los gruesos cabellos negros. Deshaciendo la parte superior del corsé, le sacó un pecho y apretó la boca contra el suave pezón. La agradable succión la hizo arquearse con un gemido de placer. Las manos de Nick hurgaron debajo de su falda, hasta encontrar el húmedo corte de las bragas. La mano de Nick era demasiado grande para deslizarse dentro de la ropa interior, así que la arrancó con una facilidad que cortó la respiración a Lottie. Abrió los muslos dándole a Nick una ansiosa bienvenida, y su visión se nubló cuando un largo dedo la penetró. Acurrucada en su regazo, con la mano de Nick trabajando con suavidad entre sus piernas, Lottie sintió que su sexo empezaba a contraerse rítmicamente.

A Nick se le escapó un gruñido y con precipitación se abrió la bragueta de los pantalones.

—Estás tán mojada... No puedo esperar, Lottie... siéntate en mi regazo, y pon las piernas... Oh, Dios, sí, justo ahí...

Ella se puso encima de él y contuvo la respiración mientras él la penetraba y le bajaba las caderas con las manos para hundirse hasta el fondo, duro y grueso dentro de ella, manteniéndose inmóvil mientras el movimiento del carruaje sacudía sus fundidos cuerpos. Lottie frotó el anhelante botón de su sexo contra Nick, sintiendo olas de calor que se elevaban desde el punto que les unía. Nick le sobó las nalgas y Lottie jadeó cuando una sacudida de las ruedas del carruaje empujó a Nick más en su interior.

—No tenemos mucho tiempo —consiguió al fin balbucear Lottie contra la garganta de Nick—. Ese pub está muy cerca de casa.

Nick respondió con un gemido torturado.

—La próxima vez haré que el cochero nos lleve a dar un paseo por todo Londres... dos paseos.

Deslizó el pulgar hacia la parte superior de su húmedo sexo y le dio suaves y rápidos golpecitos, acelerando el placer de Lottie hasta que se retorció contra él con un sollozo, apabullada por su explosivo orgasmo. Adelantando las caderas en embestidas desesperadas, Nick gruñó y hundió la cara en el cuello de Lottie, con una pasión que había llegado a una ciega culminación.

Ambos respiraron con largos jadeos, mientras seguían unidos estrechamente debajo de las ropas enmarañadas.

—Nunca es suficiente —dijo Nick con brusquedad, con la mano cubriéndole las suaves nalgas, sujetándola con firmeza contra él—. Es demasiado bueno para dejarlo.

Lottie comprendió lo que intentaba expresar. El insaciable deseo entre ellos era más que un simple anhelo físico. Encontró una satisfacción en el hecho de estar juntos que iba más allá de la unión de sus cuerpos. Sin embargo, hasta ese momento ella no había sabido que él también sentía lo mismo... y se preguntó si Nick tenía miedo de reconocer el sentimiento como le sucedía a ella.

11

Londres era tan distinto de la serenidad de Hampshire que Lottie apenas podía creer que se encontraba en el mismo país. Era un mundo de refinada elegancia e infinitas diversiones, con una aguda yuxtaposición de pobreza y riqueza, con sórdidos y peligrosos callejones escondidos detrás de las calles de prósperos mercados y tiendas. Más allá de Temple Bar había la zona llamada la City, y la parte oeste, conocida como *town*, y muchos jardines, paseos, salas de conciertos y tiendas de artículos de lujo que nunca habría imaginado.

Al empezar la segunda semana de casados, Nick parecía encontrar divertido consentir a Lottie como si fuese una niña malcriada. La llevó a una tienda de confección en Berkeley Square y le compró un helado de castañas trituradas mezcladas con cerezas acarameladas.

Después fueron a Bond Street, donde Nick le compró una selección de polvos franceses y aguas aromáticas, y una docena de medias de seda bordadas. Lottie intentó impedir que se gastara una fortuna en guantes blancos y pañuelos en la lencería, y se opuso con firmeza a unos zapatos de seda rosa con borlas doradas que habrían costado un mes entero de instrucción en Maidstone. Sin embargo, Nick ignoró sus protestas y siguió comprando todo lo que le llamaba la atención. Su parada final fue en una tienda de té, donde encargó media docena de bonitos recipientes de té exótico con sugerentes nombres como «pólvora», «congou» o «souchong».

Imaginando la montaña de paquetes por enviar más tarde ese mismo día a la casa de Betterton, Lottie le rogó que desistiera.

—No necesito nada más —dijo con firmeza—. Y me niego a poner los pies en otra tienda. No hay necesidad de tanta inmoderación.

—Sí, la hay —replicó Nick, siguiéndola hacia el carruaje, que para sorpresa de ella les esperaba cargado de paquetes y cajas.

—¡Oh! ¿Qué es esto?

Él respondió con una ancha sonrisa. Sin duda Nick no pensaba que le estaba comprando favores sexuales, ya que Lottie se había mostrado más que aquiescente en ese aspecto. Quizá simplemente quería que se sintiera obligada con él. ¿Pero por qué?

La vida con Nick Gentry estaba resultando bastante confusa, con momentos de intensa intimidad intercalados con pequeños detalles que hacían pensar que todavía eran unos completos desconocidos en muchos sentidos. Lottie no entendía por qué Nick abandonaba su cama cada noche después de hacerle el amor, sin dormir nunca con ella. Después de todo lo que habían compartido, eso parecía normal. Pero él rechazaba sus tímidas invitaciones a quedarse, afirmando que prefería dormir solo, y que ambos estarían más cómodos de esa forma.

Lottie pronto se dio cuenta de que ciertos temas encendían el temperamento de Nick como el fuego a la pólvora. Aprendió a no preguntarle sobre ningún episodio de su infancia, y que cualquier referencia a los días anteriores a la adopción del nombre de Nick Gentry propiciaría su inevitable ira. Cuando Nick se enfadaba no gritaba ni lanzaba cosas, sino que se mostraba frío y silencioso, salía de casa y no regresaba hasta mucho después de que ella se hubiera acostado.

Lottie también aprendió que él nunca se permitía ser vulnerable en ningún aspecto. Prefería mantener el control sobre sí mismo y su entorno. Consideraba afeminado que alguien no fuese capaz de controlar la bebida —ella nunca lo había visto excederse—. Incluso dormir parecía un lujo al que no parecía querer ceder demasiado a menudo, como si no pudiese permitirse un flácido sueño.

De hecho, según Sophia, Nick nunca había flaqueado ni siquiera ante el dolor físico. Rechazaba con testarudez abandonarse al dolor o la debilidad.

¿Por qué? —le había preguntado Lottie a Sophia con aturdimiento mientras se probaban vestidos—. ¿Qué teme, que no puede bajar la guardia ni un instante?

Por un momento, su cuñada la había mirado con un obvio deseo de replicar. Sus ojos azules estaban llenos de tristeza.

—Espero que algún día él confíe en ti —dijo con suavidad—. Es un gran peso para llevarlo sola. Estoy segura de que teme tu reacción cuando lo sepas.

—¿Saber qué? —insistió Lottie, pero Sophia no contestó.

Algún gran terrible secreto. Lottie no podía imaginar qué podría ser. Sólo podía suponer que Nick había matado a alguien, quizás en un arrebato de ira. Eso era lo peor que conseguía imaginar. Ella sabía que en el pasado había cometido delitos, que había hecho cosas que probablemente la horrorizarían. Era tan reservado y dueño de sí mismo que parecía que nunca llegaría a conocerlo del todo.

No obstante, en otros aspectos Nick era un tierno y generoso marido. Le rogaba que le contara todas las reglas que le habían inculcado en la escuela y luego procedía a hacerle romper cada una de ellas. Había noches en que se lanzaba a un suave asalto al pudor de Lottie, desvistiéndola a la luz de la lámpara y haciendo que viera cómo la besaba de la cabeza a los pies... y otras en que le hacía el amor de formas exóticas que la avergonzaban y la excitaban irresistiblemente. Podía excitarla con una simple mirada, una breve caricia, una suave palabra susurrada al oído. A Lottie le parecía que los días enteros pasaban en una niebla de deseo sexual, con la conciencia de él hirviendo debajo de todo lo que hacían.

Después de que llegasen los libros que había encargado, por las noches leía a Nick sentada en la cama y él tumbado a su lado. A veces, mientras escuchaba, Nick le ponía los pies en su regazo y les daba masajes. Siempre que Lottie dejaba de leer encontraba la mirada de Nick concentrada en ella. Nick no parecía cansarse nunca de mirarla... como si intentase descubrir algún misterio escondido en sus ojos.

Una noche le enseñó a jugar a las cartas, reclamando libertades sexuales como prendas cada vez que ella perdía. Terminaron en el suelo alfombrado, enmarañados entre la ropa mientras Lottie sin aliento le acusaba de hacer trampas. Él sólo respondía con una pícara sonrisa, metiendo la cabeza entre sus faldas hasta que la cuestión quedaba del todo zanjada.

Nick era un compañero excitante —un fascinante narrador de historias, un soberbio bailarín, un experto amante—. Era juguetón pero en absoluto infantil, y nunca perdía la experta mirada que confirmaba que había visto y hecho bastante para varias vidas. Acompañó a Lottie por Londres con una energía que eclipsaba la de su esposa, y parecía que conocía y le conocía casi todo el mundo. Más de una vez, en un baile de suscripción o en una fiesta privada, o incluso paseando por el parque, Lottie no podía evitar ser consciente de cómo Nick llamaba la atención. Era considerado un héroe o un demonio, según el punto de vista, pero en cualquier caso todo el mundo quería ser visto con él. Innumerables hombres se le acercaban para darle la mano y saber sus opiniones en diferentes cuestiones. Por otra parte, en su presencia las mujeres reían nerviosamente y coqueteaban con él, incluso delante de Lottie, que presenciaba esas libertades con sorprendida contrariedad, dándose cuenta que se sentía como una esposa celosa.

Invitados por unos amigos, asistieron a una obra en Drury Lane, en la cual se representaban batallas navales utilizando una maquinaria complicada y efectos de luz para potenciar la emoción del público. Los actores, vestidos de marineros, eran arrojados de un «barco» en perfecta coordi-

nación con explosiones de cañón y con las camisas mancha-
das de pintura roja que simulaba sangre.

El espectáculo era tan realista que Lottie se tapó los oídos
y escondió la cara contra el pecho de Nick, ignorando los esfuerzos de él para que mirase la acción.

Quizás era la violencia de la obra, o los efectos del vino
que había bebido en la cena, pero se sentía inquieta al abandonar los asientos en el primer intermedio. Los aficionados
al teatro se mezclaban en las salas de la planta inferior, tomando refrescos y charlando excitados sobre las realistas
batallas que acababan de presenciar. Como el ambiente en
la abarrotada sala era cada vez más sofocante, Nick la dejó
en compañía de unos amigos y fue a buscarle un vaso de limonada. Lottie forzó una sonrisa mientras entreoía la conversación, esperando que su marido volviese pronto.

Qué rápido se había acostumbrado a la tranquilizadora
presencia de Nick junto a ella, pensó.

Era irónico. Pese a haber oído durante años que pertenecía a lord Radnor, nunca había podido aceptarlo. Y no obstante parecía del todo natural pertenecer a casi un desconocido. Recordaba la advertencia de lord Westcliff sobre Nick
Gentry. «No es de confianza», había dicho.

Pero el conde estaba equivocado. Al margen de su sombrío pasado, Nick era delicado y atento con ella, y más que
digno de su confianza.

Dando una ojeada entre la concurrencia, esperando verle, le atrajo la atención una figura de pie unos metros más
allá.

«Radnor», pensó, mientras una lluvia de heladas agujas
parecía caer sobre ella. Se quedó agarrotada, con el mismo
miedo que había sentido durante los dos años que la habían
perseguido. El rostro de Radnor estaba parcialmente des-
viado de la mirada horrorizada de Lottie, pero ella vio su cabello gris, la arrogante inclinación de su cabeza, sus negras
cejas. De pronto él se giró en su dirección, como si sintiera
su presencia en la abarrotada sala.

Inmediatamente el pánico de Lottie se convirtió en aturdimiento... no, no era Radnor, sino un hombre que se le parecía mucho. El caballero asintió y le sonrió, como hacen los extraños cuando por casualidad cruzan las miradas. El hombre se volvió hacia sus acompañantes, mientras Lottie bajaba la cabeza para mirarse las tensas manos en sus pálidos guantes rosa e intentó calmar la convulsión de su corazón.

Sintió los efectos posteriores al sobresalto... algo de náusea, sudor frío, un temblor que se negaba a ceder. «Qué ridícula eres», se dijo, disgustada por el hecho de que la mera mirada de un hombre que se parecía a Radnor pudiese provocarle esa reacción exagerada.

—Señora Gentry. —Era la señora Howsham, una mujer agradable a la que Lottie había conocido hacía poco—. ¿Te encuentras mal, querida? Tienes mal aspecto.

Lottie la miró.

—Aquí hace mucho calor —susurró—. Y creo que esta noche me he ajustado demasiado la ropa.

—Ya —dijo la mujer con irónica comprensión, acostumbrada a las quejas sobre los cordones del corsé—. Los padecimientos que sufrimos por culpa de la moda...

Para la tranquilidad de Lottie, Nick regresó con un vaso de limonada. Advirtiendo que algo iba mal, deslizó un brazo por la espalda de Lottie.

—¿Qué ocurre? —preguntó él, mirando su pálido semblante.

La señora Howsham se permitió responder.

—Corsés ajustados, señor Gentry... Sugiero que la lleve a algún lugar más tranquilo que éste. Respirar aire fresco a menudo ayuda.

Nick la acompañó por la sala. El aire nocturno la hizo temblar, pues las prendas estaban pegajosas de sudor. Nick la llevó al abrigo de una gruesa columna que bloqueaba la luz y el ruido del interior del edificio.

—No ha sido nada —le dijo Lottie—. Nada en absoluto. Me siento una idiota, causando molestias por nada. —Y se bebió la limonada hasta que el vaso quedó vacío.

Nick se inclinó para dejar el vaso en el suelo y al levantarse volvió a mirar a Lottie, que sacó un pañuelo y se enjugó las mejillas y la frente.

—Dime qué ha pasado —dijo él en voz baja.

Lottie se sonrojó, incómoda.

—Creí haber visto a lord Radnor ahí dentro. Pero era sólo un hombre que se le parecía. —Suspiró—. Ahora he demostrado ser una completa cobarde. Lo siento.

—Radnor raramente se deja ver en público. No es probable que lo encuentres en un evento así.

—Lo sé. Pero por desgracia no me detuve a pensar en eso.

—No eres una cobarde. —Había preocupación en sus oscuros ojos azules.

—Reaccioné como una niña temerosa de la oscuridad.

Nick le acarició la barbilla, haciendo que le mirase.

—Es posible que algún día te encuentres con Radnor —dijo con delicadeza—. Pero cuando eso ocurra estaré contigo, Lottie. Ya no debes tenerle miedo. Te mantendré a salvo.

Ella se sintió maravillada ante la tierna gravedad de su expresión.

—Gracias —contestó, respirando hondo por primera vez desde que habían abandonado la sala.

Sin dejar de mirarla, Nick meneó la cabeza frunciendo ligeramente el entrecejo, como si ver la aflicción de Lottie le resultara doloroso.

Alargó la mano y la atrajo hacia él, rodeándola con los brazos para confortarla. No había nada sexual en el abrazo, pero de algún modo era más íntimo que nada de lo que habían hecho juntos. Las manos de Nick eran fuertes y posesivas, y la estrechaban con firmeza.

—¿Volvemos a casa? —susurró.

Lottie asintió despacio, mientras una vida de soledad se transformaba en una sensación de plena felicidad. Un hogar, un marido... cosas por las cuales nunca había tenido esperanza. Sin duda la ilusión no podía durar —de algún modo, algún día la perdería—. Pero hasta que eso sucediera, apreciaría cada momento.

—Sí —dijo Lottie, con la voz ahogada por la emoción—. Volvamos a casa.

Emergiendo gradualmente de un profundo sueño, Lottie percibió extraños ruidos en la casa. Creyendo que quizás eran los restos de un sueño, parpadeó y se incorporó despacio en la cama. Era medianoche y la habitación estaba a oscuras. De nuevo ahí estaba... un gruñido, una frase confusa, como si alguien estuviese discutiendo. Recordando que en ocasiones Nick tenía pesadillas, Lottie bajó de la cama. Encendió una lámpara y la llevó consigo.

Las sombras bailaban ante ella mientras se acercaba a la habitación de invitados donde dormía Nick. Deteniéndose en la puerta cerrada, dio unos golpecitos. No hubo respuesta. Al cabo de un momento oyó un crujido violento. Giró el pomo y entró en el dormitorio.

—¿Nick?

Estaba de bruces en la cama, con las sábanas revueltas. Respirando rápido, se sacudía y murmuraba con incoherencia, con el rostro brillando de sudor. Mirándole con confusa preocupación, Lottie se preguntó qué monstruos imaginarios podían hacer que su cuerpo se sacudiera de rabia, miedo o ambas cosas. Encendió la lámpara de la mesita de noche y se acercó a él.

—Nick, despierta. Sólo es un sueño. —Le tocó el hombro con suavidad—. Nick...

De repente Nick se volvió, la agarró y la atrajo con violencia hacia la cama. Ella soltó un grito de espanto. En un instante estuvo encima de ella, ciñéndola con sus poderosos muslos. Oyendo un gruñido gutural, Lottie miró hacia arriba y vio el desencajado rostro de Nick y su enorme puño retroceder como para golpearla.

—¡No! —gimió Lottie, cubriéndose la cara con los brazos.

El golpe nunca tuvo lugar. De pronto todo quedó en calma. Temblando, Lottie bajó los brazos y vio cómo cambiaba el rostro de Nick, con la máscara de su pesadilla cediendo y la cordura y la conciencia regresando poco a poco a su expresión. Estaba pálido y bajó el puño, observándolo. Luego su mirada se desplazó a la esbelta figura de Lottie, y la furia y el terror en sus ojos la hicieron encogerse.

—Podría haberte matado —gruñó, sus blancos dientes brillando como los de un animal—. ¿Qué haces aquí? ¡Nunca me toques cuando estoy durmiendo, maldita sea!

—No sabía... yo... por el amor de Dios, ¿qué estabas soñando?

Nick se apartó en un ágil movimiento y abandonó la cama, jadeando.

—Nada. Nada en absoluto.

—Creía que necesitabas algo...

—Todo lo que necesito es que te alejes de mí —repuso con brusquedad. Cogiendo la ropa de una silla se puso deprisa los pantalones.

Lottie se sentía agredida. Odiaba que sus palabras tuviesen la fuerza de herirla, pero estaba angustiada por él, deseando que no tuviese que padecer ese tormento solo.

—Sal de aquí —dijo Nick, poniéndose la camisa y el abrigo, olvidándose del chaleco y la corbata.

—¿Te vas? —preguntó Lottie—. No es necesario. Vuelvo a la cama y...

—Sí, me voy.

—¿Adónde?

—No lo sé. —Ni siquiera la miró cuando recogió sus calcetines y zapatos—. Y no me preguntes cuándo volveré. Eso tampoco lo sé.

—Pero ¿por qué? —Lottie se acercó a él—. Nick, por favor, quédate y dime...

Nick le lanzó una mirada de advertencia, con los ojos brillantes de un animal herido.

—Te he dicho que te vayas.

Sintiendo que la sangre abandonaba su rostro, Lottie

asintió y se dirigió a la puerta. Deteniéndose en el umbral, habló sin mirar atrás.

—Lo siento.

Nick no contestó.

Ella se mordió el labio, maldiciéndose mientras sentía aflorar las lágrimas. Salió deprisa, retirándose a su habitación con la moral hecha trizas.

Nick no volvió en todo el día siguiente. Ansiosa y confusa, Lottie intentó buscar maneras de ocupar el tiempo. Sin embargo, ninguna distracción conseguía borrar su preocupación. Dio un largo paseo con un lacayo, cosió, leyó y ayudó a la señora Trench a hacer velas de sebo.

El ama de llaves y el servicio se mostraban amables y deferentes con Lottie. Era predecible que no se mencionase una palabra sobre la noche anterior, aunque todos sabían que algo negativo había ocurrido. El servicio lo sabía todo, pero nadie admitiría nunca conocer los detalles íntimos de la vida de su amo.

Preguntándose a dónde había ido su marido, Lottie temió que hubiera hecho algo temerario. Se consolaba pensando que sabía cuidar de sí mismo, pero eso no aliviaba su aflicción. Nick había estado muy deprimido, y ella sospechaba que su enfado tenía que ver con el miedo a haberla podido herir.

Sin embargo, ella era su esposa y merecía algo más que ser abandonada sin ninguna explicación. El día era inexorablemente largo, y Lottie se sintió aliviada cuando por fin llegó la noche. Después de cenar sola, tomó un largo baño, se puso un blanco y fresco vestido de noche y leyó el periódico hasta que se sintió capaz de dormir. Exhausta por los interminables círculos de sus pensamientos y el tedio de las pasadas horas, cayó en un sueño profundo.

Mucho antes de amanecer, se despertó de la gruesa neblina de su sueño al no sentir encima el peso de las sábanas. Percibió una sólida presencia detrás de ella y cómo el colchón se hundía ligeramente. «Nick», pensó en un alivio soñoliento, bostezando mientras se volvía hacia él. La habitación estaba tan oscura que apenas podía distinguirlo. La calidez familiar de las manos de Nick le presionaban la espalda, una mano descansando con suavidad en el centro de su pecho... y luego le puso las muñecas por encima de la cabeza.

Lottie murmuró sorprendida, despertándose del todo mientras notaba que Nick le ataba algo en las muñecas. Antes de que se diera cuenta de qué estaba ocurriendo, los nudos quedaron bien atados en el cabezal, estirándola con firmeza debajo de él. Lottie dejó de respirar, perpleja. Nick se movió encima, agachándose como un gato y respirando agitadamente. Tocó el cuerpo de Lottie sobre el velo de su camisón, deslizando los dedos por debajo de la curva del pecho, la sinuosidad de la cintura, el montículo de la cadera y el muslo. Nick desplazó todo su peso y con la boca buscó los senos, humedeciendo el camisón, lamiendo el erecto pezón. Estaba desnudo, rodeándola con el aroma y el calor de la piel varonil.

Confusa, Lottie se dio cuenta de que quería poseerla así, con las manos atadas al cabezal. La idea la estremeció. No le gustaba que la dominaran en ningún sentido. Pero al mismo tiempo comprendió qué quería él: su vulnerabilidad, su absoluta confianza, saber que podía hacerle todo lo que quisiera sin restricciones... Nick pasó la lengua por el distendido pezón, excitó más la dura punta con largas lamidas y sorbió con fuerza a través de la húmeda tela hasta que Lottie jadeó. Le rogó en silencio que le quitara el camisón, pero él sólo se deslizó hacia abajo por su cuerpo, abrazándola con sus musculosos brazos.

Palpando uno de los nudos que le sujetaban las muñecas, Lottie descubrió que Nick había usado sus medias de seda. La ligera tensión en los brazos de Lottie parecía intensificar su respuesta hacia él, una sensación que recorría su cuerpo en descargas eléctricas.

La boca de Nick estaba en su estómago, y su respiración

ardía a través del delicado camisón. Le mordisqueó el cuerpo con lánguidas caricias, mientras el ritmo de su respiración traicionaba su excitación. Le abrió los muslos con las manos y colocó con delicadeza la boca entre sus piernas, contra el tejido de algodón. Lottie se estiró hacia él, abriendo y cerrando los dedos con desesperación, hincando los talones en el colchón. Nick jugueteaba con ella a placer, y luego volvió a ascender para encontrarle los senos, besándola y acariciándola a través del camisón hasta que Lottie pensó que se volvería loca si no se lo quitaba. Cada milímetro de su piel estaba hipersensible, y el roce de la fina tela parecía calentarla de manera insoportable.

—Nick —dijo frenéticamente—. El camisón. Quítamelo, por favor, quítame...

Nick la acalló poniéndole dos dedos ligeramente contra los labios. El pulgar frotó la curva de su mejilla en una suave caricia. Tomando el dobladillo del camisón, Nick tiró hacia arriba y se lo subió por encima del pecho, encallándose ligeramente en las firmes puntas de los pezones. Ella sollozó de gratitud.

La mano de Nick se deslizó por el estómago de Lottie hasta la tierna vulva. Acarició con la yema del dedo el rizado vello, encontró la generosa humedad y mimó la ardiente y delicada carne. Lottie abrió las piernas, palpitando con anticipación. Emitió un sollozo de súplica cuando Nick apartó la mano. La punta de su dedo índice resiguió el sensible labio exterior de Lottie. El dedo estaba mojado con el salado elixir del cuerpo de Lottie, dejando la fragancia allí donde tocaba. De repente el olfato de Lottie se llenó del aroma de su propio despertar, llenándole los pulmones cada vez que inspiraba.

Nick la volvió de espaldas, recorriéndole los brazos con las manos para comprobar la tensión de ambos. Luego apoyó el cuerpo contra el suyo, acariciándole la nuca con la boca. Lottie reculó, presionándole con las nalgas la hinchada verga. Quería tocarlo, girarse, acariciarle el áspero vello pectoral, sopesar su duro sexo y dejar que el grueso cipote palpitara contra sus dedos. Pero estaba maniatada, y su única opción era esperar el placer que le proporcionase Nick.

Nick metió un brazo debajo de las piernas, levantándola ligeramente, y ella sintió la punta hinchada de su sexo empujar en su interior. Sólo la penetró un centímetro, jugando con ella, haciéndole lagrimear de anhelo. Lottie tembló, suplicando con gemidos mientras él le besaba la nuca. Con el glande alojado justo en la entrada, él le pasó la mano por todo el cuerpo... un exquisito tirón en el pezón, una caricia circular en el ombligo. Gradualmente sus caricias fueron hurgando con delicadeza en la mata de rizos.

Sudando y gimiendo, Lottie se retorcía contra los dulces y provocadores dedos de Nick. De pronto la verga se deslizó por todo su interior, llenándola por completo, y dio un agudo grito, sacudiéndose con temblores de deseo.

Nick esperó hasta que ella calló. Empezó a embestirla, con movimientos firmes y deliberados, inundándola de placer. Lottie respiraba suspirando con la boca abierta, y sus muñecas tensaban los nudos sedosos, cuando llegó al clímax otra vez con un largo y estremecedor gemido. Entonces Nick empujó más fuerte, su pubis chocando contra el de Lottie en deliciosos impactos, mientras respiraba con precipitación apretando los dientes. La cama se sacudía con los movimientos, y Lottie se sintió vulnerable y fuerte a la vez, poseyéndolo con tanto anhelo como él lo hacía con ella y con el corazón latiendo contra la mano de Nick, mientras sus cuerpos se fundían. Nick la embistió hasta el fondo, con el miembro agitándose y latiendo, y se quedó inmóvil, jadeando contra el cuello de su mujer.

Durante un largo rato estuvo tumbada bajo su cuerpo grande y firme, hasta que él le liberó las muñecas, las frotó con suavidad y la volvió para mirarla a los ojos. Ella pensó que esa noche iban a dormir juntos; se estremeció de deseo. De repente no había nada más deseable que tenerlo en la cama una noche entera. Pero al final Nick se levantó, inclinándose para besarle el pecho, pasando la lengua alrededor del tierno pezón.

Cuando él abandonó la cama, Lottie se mordió el labio para no pedirle que se quedara, sabiendo que se negaría como de costumbre. La puerta se cerró, dejándola sola. Y aunque su cuerpo estaba saciado y agotado y le hormigueaba agradablemente, sintió aflorar las lágrimas. Sentía lástima... no por ella, sino por él. Y deseaba la peligrosa necesidad de consolarlo, aunque Nick se ofendería si ella lo hiciera. Y por último, una profunda ternura por un hombre que apenas conocía, un hombre que necesitaba ser rescatado mucho más de lo que ella había necesitado.

A la mañana siguiente llegó un paquete de sir Ross que contenía un fajo de documentos con elaborados sellos y una invitación a un baile que se celebraría la semana siguiente. Cuando Lottie entró en el comedor Nick estaba sentado solo en la mesa, con el plato del desayuno a medio terminar. Apartó el grueso documento que estudiaba y se levantó de la silla, mirando a su esposa sin pestañear.

Lottie sintió que se ruborizaba. Por las mañanas, después de una noche apasionada, Nick a menudo le hacía bromas, o sonreía mientras hacía cualquier comentario para aligerar el embarazo de Lottie. Sin embargo, hoy su semblante estaba tenso y tenía los ojos tristes. Algo había cambiado entre ellos, la frescura de sus antiguas relaciones había desaparecido.

Lottie hizo un gesto hacia el documento.

—¿Ha llegado?

No había necesidad de aclarar qué era.

Nick asintió secamente, con la mirada puesta de nuevo en el documento.

Luchando por mantener una apariencia de normalidad, Lottie fue al aparador y se sirvió de los platos cubiertos. Nick esperó que se sentara en la silla de al lado y él hizo lo propio. Observó los restos de su desayuno con una concentración inusual, mientras una doncella servía a Lottie una taza de humeante té. Guardaron silencio hasta que la doncella abandonó la sala.

—El baile se celebrará el próximo sábado —dijo Nick con brusquedad y sin mirarla—. ¿Para entonces tendrás un vestido apropiado?

—Sí. Ya tengo lo necesario para la ocasión, aunque tendré que hacer algunos pequeños cambios.

—Bien.

—¿Estás enfadado?

Nick tomó un cuchillo y lo observó con ceño, pasando el filo por la yema de su calloso pulgar.

—Empiezo a sentirme extrañamente resignado a la situación. Ahora la noticia ha salido de las oficinas de la Corona y del lord canciller. Se ha puesto todo en marcha, y ya nadie podrá detenerlo. Sir Ross nos presentará en el baile como lord y lady Sydney... y a partir de entonces Nick Gentry habrá muerto.

Lottie le miró.

—Quieres decir que el nombre nunca más se utilizará —dijo—. Tú estarás mucho más vivo como lord Sydney. ¿Empiezo a llamarte John en privado?

Nick torció el gesto y dejó el cuchillo en la mesa.

—No. Seré Sydney para el resto del mundo, pero en mi propia casa responderé al nombre que yo quiera.

—Muy bien... Nick. —Lottie removió un terrón de azúcar en su té y sorbió la caliente y dulce infusión—. El nombre te ha servido durante muchos años, ¿verdad? Me atrevería a decir que le has dado mucha más fama que el Gentry original.

Ese comentario le valió una mirada singular de Nick, de algún modo reprendiendo y suplicando al mismo tiempo. Una repentina revelación pasó por la mente de Lottie: el auténtico Nick Gentry, el chico que había muerto de cólera en el barco-prisión, estaba en el corazón del secreto que atormentaba a su marido. Lottie miró su té, esforzándose por sonar natural mientras preguntaba.

—¿Qué aspecto tenía? Todavía no me lo has contado.

—Era huérfano, y a su madre la colgaron por robar. Vivió en las calles la mayor parte de su vida, empezando como vela de pastel y más tarde reuniendo a su propia banda de diez.

—¿Vela de pastel? —repitió Lottie, confusa.

—Quien roba comida para sobrevivir. Es lo más bajo entre lo más bajo, exceptuando los mendigos. Pero Gentry aprendió deprisa y se convirtió en un ladrón profesional. Al final lo atraparon robando una casa y lo condenaron a prisión.

—Y luego os hicisteis amigos —se adelantó Lottie.

La expresión de Nick se hacía distante a medida que los recuerdos enterrados durante tanto tiempo revivían el pasado.

—Era fuerte, astuto, con los instintos agudizados por haber vivido tantos años en la calle. Me enseñaba cosas necesarias para sobrevivir en la goleta... a veces me protegía.

—¿De qué te protegía? —susurró Lottie—. ¿De los guardianes?

Nick pareció volver al presente. Se miró la mano, que agarraba el tenedor con demasiada fuerza. Dejó el brillante cubierto sobre la mesa y apartó su silla.

—Salgo fuera un rato —dijo inexpresivamente—. Espero verte esta noche para cenar.

Lottie respondió con cautela, con el mismo tono neutro:

—Muy bien. Que tengas un día agradable.

Durante la semana siguiente, los días y las noches producían vértigo por su contraste. Las horas diurnas de Lottie estaban ocupadas con recados y pequeñas cuestiones prácticas. Nunca estaba segura de cuándo vería a Nick, pues él iba y venía a su voluntad. En las cenas hablaban de las reuniones que había tenido con inversionistas y banqueros, o de sus ocasionales visitas a Bow Street, ya que sir Grant en ocasiones le consultaba sobre antiguos casos. Durante el día, su trato era cordial, la conversación era agradable, pero no obstante algo impersonal.

Sin embargo, las noches eran otra cosa. Nick le hacía el

amor con una intensidad casi desesperada. Le hacía cosas que la sorprendían, sin dejarle a salvo ninguna parte del cuerpo. A veces su pasión amorosa era precipitada y visceral, pero otras veces era lánguida y lenta, y ambos se mostraban reacios a terminarla. También había inesperados momentos de humor en que Nick jugueteaba con ella, la excitaba, y le pedía que probara posiciones tan indignas que Lottie no podía evitar ruborizarse.

Sin embargo, cada día les acercaba más al momento en que sir Ross anunciaría el cambio en sus vidas. Lottie sabía cuánto detestaba aquel baile su marido, y que los meses posteriores serían difíciles mientras Nick intentara adaptarse a las nuevas circunstancias. No obstante, estaba segura de que podría ayudarle. Al casarse no hubiera sospechado que él podría necesitarla alguna vez, y tampoco que a ella le agradaría ayudarlo. Y sin embargo se sentía como una buena compañera, una amiga... y a veces, durante unos momentos, una esposa.

Cuando finalmente llegó la noche del baile, Lottie se sentía agradecida de haber aceptado el consejo de Sophia, que la había ayudado a elegir estilos juveniles pero elegantes, con tonos suaves que la hacían sumamente atractiva. El vestido que Lottie había decidido ponerse era de satén azul pálido cubierto de un tul blanco, con un atrevido escote que dejaba desnudos los hombros. Lottie estaba en el dormitorio, dejando que la señora Trench y Harriet le pusieran el vestido por la cabeza y la ayudaran a meter los brazos en las hinchadas mangas de rígido satén. Era un vestido más bonito que cualquiera que hubiese visto en las fiestas de Hampshire. Pensando en el baile al que estaba a punto de asistir y en la reacción de Nick cuando la viese, Lottie estaba casi mareada por la emoción.

Su silueta estaba sin duda realzada por el hecho de que se había ceñido el corsé con una tirantez inusual para permitir que la señora Trench le pusiera el elegante vestido. Lottie se miró en el espejo mientras las dos mujeres le ajustaban la prenda. El tul transparente tenía bordadas blancas rosas de seda. Los zapatos blancos de satén, los largos guantes de cabritilla y un fular de gasa bordada eran los toques finales, haciendo que Lottie se sintiera como una princesa. El único defecto era su rizado y rebelde cabello. Después de varios intentos de hacerse una masa de tirabuzones sujetados con horquillas, Lottie optó por un simple recogido trenzado sobre la cabeza, rodeado de generosas rosas blancas.

Cuando Harriet y la señora Trench dieron un paso atrás para ver el resultado final de su trabajo, Lottie rió y se giró, haciendo que las faldas azules ondearan debajo del flotante tul blanco.

—Está muy bella, señora —comentó el ama de llaves con obvia satisfacción.

Lottie la miró con una sonrisa. Como Nick no había hecho ningún comentario al servicio sobre la recuperación de su nombre y título familiar, había correspondido a Lottie revelarle los orígenes nobles de su amo. Una vez superada su perplejidad inicial, el servicio parecía más que encantado por el cambio. Si iban a convertirse en el personal de una casa aristocrática, su propio estatus sería más elevado.

—Gracias, señora Trench —contestó Lottie—. Como siempre, ha estado impagable esta noche. No podríamos salir adelante sin usted, sobre todo en los próximos días.

—Sí, señora. —El ama de llaves sabía muy bien lo que le esperaba. Como habían hablado con anterioridad, habría que reorganizar la casa, con al menos treinta empleados para empezar. La señora Trench sería la máxima responsable de la selección y contratación del nuevo personal.

Lottie abandonó la habitación haciendo susurrar el vestido. Cuando bajaba por la escalera principal vio a Nick esperando en la entrada de la sala, tan tenso como una pantera a punto de atacar. Iba vestido elegantemente con un abrigo oscuro, chaleco plateado y una corbata negra de seda. Con su cabello castaño oscuro pulcramente peinado y el rostro brillante por el perfecto afeitado, se le veía viril y apuesto.

Giró la cabeza hacia ella, y de repente su impaciencia fue sustituida por una expresión de espasmo.

Lottie sintió un arrebato de alegría y se tomó su tiempo para llegar hasta él.

—¿Parezco una vizcondesa? —preguntó.

Nick torció los labios con ironía.

—Ninguna condesa que haya visto se parece a ti, Lottie.

Ella sonrió.

—¿Eso es un cumplido?

—Oh, sí. De hecho... —Tomó su mano enguantada y la ayudó a bajar el último escalón. Sostuvo la divertida mirada de Lottie entrelazando los dedos con los suyos, y respondió la ligera pregunta con una gravedad que aturdió a Lottie—: Eres la mujer más hermosa del mundo —dijo con voz ronca.

—¿Del mundo? —repitió ella riéndose.

—Cuando digo que eres la más hermosa —dijo Nick— no admito réplicas. Excepto añadir que la única manera en que podrías ser más hermosa es desnuda.

Lottie se rió de la agudeza.

—Me temo que tendrás que asumir que esta noche voy a estar enteramente vestida.

—Durante el baile —replicó él, y tiró de la punta de los dedos del guante izquierdo de Lottie, soltándolos uno por uno.

—¿Qué haces? —preguntó ella.

Los ojos azules de Nick la pusieron en tensión.

—Sacarte el guante.

—¿Para qué?

—Para admirar tu mano. —Dejó el guante sobre el pasamanos de la escalera y levantó los finos dedos de Lottie hasta su boca. Ella observó cómo los besaba uno a uno, y sintió sus cálidos labios en la piel. Cuando Nick terminó con un suave beso en el centro de la palma, el brazo de Lottie hormigueaba. Bajándole la mano, Nick la observó—. Hace falta algo, —dijo, y hurgó en un bolsillo—. Cierra los ojos.

Lottie obedeció con una ligera sonrisa. Sintió algo frío y pesado deslizarse por el anular hasta la base del dedo. Abrió los ojos y se quedó sin respiración. El anillo era un enorme zafiro en forma de cúpula, de un azul similar a la oscura y brillante profundidad de los ojos de su marido. La joya estaba tallada en oro y rodeada por diminutos diamantes. Sin embargo, lo que hacía que el zafiro destacase tanto era la destellante estrella que refulgía en su sedosa superficie. Perpleja, Lottie miró a Nick.

—¿Te gusta? —preguntó él.

Lottie no encontraba palabras. Le aferró la mano, boqueando hasta conseguir hablar.

—Nunca había visto nada tan precioso. No me esperaba algo así. ¡Oh, qué generoso eres! —Impulsivamente le lanzó los brazos al cuello y le besó la mejilla.

Nick la estrechó y ella sintió su cálida respiración, mientras una mano se desplazaba con delicadeza por la espalda cubierta de encajes.

—¿No sabes que te daría todo lo que quisieras? —musitó él—. Cualquier cosa.

Temiendo que su expresión la delatase, Lottie siguió abrazada a él. Nick sin duda había hablado sin pensar. Él se irguió, como si hubiese reparado en lo que acababa de decir, y dio un paso atrás. Lottie vio la cuidada blancura de su rostro, y permaneció en silencio, cediéndole el control del momento. Nick meneó la cabeza mientras se esforzaba por recuperar la compostura. Cuando su mirada volvió a ella, sus ojos parecían burlarse de sí mismo.

—¿Nos vamos, lady Sydney?

—Sí —susurró ella, y tomó el brazo que le ofrecía.

Sir Ross había convencido a un amigo de la más alta sociedad, el mismo duque de Newcastle, para que fuera el anfitrión del baile en el cual el largamente desaparecido lord Sydney sería presentado. El duque y la duquesa eran una pareja distinguida y respetada, y estaban casados desde hacía cuarenta años. Sus intachables reputaciones serían bastante útiles en esa situación, ya que un hombre tan infame como Nick sin duda necesitaría patrocinadores que estuvieran fuera de toda duda.

La casa del conde se caracterizaba por ser lo que con delicadeza se denominaba una casa «importante», y tenía unas dimensiones tan impresionantes que los visitantes a menudo se perdían en su laberinto. Había innumerables salones, salas para el desayuno, para la cena, para tomar café, una biblioteca, dos comedores y una sala para la caza, despachos, salitas para fumar o para escuchar música. El salón principal tenía un suelo de parquet bien pulido que reflejaba la luz de media docena de barrocas arañas colgadas dos pisos más arriba. Alineada con galerías con balcón arriba y abajo, el enorme salón ofrecía muchos rincones de privacidad para la charla y la intriga.

Al baile asistieron unos quinientos invitados, muchos de ellos elegidos por su destacado estatus social. Como Sophia le había comentado con sequedad a Nick, las invitaciones para ese evento tan especial se habían convertido en un signo de distinción tan importante que nadie se atrevería a no asistir.

Nick expresó un adecuado agradecimiento cuando le presentaron al duque y a la duquesa, los cuales habían conocido a sus padres.

—Me recuerdas mucho a tu difunto padre —comentó la duquesa cuando Nick se inclinó sobre su mano enguantada.

Era una mujer menuda pero elegante, de cabello plateado y adornado con una diadema de diamantes, y el cuello cargado con tantas perlas que amenazaban con hacerle perder el equilibrio.

—Si no supiera de quién eres hijo —continuó la duquesa— lo habría adivinado con sólo mirarte. Esos ojos... sí, sin duda eres un Sydney. Qué tragedia haber perdido de golpe a tus padres. Un accidente náutico, ¿no es así?

—Sí, su excelencia. —Como habían contado a Nick, su madre se había ahogado cuando su embarcación volcó durante una fiesta en el río. Su padre había muerto intentando salvarla.

—Una gran pena —dijo la duquesa—. Una pareja tan devota, los recuerdo bien. Pero quizá fue una bendición que se fueran juntos.

—Sin duda —afirmó Nick con suavidad, ocultando su irritación. Durante los días posteriores a la muerte de sus padres había oído el mismo sentimiento innumerables veces. Por desgracia, ninguno de los hijos de Sydney había compartido ese sentimiento romántico, deseando por el contrario que al menos uno de los dos hubiese sobrevivido. Nick clavó la mirada en su hermana, que estaba cerca con sir Ross. Oyendo el comentario de la duquesa, los ojos de Sophia se habían estrechado ligeramente, intercambiando una sonrisa triste con Nick.

—Su excelencia —dijo Lottie, aligerando el momento—. Qué amable es ofreciéndonos su hospitalidad. Lord Sydney y yo nunca olvidaremos su generosidad en esta ocasión especial.

Adulada, la duquesa se entretuvo hablando con Lottie unos momentos, mientras el duque le dedicaba a Nick una sonrisa de felicitación.

—Una brillante elección como esposa, Sydney —comentó el anciano—. Serena, natural y muy encantadora. Eres un hombre afortunado.

Nadie habría dudado de ello, y menos Nick. Lottie se estaba mostrando como toda una revelación esa noche, con su vestido a la moda pero sin ser demasiado sofisticado, su sonrisa fácil, su postura tan regia como la de una joven reina. Ni la magnificencia del entorno ni los cientos de curiosas miradas parecían alterar su compostura. Estaba tan impecable e inmaculadamente bella que nadie podía adivinar su firmeza de carácter, y menos que era la clase de joven que había desafiado a sus padres y vivido sola durante dos años... la clase de mujer que podía plantarle cara a un habitual agente de Bow Street.

Mientras el duque seguía recibiendo invitados, la duquesa continuaba hablando con Lottie.

Sophia se acercó a Nick sutilmente, usando el abanico para ocultar los labios mientras le murmuraba:

—Ya te lo dije.

Nick sonrió con ironía, recordando la afirmación de su hermana de que Lottie le resultaría muy valiosa.

—Ésas son sin duda las cuatro palabras más irritantes de la lengua inglesa, Sophia.

—Es una criatura encantadora, y demasiado buena para ti —le informó su hermana con la diversión bailando en sus ojos.

—Nunca he afirmado lo contrario.

—Y parece que le importas. Así que yo de ti no despreciaría mi buena suerte.

—Le importo —repitió Nick a conciencia, percibiendo una repentina aceleración del pulso—. ¿Por qué dices eso?

—Bien, el otro día ella... —Se interrumpió al ver una pareja recién llegada—. ¡Oh, pero si es lord Farrington! Perdóname, querido, pero lady Farrington estuvo enferma el mes pasado y quiero preguntarle cómo se encuentra.

—Espera —le pidió Nick—. ¡Termina lo que ibas a decir!

Pero Sophia ya se había alejado acompañada de sir Ross, dejando que a Nick le consumiera la frustración.

Cuando Lottie se libró de las atenciones de la duquesa, tomó el brazo de Nick y ambos se mezclaron con los invitados. Lottie era hábil en la ligera conversación social, hablando afablemente pero sin implicarse en ninguna discusión, moviéndose con gracia entre los invitados y saludando a gente que había conocido en anteriores ocasiones. Estaba claro que si Nick la hubiese dejado sola para unirse a sus amigos en las salas de fumar y de billares, Lottie se habría sentido a sus anchas. Sin embargo, como veía el número de miradas codiciosas que seguían cada movimiento de su esposa, permanecía muy cerca de ella, apoyándole ocasionalmente la mano en la espalda, en un gesto territorial bien entendido por todos los hombres.

Una animada melodía llenó el aire, ejecutada por una orquesta cuidadosamente oculta tras un bosquecillo de plantas en macetas en una de las galería superiores. Cruzando el abarrotado salón, Lottie coqueteó discretamente con Nick, dándole en el pecho golpecitos provocadores e irguiéndose para susurrarle al oído hasta que sus labios le acariciaron el lóbulo. Algo excitado y fascinado por completo, Nick olió el aroma de rosas blancas de su cabello y estuvo lo bastante cerca para distinguir los discretos polvos perfumados que le cubrían el suave valle entre los senos.

De repente un pequeño grupo de mujeres atrajo la atención de Lottie. Dos de ellas la observaban con excitación.

—Nick, ahí hay unas amigas que no veía desde que abandoné Maidstone. Iré a hablar con ellas... ¿Por qué no te unes a esos amigos tuyos? Sin duda no querrás oír cháchara sobre nuestros días escolares.

A Nick le disgustó el claro deseo de su esposa de librarse de él.

—Bien —dijo con sequedad—. Iré a la sala de billares.

Lottie le dedicó una sugestiva mirada entrecerrando los ojos.

—¿Prometes venir a buscarme para el primer vals?

Dándose cuenta de que le estaba manipulando con habilidad, Nick murmuró su aprobación y la vio alejarse hacia el grupo de mujeres que esperaban. Para su aturdimiento, se quedó allí de pie sintiéndose desprotegido. Estaba tan subyugado por Lottie que apenas podía pensar con claridad. Él, siempre seguro de sí mismo, estaba en peligro de ser dominado por su propia esposa. Meditando sobre esa alarmante constatación, oyó la profunda voz de su cuñado junto a él.

—Eso le ocurre al mejor de nosotros, Sydney.

Nick se giró para encarar a sir Ross. Misteriosamente, éste parecía entender con exactitud lo que sentía. Sus ojos grises brillaban de diversión.

—No importa la fuerza de nuestra resolución, al final nos encontramos esclavizados por la compulsiva preferencia por una mujer particular. Te han atrapado, amigo mío. Será mejor que lo aceptes.

Nick no se molestó en negarlo.

—Y eso que me creía más astuto que tú —murmuró.

Sir Ross rió con ironía.

—Prefiero pensar que la inteligencia no tiene nada que ver con ello. Ya que si la inteligencia de un hombre se midiese por su habilidad para mantenerse al margen del amor, sería el mayor idiota vivo.

La palabra amor hizo vacilar a Nick.

—¿Qué me costaría hacerte cerrar la boca, Cannon?

—Una copa de Cossart-Gordon de 1805 probablemente lo conseguiría —bromeó su cuñado—. Y si no estoy equivocado, acaban de sacar una caja en la sala de billares.

—Vamos allá —dijo Nick, y salieron juntos del salón de baile.

—¡Lottie Howard! —Dos jóvenes se precipitaron hacia ella y la abrazaron, riendo de alegría. Si no hubiese sido por su estricta instrucción en Maidstone, las tres habrían chillado de la forma más impropia.

—Oh, Samantha —dijo Lottie con emoción, mirando a la alta y atractiva morena que siempre había sido una especie de hermana mayor para ella—. ¡Y Arabella! —Arabella Markenfield tenía exactamente el mismo aspecto que en la escuela, bonita y un poco regordeta, con rizos pelirrojos perfectamente arreglados en su frente de porcelana.

—Ahora soy lady Lexington —la informó Samantha con orgullo—. Atrapé nada menos que a un conde, con una buena y magnífica fortuna. —Deslizando un brazo por la cintura de Lottie, la hizo girar ligeramente—. Está justo allí, junto a las puertas del jardín. El alto y con incipiente calvicie. ¿Le ves?

Lottie asintió viendo a un caballero de aspecto taciturno que no aparentaba más de cuarenta años, con grandes ojos algo desproporcionados para su larga y estrecha cara.

—Parece un caballero muy agradable —comentó.

Samantha rió.

—Muy delicada, querida. Soy la primera en admitir que el conde no es demasiado atractivo, y que carece de sentido del humor. Sin embargo, los hombres con sentido del humor a menudo tienden a destrozarte los nervios. Y él es un caballero impecable.

—Me alegro mucho —dijo Lottie con sinceridad, sabiendo por las viejas conversaciones con Samantha que esa clase de matrimonio era lo que ella deseaba—. ¿Y tú, Arabella?

—Me casé con un Seaforth el año pasado —contó Arabella y soltó una risita nerviosa—. Estoy segura de que has oído hablar de ellos... Te acordarás que una de las hijas iba a la clase enfrente de la nuestra...

—Sí —dijo Lottie, recordando que los Seaforth eran una gran familia sin título pero con unas considerables tierras de cultivo—. No me digas que te has casado con su hermano Harry...

—¡Exacto! —los rizos de la chica bailaron alegremente sobre su frente mientras continuaba con gran animación—. Harry es bastante guapo, aunque ha engordado como un tonel desde nuestra boda. Es siempre tan encantador. Claro que nunca tendré un título, pero hay compensaciones... mi propio carruaje, una auténtica doncella francesa, ¡no una de esas doncellas *cockney* que lanzan un *si-vu-pleit* o un *bon-jú* de vez en cuando! —Se rió de su propia ironía, y recuperó la compostura para observar a Lottie con curiosidad—. Querida Lottie, ¿es verdad que ahora eres lady Sydney?

—Sí. —Lottie miró en dirección a su marido, que cruzaba el salón en compañía de sir Ross, las largas piernas de ambos acompasadas. Sintió un inesperado arrebato de orgullo al verle tan viril y agraciado, con su decidido aspecto mostrándose en plenitud con aquella elegante ropa de noche.

—Es guapo como el demonio —comentó Samantha, siguiéndole la mirada—. ¿Es tan perverso como dicen, Lottie?

—En absoluto —mintió Lottie—. Lord Sydney es un caballero tan apacible y atento como cualquier otro.

En ese momento Nick miró en su dirección y su ardiente mirada la envolvió, amenazando convertir su ropa en cenizas. Sabiendo lo que significaba esa mirada y qué ocurriría después del baile, Lottie sintió una profunda emoción y luchó por mantener la compostura.

Mientras tanto, Samantha y Arabella habían abierto sus abanicos y los utilizaban con vigor.

—Cielo santo —exclamó Samantha en voz baja—, la forma como te mira es claramente indecente, Lottie.

—No sé a qué te refieres —dijo Lottie con coquetería disimulada, aunque las mejillas le ardían.

Arabella se rió detrás de su abanico de seda.

—La única vez que he visto esa expresión en la cara de mi Harry es cuando le sirven un plato de *pudding* de Yorkshire.

Los oscuros ojos de Samantha estaban llenos de interés.

—Tenía la impresión de que pertenecías a lord Radnor, Lottie. ¿Cómo escapaste de él? ¿Y dónde has estado estos últimos dos años? Y lo más importante, ¿cómo conseguiste atrapar a un hombre como Nick Gentry... y es un fraude ese asunto del lord desaparecido?

—No —dijo al instante Lottie—. Él es de verdad lord Sydney.

—Cuando te casaste, ¿sabías que era vizconde?

Bueno, no. Lottie se esforzó por dar la explicación más sencilla—. Para empezar, ya sabéis que dejé la escuela para evitar casarme con lord Radnor...

—El escándalo definitivo de Maidstone —interrumpió Arabella—. Me han dicho que todavía hablan de ello. Ningún profesor ni empleado podía imaginar que la dulce y obediente Charlotte Howard desaparecería de esa forma.

Lottie se sintió incómoda por un instante. No estaba en absoluto orgullosa de sus acciones, simplemente no había tenido otra alternativa.

—Para evitar que me encontrasen, cambié de nombre y fui a trabajar como dama de compañía para lady Westcliff, en Hampshire...

—¿Trabajaste? —exclamó Arabella asombrada—. Caramba, cómo debes de haber sufrido...

—No más de la cuenta —replicó Lottie con una irónica

sonrisa—. Los Westcliff eran amables, y me gustaba bastante la duquesa viuda. Fue cuando estaba trabajando para ella que conocí al señor Gentry... eh, lord Sydney. Se me declaró poco después de conocernos, y... —le pasó por la cabeza la imagen de aquella noche en la biblioteca de lord Westcliff, con la luz del fuego jugando sobre el rostro de Nick mientras se inclinaba hacia su pecho— acepté... —concluyó con precipitación, sintiendo enrojecer la cara.

—Hmmm. —Samantha sonrió ante el lapsus de Lottie, pareciendo adivinar la razón que había detrás—. Al parecer fue una proposición memorable.

—¿Tus padres se enfadaron mucho contigo? —preguntó Arabella.

Lottie asintió, reflejando con triste ironía que «se enfadaron» se quedaba corto para describir la reacción de su familia.

El rostro de Samantha se llenó de comprensión.

—No estarán enojados para siempre, querida —dijo con un pragmatismo más reconfortante que la compasión—. Si tu marido es la mitad de rico que lo que dicen los rumores, los Howard al final estarán más que contentos de reconocerle como yerno.

Las tres conversaron un rato, poniéndose al día y haciendo planes para verse pronto. Lottie no se daba cuenta del paso del tiempo hasta que oyó que la orquesta atacaba un nuevo vals popular llamado *Flores de primavera*, una melodía que de inmediato animó a un grupo de ansiosas parejas a evolucionar por el salón. Preguntándose si Nick recordaría bailar el primer vals con ella, Lottie decidió ir en su busca. Excusándose ante sus amigas, se dirigió a una de las galerías del primer piso, separada del salón de baile con barandillas de madera esculpida y enramadas de vegetación con rosas. Algunas parejas estaban absortas en conversaciones privadas, medio ocultas por los adornos florales, y Lottie desvió la mirada con una ligera sonrisa al pasar por delante de ellas.

La sobresaltó un repentino contacto en su brazo, y se detuvo en seco, esperando que Nick la hubiera encontrado. Pero al bajar los ojos hacia la creciente presión en su muñeca enguantada, no vio la mano de Nick. Unos largos y casi esqueléticos dedos le rodeaban la muñeca, y con un súbito y frío horror oyó la voz que había frecuentado sus pesadillas durante años:

—¿Creías que podrías olvidarme para siempre, Charlotte?

12

Preparándose para resistir, Lottie miró el rostro de Arthur, lord Radnor. El tiempo le había cambiado mucho, como si en lugar de dos años hubiesen pasado diez. Su palidez era sobrenatural y las oscuras cejas y los ojos resaltaban en un contraste inquietante. Profundos surcos de amargura dividían su rostro en secciones angulares.

Lottie había sabido lo inevitable que sería encontrarse con lord Radnor algún día. En el fondo de su mente había asumido que él la miraría con odio. Pero lo que vio en sus ojos era mucho peor. Anhelo. Una voracidad que no tenía nada que ver con el deseo sexual sino con algo aún más arrollador. Por instinto entendió que su deseo de poseerla sólo se había intensificado durante ese tiempo, y que su traición le había dado a Radnor la mortal resolución de un verdugo.

—Señor —le dijo con voz firme a pesar de que le temblaban los labios—. Es inapropiado. Suélteme, por favor.

Ignorando su petición, Radnor la llevó hacia el lado oculto de una columna cargada de vegetación, apretándole la muñeca hasta provocarle un morado.

Lottie lo acompañó con naturalidad, esperanzada en que su pasado no desembocaría en una escena que enturbiaría una noche tan importante para su marido. Era ridículo que se sintiera tan asustada en un salón lleno de gente. Sin duda Radnor no podría hacerle ningún daño. Sin embargo, de haber estado solos Lottie creía que él se hubiese sentido justificado como para estrangularla con sus propias manos.

Radnor la contempló de pies a cabeza.

—Dios mío, ¿en qué te ha convertido? Puedo oler la lujuria. Sólo el más fino barniz te separaba de los patanes provincianos de donde procedías, y ahora ha desaparecido por completo.

—En ese caso —replicó Lottie, con la mano inmovilizada— se alejará de mí para siempre, pues estoy segura de que no deseará contaminarse con mi presencia.

—Chiquilla estúpida —susurró Radnor, con un fuego frío en los ojos—. No puedes imaginar lo que has perdido. ¿Sabes lo que serías sin mí? Nada. Yo te creé. Yo te saqué de las cloacas de la sociedad. Iba a convertirte en una criatura agraciada y perfecta. Y en cambio me has traicionado y le has dado la espalda a tu familia.

—No pedí su mecenazgo.

—Pues con más razón deberías arrodillarte de gratitud ante mí. Me lo debes todo, Charlotte. Tu propia vida.

Ella vio que no tenía sentido discutir su enfermiza certeza.

—Sea como fuere —dijo con suavidad—, ahora pertenezco a lord Sydney. Usted no tiene ningún derecho sobre mí.

Lord Radnor torció la boca en una maliciosa sonrisa.

—Mi derecho sobre ti va más allá de unos insignificantes esponsales.

—Se ha engañado a sí mismo creyendo que podría comprarme como si yo fuese un objeto —repuso ella con desdén.

—Tu propia alma me pertenece —susurró Radnor, apretándole la muñeca hasta que sintió cómo cedían los delicados huesos y las lágrimas acudían a los ojos de Lottie—. La compré con mis propios recursos. He invertido en ti más de diez años de mi vida, y tendré mi compensación.

—¿Cómo? Soy la mujer de otro hombre. Y ahora no siento nada por usted (ni miedo ni odio), sólo indiferencia. ¿Qué puede recuperar de mí?

Cuando Lottie pensó que le iba a romper la muñeca, oyó un discreto gruñido a su espalda. Era Nick. Bajó secamente la mano entre ellos y provocó que lord Radnor soltase a Lottie con un lamento de dolor. La brusca liberación hizo que Lottie trastabillara hacia atrás, pero Nick la sujetó contra su pecho.

—No vuelvas a acercarte a ella, o te mataré. —Era una serena afirmación de un hecho.

—Cerdo insolente —repuso Radnor con voz ronca.

Desde la seguridad de los brazos de su marido, Lottie vio que su pálido rostro se ponía púrpura. Estaba claro que la visión de las manos de Nick sobre ella era más de lo que podía soportar. Nick le tocó la nuca y deslizó los dedos hasta los hombros, burlándose del conde a propósito.

—Muy bien —masculló Radnor—. Te dejo con tu degradación, Charlotte.

—Vete —ordenó Nick—. Y ahora.

Radnor se alejó, erguido con la justificada furia de un monarca derrocado.

Acariciándose su palpitante muñeca, Lottie vio que habían atraído bastantes miradas de las personas que pasaban por la galería. De hecho, algunos en el salón se daban perfecta cuenta de la escena.

—Nick... —susurró, pero él entró en acción antes de que ella necesitase decir nada más.

Sin apartar el brazo de la cintura de Lottie, llamó a un criado que pasaba con una bandeja de copas vacías.

—Usted —dijo—. Venga aquí.

El lacayo obedeció sin dilación.

—¿Sí, señor?

—Dígame dónde puedo encontrar una habitación privada.

El hombre pensó deprisa.

—Al final de ese pasillo hay una sala de música que ahora está desocupada, señor.

—Bien. Lleve allí un poco de brandy. Deprisa.

—¡Muy bien, señor!

Confusa, Lottie fue con Nick a lo largo del pasillo. Pensamientos caóticos llenaban su mente mientras el rumor del salón disminuía detrás de ellos. Sentía una rara predisposición para la batalla. La durante tanto tiempo temida confrontación con lord Radnor la había dejado enferma, eufórica, furiosa y aliviada. ¿Cómo era posible sentir tantas cosas a la vez?

La sala de música estaba en penumbra, con un piano, un arpa y varios estantes de partituras selectas proyectando profundas sombras en la pared. Nick cerró la puerta y se giró hacia Lottie. Ella nunca le había visto el rostro tan endurecido.

—Estoy bien —dijo Lottie, y el inusual timbre agudo de su propia voz se convirtió en una risita nerviosa—. De verdad. No hay necesidad de parecer tan... —Se detuvo con otra incontenible risa, viendo que Nick sin duda pensaba que se había vuelto loca. Lottie nunca podría explicar el arrebatador sentimiento de libertad que la inundaba después de haberse enfrentado con su mayor temor—. Lo siento —añadió con debilidad, a pesar de que las lágrimas de alivio le humedecían los ojos—. Sólo es que... he tenido mucho miedo de lord Radnor durante años. Pero al verlo ahora, me he dado cuenta de que su poder sobre mí ha desaparecido. No puede hacerme nada. No me siento obligada con él para nada... y ni siquiera me siento culpable. El peso de todo ello se ha ido, y también el temor. Todo es muy extraño...

Mientras temblaba, reía y se secaba los ojos con los dedos enguantados, Nick intentó aliviarla:

—Tranquila... tranquila... —Le susurró, acariciándole con suavidad los hombros y la espalda—. Respira hondo. No digas nada. Todo va bien. —Le besó la frente, las cejas, las mejillas—. Estás a salvo, Lottie. Eres mía, mi esposa, y yo te cuidaré. Estás a salvo.

Lottie le dijo que no tenía miedo, pero él murmuró que no dijera nada, que descansara contra él. Lottie empezó a respirar hondo, como si hubiera recorrido kilómetros sin detenerse, y apoyó la cabeza en su pecho. Nick se sacó los guantes y le masajeó los rígidos músculos del cuello y los hombros.

Alguien llamó a la puerta.

—El brandy —dijo Nick en voz baja y la condujo a un sillón.

Lottie se arrellanó en el sillón y oyó el agradecimiento del lacayo cuando Nick le dio una moneda de propina. Nick puso la bandeja con una botella y una copa sobre una mesita.

—No necesito eso —rehusó Lottie con una triste sonrisa.

Nick sirvió un dedo de brandy y rodeó la copa con las manos para calentar el licor. Luego se la tendió.

—Bebe.

Obediente, Lottie cogió la copa. Para su sorpresa, le temblaban tanto las manos que apenas podía sujetarla. Nick se arrodilló delante de ella encerrando las piernas de Lottie con sus muslos. Cubriéndole los dedos con los suyos, le sujetó las manos ayudándola a conducir la copa hacia sus labios. Lottie bebió un sorbo e hizo una mueca cuando el brandy le abrasó la garganta.

—Más —murmuró Nick, haciéndole beber más y más, hasta que se le humedecieron los ojos por el fuego de terciopelo.

—Creo que está un poco pasado —dijo ella con voz áspera.

Los ojos de Nick brillaron de repentina diversión.

—No está pasado. Es un Fin Bois del 98.

—Debió de ser un mal año.

Nick rió, acariciándole el dorso de las manos con los pulgares.

—Entonces alguien debería decírselo a los bodegueros, ya que a menudo vale cincuenta libras la botella.

—¿Cincuenta libras? —repitió Lottie, asombrada. Cerrando los ojos, se terminó el brandy y tosió antes de devolverle la copa vacía.

—Buena chica —murmuró Nick, deslizando una mano por la espalda y el cuello con suavidad. Aunque la mano de Nick era mucho más grande y poderosa que la de Radnor, nunca le había provocado ni un instante de dolor. El tacto de Nick sólo le había dado placer.

Hizo una leve mueca de dolor al apoyar la dolorida muñeca en el brazo del sillón. Nick lo detectó de inmediato y, maldiciendo entre dientes, le tomó el brazo para sacarle el largo guante.

—No es nada —dijo Lottie—. De verdad, prefiero dejarme el guante puesto... Lord Radnor me ha apretado la muñeca pero eso no ha sido lo que... —Emitió un gemido de incomodidad mientras él le sacaba el guante de la mano.

Nick se quedó helado al verle las negras marcas dejadas por la perversa mano de lord Radnor. Su rostro, invadido por una furia asesina, alarmó a Lottie.

—Me salen morados con facilidad —dijo—. No hace falta que te pongas así. Las marcas desaparecerán en un par de días, y entonces...

—Lo mataré. —Nick enseñó los dientes como una fiera enfurecida—. Cuando termine con él sólo quedará una mancha en el suelo, maldita sea...

—Por favor... —Lottie le puso su delicada mano en la rígida mejilla—. Lord Radnor ha intentado arruinarnos la noche y me niego a que se salga con la suya. Quiero que me ates la muñeca con un pañuelo y que me ayudes a ponerme el guante. Tenemos que darnos prisa antes de que nos echen de menos. Sir Ross estará dando su discurso y nosotros...

—Eso no me importa.

—Pues a mí sí que me importa. —Recuperando la compostura, le acarició la mejilla con sus suaves yemas—. Quiero bailar un vals contigo. Y luego estar a tu lado mientras sir Ross le dice a todo el mundo quién eres en realidad. —Le miró la boca—. Y luego quiero que me lleves a la cama.

Como había pretendido Lottie, la furibunda mirada de su marido empezó a suavizarse.

—¿Y luego qué?

Antes de que Lottie pudiera responder, llamaron a la puerta con impaciencia.

—Sydney.

—¿Sí? —dijo Nick, poniéndose de pie.

La alta figura de sir Ross llenó el umbral.

—Me acaban de anunciar la presencia de lord Radnor. —Se acercó a Lottie, inclinándose ante ella como lo había hecho Nick. Viendo el morado en su brazo, sir Ross hizo un delicado gesto señalándolo—. ¿Puedo?

—Sí —murmuró ella, permitiendo que le tomara la mano.

Sir Ross examinó la oscurecida muñeca. Su gesto era tan amistoso, y sus ojos grises tan amables y llenos de preocupación, que Lottie se preguntó cómo podía haber pensado nunca mal de él. Recordó su reconocida compasión por las mujeres y los niños —un aspecto esencial de su carrera judicial, según le había contado Sophia.

Al soltar la mano, sir Ross torció la boca en una sonrisa débil.

—Esto no volverá a ocurrir... te lo prometo.

—Maravillosa fiesta —dijo Nick con sarcasmo—. Quizá podrás decirnos quién demonios incluyó a lord Radnor en la lista de invitados...

—Nick —intercedió Lottie—. No pasa nada, estoy segura de que sir Ross no...

—Sí que pasa —contestó sir Ross con calma—. Me siento responsable de esto, y pido con humildad tu perdón. Lord Radnor sin duda no estaba incluido en la lista que aprobé, pero descubriré cómo consiguió la invitación. —Frunció el entrecejo al continuar—. Su comportamiento esta noche ha sido irracional y reprobable... demuestra una obsesión por Charlotte que probablemente no acabe con este incidente.

—Desde luego que va a acabar —repuso Nick de forma inquietante—. Tengo en la cabeza varios métodos que curarán la obsesión de Radnor. Para empezar, si no ha dejado la casa cuando yo vuelva al salón...

—Se ha ido —dijo sir Ross—. Están aquí dos agentes de Bow Street. Y les he pedido que lo expulsen de la forma más discreta posible. Cálmate, Sydney, no te hará ningún bien enfurecerte como un toro salvaje.

Nick entrecerró los ojos.

—Dime si tú estarías tranquilo si alguien le hubiese provocado esos morados a Sophia.

Sir Ross asintió con un breve suspiro.

—De acuerdo. Es obvio que tienes todo el derecho de estar furioso, Sydney, y no pretendería detenerte o interferir en tu decisión. Pero debes entender que Charlotte se encuentra bajo mi protección tanto como de la tuya. Que Radnor se atreviese a acercarse a un miembro de mi familia sería un ultraje intolerable.

Lottie estaba conmovida por su preocupación. Nunca se hubiera imaginado que tendría a dos hombres poderosos que la defenderían de lord Radnor.

—Gracias, sir Ross.

—Nadie te culpará si ahora quieres irte a casa —le dijo—. En cuanto al discurso que me proponía pronunciar esta noche, podré cambiar los planes...

—No iré a ningún sitio —dijo Lottie con firmeza—. Y si esta noche no pronuncia su discurso, sir Ross, le prometo que lo haré yo en su lugar.

Él sonrió.

—Bien, de acuerdo. No me gustaría contradecir tus deseos. —Le dirigió a Nick una mirada interrogativa—. ¿Volverás al salón?

Nick torció la boca.

—Si Lottie lo desea.

—Sí —dijo ella con decisión. A pesar del dolor en la muñeca, se sentía preparada para enfrentarse al mismo demonio si era necesario. Vio cómo los dos hombres intercambiaban miradas, acordando en silencio hablar del problema de Radnor en un momento más apropiado.

Sir Ross los dejó a solas y Lottie se levantó con determinación. Nick le rodeó la cintura por miedo de que se cayera. Ella sonrió por su sobreprotección.

—Ya estoy bien —le dijo—. De verdad.

Lottie esperó el familiar destello de humor irónico en los ojos de Nick, que volviera a su habitual naturalidad despreocupada, pero él permanecía tenso, con la mirada buscándole la cara con extraña gravedad. Parecía como si quisiera envolverla en una burbuja y alejarla de allí.

—Te quedarás junto a mí durante el resto de la noche —le dijo.

Lottie le sonrió.

—Buena idea, ya que parece ser que el brandy se me ha subido a la cabeza.

—¿Te sientes mareada? —repuso él, y la abrazó.

Ella se relajó en sus protectores brazos, cuyo mero contacto le provocaba una chispa de sensualidad. Casi había olvidado el dolor en la muñeca, y los nervios le hormiguearon cuando el pulgar de Nick le acarició el pezón.

—Sólo cuando me tocas así.

Nick apartó la mano.

—Quiero que termine esta maldita noche —dijo—. Vamos. Cuanto antes salgamos antes Cannon podrá dar su condenado discurso.

Extendiendo la mano, dejó que él le pusiera el ajustado guante hasta la hinchada muñeca. Cuando terminó, Lottie estaba pálida, y Nick sudaba con profusión, como si él y no ella hubiese sufrido el dolor.

—Maldito Radnor —dijo Nick en tono áspero mientras iba a servirse un brandy—. Le partiré el cuello.

—Sé de algo que le haría mucho más daño. —Lottie se sacó un pañuelo para secarle la húmeda frente.

—¿Sí? —arqueó las cejas.

Ella hizo una larga pausa antes de responder, mientras una ola de esperanza crecía en su garganta. Tomándole la copa, Lottie bebió un vigorizante sorbo.

—Podríamos intentar ser felices juntos —dijo—. Eso es algo que él nunca podría comprender... algo que él nunca tendrá.

No se atrevió a mirarle, por miedo de ver burla u objeción en sus ojos. Pero su corazón palpitó cuando los labios de Nick juguetearon con los pétalos de rosa blanca que se agitaban contra la seda de su trenza.

—Podríamos intentarlo —convino él.

Después de dos copas de brandy, la cabeza de Lottie flotaba con ligereza mientras se dirigían al salón. La dureza y fuerza del brazo de su marido la fascinaba. Nick la sujetaba con facilidad sin importarle si ella se apoyaba con todo su peso. Era un hombre fuerte, pero hasta esa noche Lottie no había sospechado que fuera capaz de ofrecerle tanta ternura y apoyo. De algún modo no creía que Nick hubiese sospechado eso de sí mismo. Las reacciones de ambos habían sido imprevisibles: ella había recurrido a él y Nick la había protegido y tranquilizado.

En el salón, se acercaron a sir Ross. Subiendo a una pequeña tarima para hacerse visible ante la multitud, sir Ross indicó a los músicos que dejaran de tocar y pidió la atención de todos. Poseía la clase de voz elegante y autoritaria por naturaleza que cualquier político hubiera envidiado. Un silencio expectante inundó el salón, mientras llegaban otros invitados de las salas contiguas y los criados se movían entre la multitud con bandejas de champán.

Sir Ross empezó el discurso con una referencia a su carrera judicial y la satisfacción que siempre le había dado comprobar que los problemas tenían solución. Continuó con una serie de comentarios ensalzando las inviolables tradiciones y deberes de la aristocracia hereditaria. Esto obviamente agradó a los presentes, una mezcla de vizcondes, condes, marqueses, duques y otros nobles.

—Tenía la impresión que sir Ross no era un gran partidario del principio hereditario —susurró Lottie.

Nick sonrió con tristeza.

—Cuando quiere, mi cuñado puede ser todo un artista de la retórica. Y sabe que si les recuerda su deber de estricta lealtad a la tradición, les hará tragar la idea de aceptarme entre sus filas.

Sir Ross pasó a referirse a un caballero sin nombre, a quien le habían privado de un título que por derecho le pertenecía. Un hombre que estaba en la línea directa de descendencia de una familia distinguida, y que en los pasados años se había dedicado enteramente al servicio público.

—Por consiguiente —concluyó sir Ross—, me siento agradecido por el privilegio de anunciar la reclamación de su título durante tanto tiempo aplazada, y el asiento entre los lores que lo acompaña. Y tengo todas las esperanzas de que seguirá sirviendo al país y a la reina en el sitial que le corresponde por nacimiento. —Levantando su copa, añadió—: Propongo un brindis por el señor Nick Gentry... el hombre que conoceremos de ahora en adelante como vizconde Sydney.

La sorpresa invadió la multitud. Aunque la mayoría ya sabía lo que anunciaría sir Ross, era asombroso oír las palabras pronunciadas en voz alta.

—Por lord Sydney —sonaron cientos de ecos obedientes, seguidos por muchas aclamaciones.

—Y por lady Sydney —agregó sir Ross, provocando otra respuesta entusiasta a la cual Lottie correspondió con una agradecida reverencia.

—Quizá deberías proponer un brindis por sir Ross —sugirió a su marido.

Nick le lanzó una mirada que hablaba por sí sola, pero obedeció, levantando su copa hacia su cuñado.

—¡Por sir Ross! —dijo con voz resonante—, sin cuyos esfuerzos yo no estaría aquí esta noche.

La multitud respondió con aclamaciones, mientras sir Ross reía con ironía, consciente de que el brindis propuesto por Nick no contenía la menor gratitud.

Siguieron brindis por la reina, por el país y por la propia aristocracia, y luego la orquesta atacó una alegre melodía. Sir Ross se acercó a Lottie para pedirle un vals, y Nick hizo lo propio con Sophia, que exhibía una ancha sonrisa.

Lottie sonrió observando a la pareja de hermanos, una tan rubia, el otro tan moreno, y sin embargo ambos tan similares en su sorprendente atractivo. Se giró hacia sir Ross y con cuidado le puso la mano dañada en la espalda para empezar a bailar el vals. Como cabía esperar, él era un excelente bailarín, seguro de sí mismo y fácil de seguir. Sintiendo una mezcla de agrado y gratitud, Lottie estudió su atractivo rostro.

—Lo ha hecho para salvarlo, ¿verdad? —preguntó.

—No sé si lo conseguiré —dijo sir Ross.

De repente esas palabras la llenaron de temor. ¿Quería decir que todavía creía que Nick se encontraba en alguna clase de peligro? Pero su marido ya no era un agente de Bow Street... le habían alejado de los peligros que su profesión comportaba. Ahora estaba a salvo, a menos que sir Ross se refiriera a que el mayor peligro para Nick procedía de su propio interior.

Los días siguientes a la revelación pública de la identidad de Nick, las visitas se sucedían en la casa de Betterton. La señora Trench atendía a todo el mundo, desde los viejos colegas de Nick de los bajos fondos hasta los representantes de la reina. A la puerta principal llegaban tarjetas e invitaciones, hasta que la bandeja de plata del vestíbulo quedó cubierta por una montaña. Los periódicos le llamaban «el vizconde reticente», narrando su heroísmo como antiguo agente de Bow Street. Los periodistas seguían la línea que sir Ross había marcado, y le describían como un generoso campeón del bien público que con modestia habría preferido servir al público y no aceptar su título. Para diversión de Lottie, Nick se sentía ultrajado por su nueva imagen pública, ya que ahora nadie parecía considerarlo peligroso. Los desconocidos se le acercaban para felicitarle, ya sin sentirse intimidados por su aire de sutil amenaza. Para un hombre que cuidaba al máximo su privacidad, eso era un fastidioso engorro.

—Pronto desaparecerá el interés por ti —le dijo Lottie para consolarlo, después de que Nick tuviera que pasar entre un grupo de admiradoras para llegar a la puerta principal de su casa.

Preocupado y con mal gesto, él se quitó el abrigo y se dejó caer en el sofá del salón.

—No será lo bastante pronto. —Miró el techo—. Este lugar es demasiado accesible. Necesitamos una casa con un camino privado y una valla elevada.

—Hemos recibido muchas invitaciones para visitar amigos en el campo. —Lottie se acercó a él y se sentó en el suelo alfombrado, haciendo ondear a su alrededor las faldas de muselina con estampados—. Incluso una de Westcliff, preguntando si podríamos pasar un par de semanas en Stony Cross Park.

El rostro de Nick se ensombreció.

—No hay duda de que el conde quiere asegurarse de que tu infame marido no te maltrata.

Lottie no pudo evitar reír.

—Debes admitir que entonces no mostrabas tu lado más encantador.

Nick le tomó los dedos cuando ella se inclinó para aflojarle la corbata.

—Te quería demasiado para utilizar mi encanto. —Le frotó con el pulgar las puntas de sus cuidadas uñas—. En el pasado aprendí que la mejor manera de conseguir lo que quería era fingir que no lo deseaba.

Lottie sacudió la cabeza, perpleja.

—Eso no tiene sentido.

Sonriendo, Nick le soltó la mano y jugueteó con el encaje de su pronunciado escote.

—Funcionaba —insistió.

Con ambas caras unidas y los vivos ojos azules de Nick mirando los suyos, Lottie sintió que el rubor se apoderaba de su rostro.

—Aquella noche fuiste muy perverso.

La punta del dedo de Nick penetró en el superficial valle entre los senos de Lottie.

—No tan perverso como hubiese querido...

El sonido del llamador de la puerta principal resonó en el vestíbulo. Retirando la mano, Nick oyó cómo la señora Trench abría la puerta e informaba al visitante que ni lord Sydney ni su esposa recibían visitas.

Ese recordatorio de su asediada privacidad molestó a Nick.

—Ya no puedo más. Quiero salir de Londres.

—¿A quién visitaremos? Lord Westcliff sería una buena idea...

—No.

—Los Cannon están en Silverhill... —continuó Lottie, sin inmutarse.

—Dios, no. No voy a pasar dos semanas bajo el mismo techo que mi cuñado.

—Entonces Worcestershire —sugirió Lottie—. Sophia dice que la restauración de la finca de Sydney casi está terminada. Y quiere que veas los resultados de sus esfuerzos.

Él negó con la cabeza.

—No tengo ningún deseo de ver ese maldito lugar.

—Tu hermana ha hecho un gran esfuerzo... No querrás herir sus sentimientos, ¿verdad?

—Nadie le ha pedido que haga todo eso. Sophia lo hizo por su cuenta, y que me parta un rayo si tengo que agradecérselo.

—He oído decir que Worcestershire es realmente bonito. —Lottie dejó que su voz reflejase esperanza—. Allí el aire es mucho más sano... En verano Londres es horrible. Y algún día me gustaría ver el lugar donde naciste. Si no deseas ir ahora, lo entenderé, pero...

—No hay servicio —objetó él con tono triunfal.

—Podríamos viajar con un personal reducido. ¿No sería agradable estar en el campo en nuestra propia casa y no tener que visitar a nadie? Sólo por un par de semanas.

Nick guardó silencio, estrechando los ojos. Lottie percibió el conflicto en su interior, el deseo de satisfacerla luchando contra su firme rechazo de volver al lugar que había abandonado hacía tantos años. Confrontar esos recuerdos y recordar el dolor de haber quedado huérfano tan de repente no le sería agradable. Bajó la mirada antes de que él pudiera ver una compasión que sin duda interpretaría mal.

—Le diré a Sophia que aceptaremos su invitación en otra ocasión. Lo entenderá...

—Iremos —dijo él con brusquedad.

Lottie le miró con sorpresa. Estaba visiblemente tenso tras una armadura invisible.

—No es necesario —dijo ella—. Si lo prefieres, iremos a otro lugar.

White Plains Public Library
You've checked out the following items:

1. Title: El precio del amor
   Item #: 31019154609971
   Due: 1/26/2020

2. Title: Mi bella desconocida
   Item #: 31022151699268
   Due: 1/26/2020

3. Title: Amor en la tarde
   Item #: 31022151777833
   Due: 1/26/2020

4. Title: Una noche mágica
   Item #: 31021152719240
   Due: 1/26/2020

Nick negó con la cabeza, torciendo la boca con sarcasmo.

—Primero quieres ir a Worcestershire, luego no. Maldita sea la perversidad de las mujeres.

—No estoy siendo perversa —protestó—. Sólo ocurre que no quiero ir y luego verte enojado durante toda la estancia.

—Yo no me enojo. Los hombres no se «enojan».

—¿Enfadado? ¿Exasperado? ¿Irritado? —Le ofreció una tierna sonrisa, deseando poder protegerlo de las pesadillas, los recuerdos y los demonios interiores.

Nick fue a responder, pero al mirarla pareció olvidar la palabra que había elegido. Se levantó del sofá, acercándose a ella, de repente se detuvo y abandonó el salón con sorprendente rapidez.

El viaje a Worcestershire solía durar un día entero, por lo que la mayoría de viajeros elegía viajar durante parte de un día, pernoctar en un hostal y llegar por la mañana. Sin embargo, Nick insistió en hacer el viaje sin paradas, excepto para cambiar los caballos y conseguir unos refrigerios.

Aunque Lottie intentó tomárselo bien, le costó mantener el aspecto alegre. Ir en carruaje era arduo, las carreteras eran irregulares, y el constante traqueteo y vaivén le provocaban ligeras náuseas.

El día antes habían enviado un reducido personal para aprovisionar la cocina y preparar las habitaciones. Como habían acordado con antelación, los Cannon visitarían la finca la mañana siguiente. La casa de campo de sir Ross en Silverhill estaba a sólo una hora en carruaje.

El sol poniente se retiraba del cielo cuando el carruaje llegó a Worcestershire. Por lo que pudo ver Lottie, los campos eran fértiles y prósperos. La elevada tierra estaba cubierta de generosos prados verdes y pulcras granjas, y en ocasiones daban paso a verdes colinas donde pastaban gordas ovejas. La red de canales que se esparcía desde los ríos embellecía aquella zona de buenos caminos para el tráfico comercial. Cualquier visitante reaccionaría sin duda con placer ante aquel paisaje. Sin embargo, Nick estaba cada vez más taciturno, rezumando un hosco desprecio hacia cada giro de las ruedas que les había traído cerca de las tierras de Sydney.

Por fin giraron para penetrar en un camino largo y estrecho que se extendía más de un kilómetro y conducía a la magnificente casa. La luz de las lámparas exteriores se proyectaba sobre la entrada, haciendo que las ventanas frontales brillasen como diamantes negros.

—Es encantador —dijo, con el corazón palpitándole de emoción—. Justo como lo describió Sophia.

La gran casa de estilo palatino era bella, aunque no excepcional, con una combinación de ladrillo rojo, columnas blancas y precisos frontones diseñados con cuidada simetría. A Lottie le gustó a primera vista.

El carruaje se detuvo delante de la entrada. Nick bajó del vehículo y la ayudó a descender. Subieron los escalones hasta la doble puerta, y la señora Trench les dio la bienvenida en un vestíbulo de suelo de mármol con brillantes rosas de colores.

—Hola, señora Trench —dijo Lottie con calidez—. ¿Cómo está?

—Muy bien, señora. ¿Y usted?

—Cansada pero aliviada de haber llegado por fin. ¿Ha tenido problemas con la casa?

—No, señora, pero hay mucho por hacer. Un día es apenas suficiente para preparar las cosas...

—No se preocupe —dijo Lottie sonriendo—. Después del largo viaje, lord Sydney y yo no necesitaremos nada excepto un sitio donde dormir.

—Las habitaciones están arregladas, señora. ¿Les enseño el piso de arriba o prefieren cenar un poco...? —La voz del ama de casa se desvaneció cuando miró a Nick.

Lottie vio que su marido observaba la sala principal con aire abstraído. Parecía estar viendo una obra de teatro que nadie más podía ver, siguiendo con los ojos a actores invisibles cruzando el escenario para pronunciar sus parlamentos.

Tenía el rostro enrojecido. Sin decir nada, se paseó por la sala como si estuviese solo, explorando con la duda de un adolescente perdido.

Lottie no sabía cómo ayudarle. Y además tenía que responder al ama de llaves en un tono natural.

—No, gracias, señora Trench. No creo que necesitemos cenar. Quizá pueda subirnos a la habitación una jarra de agua y una botella de vino. Y que las doncellas sólo saquen lo imprescindible para esta noche. Mañana podrán deshacer el resto del equipaje. Mientras tanto, lord Sydney y yo echaremos un vistazo.

—Sí, señora. Me ocuparé de todo ahora mismo. —El ama de llaves se alejó, dando instrucciones a un par de doncellas.

Como la araña del techo estaba apagada, el ambiente de penumbra era mitigado sólo por dos lámparas. Siguiendo a su marido, Lottie se acercó a la arcada de un extremo de la sala, que daba paso a una galería de retratos. El aire estaba impregnado de los vigorizantes aromas del nuevo alfombrado de lana y la nueva pintura de las paredes.

Lottie estudió el perfil de Nick mientras éste contemplaba las paredes desnudas de la galería. Estaba recordando los cuadros que en su día habían ocupado los espacios vacíos.

—Parece que tendremos que adquirir obras de arte —comentó Lottie.

—Las vendieron para saldar las deudas de mi padre.

Acercándose, Lottie apoyó la mejilla contra su hombro.

—¿Me enseñas la casa?

Nick no contestó durante un largo momento. Miró a Lottie con ojos débiles, consciente de que no quedaba nada del chico que había vivido allí.

—Esta noche no. Necesito verla solo.

—Lo comprendo —dijo ella, deslizando su mano en la de Nick—. Estoy agotada. Sin duda preferiría visitar la casa por la mañana, con la luz del día.

Los dedos de él le devolvieron un leve apretón y luego la soltó.

—Te acompañaré arriba.

Lottie esbozó una sonrisa con los labios apretados.

—No es necesario. Haré que la señora Trench o una de las criadas me acompañe.

En algún lugar de la casa un reloj daba las doce y media de la noche cuando Nick entró finalmente en el dormitorio. Incapaz de dormir a pesar de su cansancio, Lottie había sacado una novela de una de sus maletas y se había puesto a leer con interés. El dormitorio era acogedor, con la cama ataviada con una colcha de seda bordada y tapices a juego, y las paredes pintadas de un suave tono verde.

Viendo a Nick en la puerta, dejó la novela en la mesita de noche, preguntándose cuántos recuerdos había removido paseando por la casa, cuántos fantasmas silenciosos se habían cruzado en su camino.

—Deberías dormir —dijo Nick.

—Tú también. —Y tras una larga pausa, preguntó—: ¿Vienes a la cama?

Nick deslizó su mirada sobre Lottie, manteniéndola en la ondeante parte frontal de su camisón, la clase de remilgada prenda de cuello alto que nunca dejaba de excitarle. Parecía tan solo, tan desencantado... muy parecido a la vez que se conocieron.

—Esta noche no —dijo él.

Sus miradas se sostuvieron. Lottie sabía que haría bien en mantener un aspecto de relajada despreocupación. Tenía que ser paciente con él. Sus peticiones, sus exigencias, sólo harían que se alejase de ella. Pero para su horror, se oyó a sí misma decir con valentía:

—Quédate.

Ambos sabían que no se refería a unos minutos o unas horas. Ella quería la noche entera.

—Sabes que no puedo —fue su delicada respuesta.

—No me harás daño. No me asustan tus pesadillas. —Lottie se levantó, contemplando su inescrutable rostro. De repente no pudo contener un torrente de palabras temerarias, con la voz cada vez más áspera de emoción—. Quiero que te quedes conmigo. Quiero estar cerca de ti. Dime qué debo hacer para que eso ocurra. Dímelo, por favor, porque quiero más de lo que tú pareces dispuesto a darme.

—No sabes lo que me pides.

—Te prometo que yo nunca...

—No te pido aliento ni promesas —repuso con aspereza—. Estoy afirmando un hecho. Hay una parte de mí que no quieres conocer.

—En el pasado me pediste que confiase en ti. A cambio te pido que ahora confíes en mí. Dime qué te ocurrió para que tengas esas pesadillas. Dime qué te inquieta tanto.

—No, Lottie. —Pero en lugar de irse, Nick siguió allí, como si sus pies no obedecieran a su cerebro.

De repente Lottie comprendió hasta qué punto llegaba la torturada ansia de Nick de contárselo, y su convicción de que ella le rechazaría en cuanto lo hiciese. Nick había empezado a sudar, con la piel brillando como bronce húmedo. Unos mechones de cabello negro se pegaron a su húmeda frente. El deseo de Lottie de tocarle era insoportable, pero de algún modo consiguió contenerse.

—No me alejaré de ti —dijo con firmeza—. No me importa lo que sea. Ocurrió en el barco-prisión, ¿verdad? Tiene que ver con el auténtico Nick Gentry. ¿Lo mataste para suplantarlo? ¿Es eso lo que te atormenta?

Por la manera en que Nick se encogió, Lottie vio que su pregunta estaba muy cerca de la verdad. Las defensas de Nick se habían agrietado. Él sacudió la cabeza y le lanzó una mirada de reproche pero también de desesperación.

—No ocurrió así —dijo.

Lottie le sostuvo la mirada.

—Entonces, ¿cómo fue?

Nick pareció relajarse en una especie de desdichada resignación. Apoyó un hombro contra la pared, casi sin mirarla, dirigiendo los ojos hacia algún punto del suelo.

—Me enviaron a la goleta porque participé en la muerte

de un hombre. Tenía catorce años. Me había unido a una banda de salteadores de caminos y un viejo murió cuando atracamos su carruaje. Poco después nos juzgaron y condenaron. Me sentía demasiado avergonzado para revelar a nadie mi identidad (sólo di mi nombre como John Sydney). Los otros cuatro del grupo fueron colgados, pero gracias a mi edad el magistrado sólo me sentenció a diez meses en la *Scarborough*.

—Sir Ross era ese magistrado, ¿verdad? —murmuró Lottie, recordando lo que Sophia le había contado.

Una amarga sonrisa torció la boca de Nick.

—En el mismo momento en que pisé la goleta, supe que allí no iba a durar más de un mes. Una muerte rápida en la horca hubiese sido más piadosa. Al barco lo llamaban la «academia de Duncombe», ya que Duncombe era el oficial al mando. La mitad de los presos acababa de morir debido a una epidemia de fiebres. Ésos fueron los afortunados.

»La goleta estaba preparada para cien reclusos, pero casi el doble se hacinaba debajo de la cubierta. El techo era tan bajo que tenías que agacharte. Dormíamos en el suelo raso o en una plataforma construida en cada costado del casco. Cada hombre disponía para dormir de un espacio de metro y medio por medio metro. Nos ataban con grilletes la mayor parte del tiempo, y el constante traqueteo de las cadenas resultaba insoportable.

»No obstante, lo peor era el hedor. Pocas veces se nos permitía lavarnos (siempre había escasez de jabón y teníamos que lavarnos con agua del río). Y no había ventilación, sólo una hilera de portillas abiertas en el lado del río. Como resultado, el hedor era tan fuerte que podía con los guardianes que abrían las escotillas por las mañanas (una vez incluso vi cómo uno de ellos se desmayaba). Durante el tiempo que estábamos encerrados, desde primera hora de la noche hasta que abrían las escotillas al alba, nos dejaban solos, sin guardianes para vigilarnos.

—¿Y qué hacían los prisioneros? —preguntó Lottie.

Nick soltó una amarga carcajada que la hizo temblar.

—Apostaban, luchaban, hacían planes de fuga y se fastidiaban los unos a los otros.

—¿Qué quieres decir con que se fastidiaban?

—Quiero decir violación.

Lottie sacudió la cabeza, aturdida.

—Pero a un hombre no se le puede violar...

—Te aseguro que sí —repuso Nick con sarcasmo—. Y eso era algo que yo quería evitar a toda costa. Por desgracia, los chicos de mi edad éramos las víctimas más buscadas. Por un tiempo estuve a salvo gracias a que me hice amigo de un chico mayor y con un carácter mucho más fuerte que el mío.

—¿Nick Gentry?

—Sí. Cuidaba de mí cuando dormía, me enseñaba formas de defenderme, me hacía comer para sobrevivir, incluso cuando la comida era tan asquerosa que apenas podías tragarla. Hablar con él me distraía durante los días en que creía que me volvería loco. No habría sobrevivido sin él, y yo lo sabía. Me horrorizaba pensar en el día que él abandonase la goleta. Seis meses después, Gentry me dijo que lo iban a liberar en una semana. —Su mirada tensó el estómago de Lottie—. Había sobrevivido dos años en ese agujero infernal. Debería haberme alegrado por él. Pero no fue así. Sólo podía pensar en mi propia seguridad, que no iba a durar más de cinco minutos cuando marchase... —Se detuvo, absorto en sus recuerdos.

—¿Qué ocurrió? —dijo Lottie con calma—. Sigue.

Nick palideció.

—No puedo.

Lottie apretó los dientes para evitar bajar de la cama y precipitarse hacia él. El calor de las lágrimas sin derramar le llenó los ojos mientras contemplaba a su marido.

—¿Cómo murió Gentry? —preguntó.

Nick tragó saliva y sacudió la cabeza.

Ante la lucha silenciosa de su esposo, Lottie buscó alguna manera de aliviarlo.

—No tengas miedo —susurró—. Estaré contigo pase lo que pase.

Apartando la cara, Nick miró de soslayo como una fiera, como si le hubieran expuesto a una luz brillante después de haber estado años en la oscuridad.

—Una noche mientras dormía me atacó uno de los presos —dijo—. Se llamaba Styles. Me sujetó en el suelo. Luché como un demonio, pero era dos veces más corpulento que yo, y nadie estaba dispuesto a defenderme. Todos le tenían miedo. Grité a Gentry para que me sacara a aquel bastardo de encima antes de que... —Interrumpiéndose, soltó una risita inquieta sin rastro de humor.

—¿Y te ayudó? —preguntó Lottie.

—Sí... el muy estúpido bastardo —reprimió un sollozo—. Si no me fastidiaban entonces, lo harían cuando él fuese liberado. No debería haberle pedido ayuda, y él no debería habérmela dado. Pero apartó a Styles, y...

Hubo otro silencio.

—¿Nick murió en la pelea? —preguntó Lottie.

—Más tarde esa noche. Ayudándome, se había granjeado el odio de Styles, y no tardó en pagar por ello. Antes del amanecer, Styles estranguló a Nick mientras dormía. Cuando me di cuenta de lo que había pasado, era demasiado tarde. Intenté despertarlo, que respirase, pero no se movió. Estaba frío e inerte en mis brazos. —Sacudió la cabeza y se aclaró la garganta con aspereza.

Lottie quería saber toda la historia.

—¿Cómo te hiciste pasar por Gentry?

—Cada mañana el oficial médico y un guardián bajaban a recoger los cuerpos de los hombres muertos durante la noche, de enfermedad, de hambre o de algo que llamaban «depresión del espíritu». A los moribundos los llevaban al castillo de proa. Fingí estar enfermo, lo cual no era difícil a esas alturas. Nos llevaron a ambos a cubierta y me preguntaron quién era y si sabía el nombre del muerto. Los guardianes apenas conocían a los prisioneros (para ellos todos éramos lo mismo). Y yo había intercambiado la ropa con su... su cadáver, así que no sospecharon nada cuando les dije que yo era Nick Gentry, y que el chico muerto era John Sydney. Durante los siguientes días estuve en el castillo de proa, fingiéndome enfermo para que no volvieran a enviarme abajo. Los otros hombres que había allí estaban demasiado enfermos o débiles para que les importara mi nombre.

—Y te liberaron —concluyó Lottie—. En lugar de Nick Gentry.

—Lo enterraron en una fosa común cerca de los muelles, mientras yo quedé libre. Y ahora su nombre me resulta más real que el mío.

Lottie se sentía apabullada. No le extrañaba que quisiera conservar el nombre de Nick Gentry. De alguna manera debía de creer que así podría mantener viva una parte de su compañero. El nombre había sido un talismán, un nuevo comienzo. Pero también se consideraba responsable de la muerte de su amigo. No había tenido culpa de nada, por supuesto, pero aunque Lottie pudiese hacerle admitir las lagunas de su razonamiento, nunca podría borrar su sentimiento de culpa.

Lottie abandonó la cama, sintiendo el hormigueo de la alfombra en los pies. Al acercarse a Nick vaciló. Si le trataba con amabilidad, él lo tomaría como compasión. Si no decía nada, lo tomaría como un signo de desprecio o disgusto.

—Nick —dijo suavemente, pero él no la miró. Se le acercó más y oyó su respiración irregular—. No hiciste nada malo pidiéndole ayuda. Y él quiso ayudarte, como hubiera hecho cualquier amigo de verdad. Ninguno de los dos hizo nada mal.

—Pero le robé la identidad.

—No —dijo ella—. Él no hubiera querido que te quedaras allí... ¿A quién le hubiera servido? —Ella entendía la culpa a la perfección, el odio a sí mismo que causaba, sobre todo en ausencia de perdón. Y la persona que podía perdonar a Nick estaba muerta—. No puede estar aquí para absolverte —continuó Lottie—. Pero hablaré por él. Si él pudiese, te diría: «Te perdono. Todo va bien. Yo estoy en paz y tú también debes estarlo. Y ya es hora que te perdones a ti mismo.»

—¿Cómo sabes que diría eso?

—Porque cualquiera a quien le importases lo diría. Y tú le importabas o no habría arriesgado su vida para protegerte. —Puso los brazos alrededor del rígido cuello de Nick—. Y a mí también me importas. Te quiero —susurró—. Por favor, no me rechaces. —Y le acercó la boca a los labios.

Él tardó en responder a la suave presión de sus labios. Con lentitud, llevó sus manos a la cara de Lottie, sujetándola mientras la besaba en los labios. Nick tenía las mejillas húmedas de sudor y lágrimas, y su beso fue fervoroso.

—¿Ayuda oír esas palabras? —susurró Lottie cuando él se apartó.

—Sí —admitió Nick con aspereza.

—Entonces las pronunciaré siempre que necesites oírlas, hasta que empieces a creer. —Deslizó la mano por la nuca de Nick y le inclinó la cabeza para darle otro beso.

Él la sorprendió con un repentino ímpetu. Levantándola con asombrosa facilidad, la llevó a la cama y la depositó sobre el colchón. Se sacó la ropa arrancándose los botones sin perder el tiempo en desabrocharlos, y poniéndose a horcajadas sobre ella, le abrió el camisón. Confusa, ella se dio cuenta de que la necesidad de Nick de poseerla era tan violenta que había perdido el control. Separándole las piernas por las rodillas, empujó su sexo contra ella, pidiendo entrada. El cuerpo de Lottie no estaba preparado, tenía la raja seca a pesar de su deseo de recibir a Nick.

Deslizándose por su cuerpo, Nick la sujetó por las caderas con sus grandes manos y fue besándola mientras ella se arqueaba, sorprendida. Cuando llegó a su ingle, le introdujo la lengua, humedeciendo y suavizando la tierna carne. Luego le encontró el aterciopelado botón sobre la vulnerable abertura y lo lamió hasta alcanzar la íntima esencia de su deseo. Aupándose, volvió a montarla y se dispuso a penetrarla, y cuando lo consiguió, por fin su ciega ferocidad pareció desvanecerse. Se quedó inmóvil sobre ella, apoyando los musculosos brazos a los lados de su cabeza y respirando con profundas e irregulares inspiraciones. Lottie estaba atrapada debajo de él, con la carne palpitando alrededor de la gruesa lanza que la perforaba.

Nick volvió a acercarle la boca a los labios para darle largos y sensuales besos, con la punta de la lengua acariciando el interior de su boca. Lottie había guardado en secreto el recuerdo de sus anteriores besos, el dulce y ferviente contacto de los labios de un extraño, pero ahora era totalmente diferente, oscuro, embriagador y poderoso. Las suaves caricias de Nick en sus pezones la hacían jadear. Él utilizaba toda su habilidad para excitarla, acariciándola sutilmente. Queriendo más, Lottie intentó atraerlo. Él resistió, acallándola con besos cuando ella protestaba. De repente la penetró con una larga embestida. Aturdida, Lottie lo miró a los ojos.

—¿Qué haces? —preguntó con un hilo de voz.

Él se limitó a besarla con ardor. Y mientras la poseía, poco a poco Lottie llegó a comprender la técnica de Nick: ocho embestidas ligeras y dos profundas, siete ligeras y tres profundas, seis ligeras y cuatro profundas, hasta que al final la progresión le llevó a darle diez profundas. Lottie gritó con desgarrador placer, enarcando las caderas contra el cuerpo de Nick, llenándose de una sensación volátil. Cuando el placentero ardor empezó a desvanecerse, Nick alteró con sutileza las posiciones, separándole aún más las piernas y ajustando el ángulo de penetración de su duro sexo. Empujó a fondo, acoplando los dos cuerpos, moviendo las caderas a un ritmo lento y regular.

—No puedo... —dijo Lottie sin aliento, percibiendo lo que él quería y sabiendo que era imposible.

—Déjame—susurró Nick, insaciable, y con perversa habilidad continuó con sus arremetidas.

Lottie se asombró de la rapidez con que volvió a sentir calor, con su sexo humedecido e hinchado por los movimientos de Nick dentro de ella, sobre ella, contra ella...

—Oh... Oh... —gimió cuando alcanzó otro clímax, sacudiendo las extremidades y apretando la mejilla contra el hombro de Nick.

Y luego él empezó el ciclo entero de nuevo. Ocho embestidas ligeras, dos profundas...

Lottie perdió la cuenta de cuántas veces la hacía llegar al éxtasis, o de cuánto tiempo llevaba haciéndole el amor y susurrándole al oído palabras cariñosas, de elogio íntimo, diciéndole lo fuerte que ella le hacía, lo dulce que la sentía entre sus brazos, cuánto deseaba satisfacerla... Le dio más placer del que parecía posible soportar, hasta que al final Lottie le rogó que se detuviera pues ya temblaba de agotamiento.

Nick obedeció con reticencia, empujando hasta el fondo una última vez, liberando su reprimido deseo con un gemido estremecedor. La volvió a besar compulsivamente mientras se retiraba del saciado cuerpo de Lottie, que apenas tenía fuerzas para levantar la mano. Pero ella le sujetó el brazo y murmuró con determinación:

—¿Te quedas?

—Sí —le oyó decir—. Sí.

Aliviada y exhausta, se hundió rápido en un insondable sueño.

13

La luz del sol penetraba por las ventanas abiertas. Lottie bostezó y se estiró. Sintió una punzada de dolor en la entrepierna y de repente, recordando la pasada noche, se dio la vuelta. Tembló de satisfacción al ver a Nick durmiendo a pierna suelta, con su larga y musculosa espalda brillando en la creciente luz. Tenía la cabeza medio enterrada en la almohada, y los labios entreabiertos. La mejilla sin afeitar le ensombrecía la mandíbula, envileciendo su bello rostro. Lottie nunca había experimentado esa clase de interés apasionado por nadie ni por nada, ese ansia por saber todos los detalles de su mente, su cuerpo y su alma... el puro placer de estar con él.

Apoyándose en un codo, se dio cuenta que nunca había tenido la oportunidad de contemplarlo a sus anchas. Las líneas de su cuerpo eran fuertes y brillantes, y su ancha espalda se estrechaba hacia la delgada cintura y las caderas, con una carne fibrosa y musculada. Admiró la curva de sus nalgas, cubiertas por las sábanas remetidas en las caderas.

Quería ver más de Nick. Observando con cautela su apacible rostro, se acercó y tomó el extremo de la sábana, apartándola lentamente. Más y más abajo...

Con un reflejo felino, Nick alargó la mano y le sujetó la muñeca. Al verla, una sonrisa iluminó sus ojos. Cuando habló, su voz sonó estropajosa.

—No es justo comerse con los ojos a un hombre cuando duerme.

—No estaba haciendo eso —dijo Lottie, traviesa—. Las mujeres no comen con los ojos. —Le dio un atrevido y apreciativo repaso—. Pero me gusta tu aspecto por la mañana.

Soltándola, Nick sacudió la cabeza con un bufido de incredulidad, mesándose el enmarañado cabello. Se puso de costado, revelando un pecho cubierto de oscuro vello.

Incapaz de resistirse, Lottie se acercó con sutileza hasta que sus senos presionaron la cálida piel de su marido.

—¿Pasaste alguna noche con tu amiga? —preguntó, entrelazando sus piernas con las de Nick.

—¿Quieres decir con Gemma? No, por Dios.

—Entonces soy la primera mujer con que has dormido —dijo encantada.

Nick le acarició suavemente la curva sedosa de su hombro.

—Sí.

Lottie no protestó cuando Nick la tumbó de espaldas y bajó la cabeza hasta sus pechos. Eran tiernos y sensibles a sus atenciones, y Lottie gimió al sentir su caliente y delicada lengua recorriendo el rosáceo pezón. Acomodándose debajo de él, se excitó en la mezcla de luz diurna y sábanas blancas, rodeando con los brazos la cabeza oscura de Nick...

—Nick, no podemos —dijo de repente. Su mirada se fijó en el reloj de la repisa de la chimenea.

—¡Cielo Santo, se nos hace tarde!

—¿Tarde para qué? —preguntó con voz ahogada, resistiendo mientras ella intentaba quitárselo de encima.

—Sophia y sir Ross prometieron estar aquí a las diez en punto. Apenas tenemos tiempo de bañarnos y vestirnos... ¡Oh, apártate, tengo que apresurarme!

Frunciendo el entrecejo, Nick se apartó.

—Quiero quedarme en la cama —dijo.

—No podemos. Vamos a recorrer la casa con Sophia y sir Ross. Procura ser agradable, elogia a tu hermana por el espléndido trabajo que ha hecho y agradece a ambos su generosidad. Y luego les ofreceremos una merienda, después de la cual regresarán a Silverhill.

—Eso será al menos dentro de ocho horas. No seré capaz

de mantener las manos alejadas de ti durante tanto tiempo.

—Entonces tendrás que inventarte alguna forma de...
—Lottie se interrumpió e inhaló hondo poniéndose en pie.

—¿Qué ocurre?

Ella se sonrojó de la cabeza a los pies.

—Me duele. En... en sitios que normalmente no me duelen.

Nick entendió al instante. Una contrita sonrisa se le dibujó en los labios, y bajó la cabeza en un esfuerzo poco convincente de arrepentimiento.

—Lo siento. Es un efecto posterior al amor tántrico.

—¿Era eso? —Lottie se dirigió cojeando hacia una silla cerca de la chimenea, donde había dejado su ropa. Apresurada, se la envolvió en el cuerpo.

—Una vieja forma de erotismo indio —explicó Nick—. Métodos rituales para prolongar la relación sexual.

El intenso rubor de Lottie persistió mientras recordaba las cosas que Nick le había hecho la noche anterior.

—No hay duda que hubo prolongación.

—No tanta. Los expertos tántricos a menudo tienen relaciones sexuales durante nueve o diez horas seguidas.

Lottie le dirigió una mirada de asombro.

—¿Podrías hacerlo si quisieras?

Levantándose de la cama, Nick fue hacia ella, inconsciente de su desnudez. La tomó entre sus brazos y le acarició el rubio y suave cabello, jugueteando con una trenza suelta.

—No me importaría probarlo contigo —dijo sonriendo.

—No, gracias. Apenas puedo andar después de lo que hicimos. —Buscó en el tentador pelo de su pecho, encontrando la punta de su pezón—. Me temo que no voy a practicar ninguno de tus métodos tántricos.

—De acuerdo. Podemos hacer otras cosas. —Bajó la voz seductoramente—. Todavía no he empezado a enseñarte las cosas que sé.

—Eso me asusta —dijo Lottie, y él se rió.

Nick le hizo levantar la cara hacia la suya. Lottie se sorprendió de la expresión de sus ojos, el calor que ardía lentamente en aquellos insondables pozos azules. Él se inclinó hacia sus labios con lentitud, como si temiese que ella apartara la cara. Lottie se dio cuenta de que él tenía miedo de que su deseo se hubiese evaporado con la luz de la mañana. Así pues, cerró los ojos y dejó que él la besara cálidamente.

Nick apenas se reconoció a sí mismo en los días siguientes. Su confesión a Lottie, y la reacción que ella tuvo, lo había cambiado todo. Lottie debería haber sentido repulsión por las cosas que él le había contado, y en cambio le había abrazado y aceptado sin reservas. Nick no entendía por qué. La observaba con atención para descubrirle signos de compasión, creyendo que al final lo rechazaría. Pero esto no ocurrió. Lottie se abría más a él cada día, tanto sexual como emocionalmente. Su confianza asustó a Nick. Su necesidad de ella le daba miedo. Se daba cuenta de hasta qué punto se veía comprometida su independencia... Sin embargo, no podía detener todo aquello.

Enfrentado a lo inevitable, Nick no tenía otra opción que rendirse. Y día tras día, dejó que penetrara más en su interior la precaria y débil calidez que sólo podía identificar con la felicidad. Ya no sentía ira ni sufría, ya no deseaba cosas que no podía tener. Por primera vez en su vida estaba en paz. Incluso sus pesadillas parecían haber desaparecido. Dormía más plácidamente que nunca en su vida, y si sus sueños empezaban a inquietarle se despertaba para encontrar el cuerpo de Lottie acurrucado contra el suyo, su cabello sedoso deslizándose sobre su brazo. Nunca había estado tan relajado, recreándose en la cama, haciendo el amor a su esposa, dando largas cabalgatas o paseando con ella, incluso yendo a malditos pícnics y disfrutando a pesar de la sensación de que debería estar en Londres con Morgan y los agentes, haciendo algo útil.

Sin embargo, echaba en falta... la vieja necesidad de internarse en los bajos fondos, la adictiva emoción de perseguir y capturar. No sabía cómo ser un vizconde, y allí, en su propio hogar de infancia, se sentía algo fuera de lugar. No se produjo ningún milagroso cambio con la llegada de la citación de los lores. Con o sin sangre azul, él era un producto de las calles.

—He estado pensando en lo que necesitas —le dijo Lottie una mañana mientras se alejaban de la casa por un bonito camino con vistas a un largo estanque adornado con lirios de agua.

Más allá del estanque, una extensión de inclinado césped conducía a una cadena de lagos artificiales rodeados por un bosque de cedros y olmo. Nick la había llevado por un atajo que de niño utilizaba a menudo, rodeando el césped, saltando un pequeño muro de piedra y penetrando directamente en el bosque. Sonriendo, levantó los brazos para ayudarle a bajar del muro. Aunque podía haberlo hecho sin problemas ella sola, aceptó su ayuda, apoyando las manos en sus hombros mientras la sujetaba de la cintura.

—¿Qué es lo que necesito? —preguntó, dejándola deslizar hasta que sus pies tocaron el suelo.

—Una razón.

—¿Una qué?

—Algo que merezca la pena perseguir. Algo que no tenga relación con el mantenimiento de la finca.

Nick dejó que su mirada recorriera la esbelta figura de Lottie, que iba vestida con un vestido de paseo de color melocotón, adornado de un marrón chocolate.

—Eso ya lo tengo —dijo, y la besó. Sintió su sonrisa antes de que ella le permitiera acomodar la boca, abriendo los labios para que él explorase suavemente con la lengua.

—Me refiero a algo que te mantendría ocupado en tu tiempo libre —explicó sin aliento cuando Nick terminó el beso.

Él deslizó la mano por el costado de su cintura sin corsé.

—Yo también.

Lottie se apartó con una sonrisa, con sus botas de tacón bajo pisando la alfombra de hojas mientras entraban en el bosque. Delgados rayos de sol se filtraban entre las recargadas copas de los árboles, destacando el pálido brillo del cabello recogido de Lottie y haciéndolo relucir como la plata.

—Sir Ross está interesado en la reforma jurídica —señaló Lottie—. También se preocupa por los derechos de las mujeres y los niños. Si persiguieras un propósito que de alguna forma beneficiara al ciudadano, podrías tener un escaño con los lores...

—Espera —dijo con precaución, siguiéndola entre el laberinto de árboles—. Si empiezas a compararme con mi santo cuñado...

—Sólo le he utilizado como ejemplo, no para compararlo. —Deteniéndose junto a un enorme olmo, pasó la mano por los profundos surcos de la corteza salpicada de gris—. La cuestión es que has pasado los últimos años de tu vida en Bow Street, al servicio del público y ayudando a la gente, y de repente no poder...

—Sí, he ayudado a la gente —se burló Nick—. He estado codo a codo con criminales y prostitutas, y atrapando a fugitivos como Tyburn o East Wapping.

Lottie le miró con ironía, con los ojos castaños llenos de ternura.

—Y haciéndolo, has hecho que Londres sea más seguro y llevado la justicia a aquellos que la merecían. Por el amor de Dios, ¿por qué te ofende saber que has hecho algo bueno alguna vez?

—No quiero que me consideren algo que no soy —dijo Nick secamente.

—Te considero justo lo que eres. Y sería la última en llamarte santo.

—De acuerdo.

—Por otro lado... tu trabajo como cazarrecompensas sirvió para beneficiar a otra gente, tanto si lo admites como si no. Por tanto, ahora necesitas encontrar una actividad con sentido para ocupar tu tiempo. —Lottie seguía caminando con naturalidad, evitando las ramas caídas.

—¿Quieres que me convierta en un reformista? —preguntó con disgusto, siguiéndola.

Ignorando a propósito su mal humor, Lottie continuó adelante hasta que el bosque se abrió para revelar un pequeño y reluciente lago.

—Tiene que haber algo que te preocupe. Algo por lo que quieras luchar. ¿Qué tal la mejora del horrible estado del Támesis, o los asilos donde ancianos, niños y enfermos se amontonan sin nadie que cuide de ellos?

—Y después querrás que pronuncie discursos en el Parlamento y organice bailes caritativos. —Torció el gesto.

Lottie siguió enumerando problemas que necesitaban solución.

—Una insuficiente educación pública, la crueldad de los deportes sangrientos, la terrible situación de los huérfanos o los presos puestos en libertad...

—Me has convencido —la interrumpió Nick.

—¿Qué tal la reforma penitenciaria? Es un tema que puedes abordar con cierta convicción.

Nick se quedó helado, sin poder dar crédito a sus oídos. Que ella mencionase ese tema de forma tan relajada era como un ataque. Una traición. Pero mientras le miraba y luchaba por contestar, vio la absoluta sinceridad de su expresión. «Siéntete cómodo conmigo —decía la suave luz de sus ojos—. Déjame compartir tu carga.»

Nick desvió la mirada, con una llama de ira defensiva mezclándose con la alarma. ¡Cielo santo, quería creer en ella! Darle la última parte de su alma para creer que el mundo todavía no estaba completamente sucio, roto y arruinado. ¿Pero cómo podía permitirse ser tan vulnerable?

—Pensaré en ello —se oyó decir con aspereza.

Lottie sonrió, alargando la mano para acariciarle el pecho.

—Me temo que si no te aplicas a una causa que merezca la pena, te volverás loco de inactividad. No eres un hombre que tenga que pasarse todo el tiempo persiguiendo diversiones banales. Y ahora que ya no trabajas en Bow Street... —Se detuvo, al parecer turbada por algo que vio en sus ojos—. Lo echas de menos, ¿verdad?

—No —dijo con ligereza.

—La verdad —insistió Lottie frunciendo el entrecejo. Tomándola de la mano, la guió por el sendero junto al lago.

—Lo echo de menos —admitió—. He sido un agente durante demasiado tiempo. Me gusta el reto. Me gusta el desafío de vencer a esos bastardos de las calles. Sé cómo piensan. Cada vez que atrapo a un asesino o a cualquier asqueroso violador y le envío a los calabozos de Bow Street, siento una satisfacción incomparable. La conciencia de... —hizo una pausa, buscando las palabras— haber ganado la partida.

—¿Partida? ¿Es así como lo consideras?

—Lo hacen todos los agentes. Tienes que hacerlo si quieres ser más listo que tu rival. Necesitas mantener las distancias o de lo contrario te distraes.

—A veces debía de resultarte difícil mantener las distancias.

—Nunca —le aseguró—. Para mí siempre ha sido fácil ahogar mis sentimientos.

—Entiendo —dijo ella con una pizca de escepticismo, como si dudara que Nick todavía tuviera la habilidad de no emocionarse en absoluto.

Agitado y enojado, Nick guardó silencio mientras continuaban paseando junto al lago. Y pensó que apenas si podía esperar a marcharse del idílico paisaje de Worcestershire para regresar a Londres.

14

—Hoy te marchas a Bow Street, ¿verdad? —preguntó Lottie, rodeando con las manos una taza de té, viendo cómo Nick devoraba un gran plato de huevos, fruta y pan de pasas.

Él la miró con una tierna sonrisa.

—¿Por qué lo preguntas? —Desde que habían vuelto de Worcestercshire tres días antes, se había encontrado con banqueros, contratado a un corredor de fincas, visitado a su sastre y pasado una tarde en la cafetería de Tom con sus amigos. Por lo que Lottie sabía, hoy haría más o menos lo mismo, pero de algún modo su intuición la hacía desconfiar.

—Porque tienes cierta mirada en los ojos siempre que vas a ver a sir Grant o a cualquiera de Bow Street.

Nick no pudo evitar sonreír ante las sospechas de su esposa. Lottie tenía el instinto y la tenacidad de un sabueso, y él lo consideraba un cumplido, aunque quizás ella no.

—Pues resulta que no voy a Bow Street —dijo sin convicción. Era la verdad, aunque sólo en sentido técnico—. Voy a visitar a un amigo. Eddie Sayer. Ya te he hablado de él, ¿te acuerdas?

—Sí, es uno de los agentes. —Lottie estrechó los ojos sobre el delicado borde de su taza de té—. ¿Qué estáis tramando? No vais a hacer nada peligroso, ¿verdad? —dijo con aprensión, y lo miró con una posesiva preocupación que a él lo emocionó. Luchó por descifrar esas señales. Lottie estaba preocupada por él, le importaba su seguridad. Ella nunca le había mirado antes de esa forma, y no estaba seguro de cómo reaccionar. Alargó la mano y la hizo levantar de la silla, sentándola sobre su regazo.

—Nada peligroso en absoluto —dijo contra su mejilla. Subyugado por el sabor de su piel, Nick se dirigió a su oreja y tocó el lóbulo con la punta de la lengua—. No me arriesgaría a volver a casa en malas condiciones.

—¿A quién vais a ver tú y el señor Sayer? —persistió Lottie.

Ignorando la pregunta, Nick pasó la mano por el corpiño del chaqué, hecho de un suave tejido blanco con dibujos de pequeñas hojas y flores. El pronunciado escote era una tentación demasiado fuerte de resistir. Le besó el cuello e introdujo la mano debajo del frufrú de su falda.

—No conseguirás distraerme —le dijo ella, pero Nick oyó cómo se le aceleraba la respiración cuando encontró su terso muslo e hizo un descubrimiento que le levantó el miembro contra sus nalgas.

—No llevas bragas —murmuró.

—Hoy hace demasiado calor —dijo Lottie sin aliento, tratando en vano de apartarle la mano de debajo del vestido—. No lo hice para que te aprovecharas, y... Nick, no sigas. La doncella llegará en cualquier momento.

—Entonces tendré que ir rápido.

—Tú nunca vas rápido. Nick... Oh...

Su cuerpo se apretó contra el de Nick cuando éste alcanzó la mata de vello. Tenía la dulce hendidura ya húmeda y preparada.

—Voy a hacerte esto la semana que viene en el baile de Markenfields —musitó, pasando el pulgar por la húmeda costura de su sexo—. Voy a llevarte a cualquier rincón privado... y te subiré el vestido y te acariciaré y excitaré hasta hacerte llegar al orgasmo.

—No —protestó Lottie con debilidad y los ojos cerrados mientras sentía su largo dedo deslizarse en su interior.

—Oh, sí. —Nick retiró el dedo y sin compasión le acarició suavemente el clítoris hasta que Lottie se tensó en su regazo—. Te mantendré en silencio besándote en la boca hasta que mis dedos te provoquen el orgasmo... así... —Le introdujo los dos dedos del medio dentro del cálido y palpitante canal, y le cubrió los labios con la boca mientras ella jadeaba y se estremecía.

Cuando Nick hubo liberado del cuerpo de Lottie las últimas sacudidas de placer, apartó la boca y sonrió contemplado su cara sonrojada.

—¿He sido lo bastante rápido?

El breve interludio en la mesa del desayuno dejó los sentidos de Nick agradablemente despiertos y la mente llena de placenteros pensamientos sobre qué pasaría cuando llegase a casa más tarde ese día. De excelente humor, alquiló un coche para que lo llevase al lugar de reunión con Eddie Sayer. No hubiese sido prudente llevar un buen caballo o un carruaje privado a la taberna Blood Bowl, un conocido antro criminal, o «santuario bastardo».

Nick conocía el Blood Bowl desde hacía tiempo, pues era parte del área de Fleet Ditch donde en su momento había dirigido una casa de citas. Fleet Ditch, la principal cloaca de Londres, era una zona de ingente actividad criminal. Era sin discusión el corazón de los bajos fondos, situado entre cuatro prisiones, entre ellas las de Newgate, Fleet y Bridewell.

Durante años Nick no había conocido otro hogar. En la cima de su carrera como señor del crimen había alquilado una elegante oficina en la ciudad para reunirse con clientes distinguidos y representantes bancarios, comprensiblemente reticentes a ir a Fleet Ditch. Sin embargo, él había pasado la mayor parte del tiempo en una casa de citas no muy lejos de Fleet Ditch, acostumbrándose poco a poco al perpetuo hedor. Allí había tramado estrategias, preparado trampas y organizado una red de contrabandistas y delatores. Siempre había esperado morir rico y joven, de acuerdo con las palabras de un criminal que una vez había visto pintadas en Tyburn: «Una vida bien aprovechada es corta y feliz.»

Pero justo antes de que Nick recibiese su merecido castigo, sir Ross Cannon había intervenido con su infame trato. Por mucho que Nick odiase admitirlo, sus años como agente de Bow Street habían sido los mejores de su vida. Aunque siempre se había quejado de las manipulaciones de sir Ross, no podía negar que su cuñado había cambiado su vida para mejor.

Contempló con curiosidad las sombrías y abarrotadas calles, donde hormigueros de gente se movían dentro y fuera de edificios desvencijados que parecían amontonarse el uno encima del otro. Ir allí después de dejar a su pulcra y bella esposa en la apacible casita de Betterton Street era contradictorio, y le resultó extraño comprobar que la ilusión de ir de cacería no era tan fuerte como antaño. Nick había esperado sentir la emoción palpitante de rondar por la zona más peligrosa de Londres, y en cambio... Sin duda se sentía algo arrepentido de haber aceptado ayudar a Sayer.

¿Pero por qué? No era un cobarde, ni ningún consentido aristócrata... Sólo era... la sensación de que ya no pertenecía a ese lugar. Ahora tenía algo que perder, y no quería arriesgarse.

Sacudiendo la cabeza, entró en el Blood Bowl y encontró a Sayer esperando en una mesa de una oscura esquina. La taberna estaba tan apestosa, mugrienta y abarrotada como siempre, oliendo a desperdicios, ginebra y hedor corporal.

Sayer le saludó con una ancha sonrisa. Joven, impetuoso y de ancha complexión, era sin duda el mejor agente que tenía sir Grant ahora que Nick había dejado el cuerpo. Aunque Nick se alegró de ver a su amigo, tuvo un extraño y deprimente sentimiento cuando vio la intensa emoción en los ojos de Sayer, y se dio cuenta de que no la compartía. Nick no dudaba que sus habilidades e instintos todavía estaban intactos, pero ya no tenía hambre de caza. Quería estar en casa con su esposa.

«Maldita sea», pensó cada vez más agitado.

—Morgan me destripará como a un bacalao si descubre que te he pedido esto —dijo Sayer con inquietud.

—No lo descubrirá. —Se sentó a la mesa mientras una camarera se dirigía hacia ellos con dos jarras de cerveza. La chica de rostro áspero les sirvió y luego se retiró.

—Creo que podría hacerlo solo —dijo Sayer quedamente, atento a la posibilidad de que le oyeran—. Pero no conozco todos los recovecos de Fleet Ditch tan bien como tú. Nadie te supera. Y eres el único que podría identificar al tipo que quiero atrapar, ya que lo conoces.

—¿Quién es? —Nick apoyó los antebrazos en la mesa pero los apartó deprisa cuando notó que las mangas se le pegaban a la grasienta madera.

—Dick Follard.

Nick se sorprendió. A diferencia de la mayoría de criminales de Londres, todos rateros y oportunistas, Follard era de la elite criminal; un delincuente habilidoso y desalmado. Nick lo había arrestado dos años atrás, después de que el muy bastardo hubiera asesinado a un próspero fiscal y violado a su esposa cuando éstos ofrecieron resistencia a que les desvalijase la casa. Sin embargo, a Follard no lo habían ahorcado, sino sólo desterrado, a cambio de declarar contra sus cómplices.

—Lo enviaron a Australia —dijo Nick.

—Ha vuelto —contestó Sayer con una triste sonrisa—. Como un perro a su vómito.

—¿Cómo lo sabes?

—Por desgracia no puedo demostrarlo. Pero últimamente corren rumores de gente que le ha visto, y ha habido una serie de robos que tienen toda la pinta de ser obra de Follard. Ayer interrogué a una pobre mujer que fue violada por un ladrón que irrumpió en su casa y mató a su marido. El mismo método de irrupción, la misma clase de cuchilladas en el cuerpo, y la descripción de la mujer coincidía con la de Follard, hasta la cicatriz en el cuello.

—Dios mío. —Nick se pellizcaba el puente de la nariz mientras meditaba la información—. No puedo creer que Morgan te haya enviado solo para atrapar a Follard.

—No lo ha hecho. Quiere que interrogue a algunos viejos cohortes de Follard y redacte un informe. Pero yo preferiría detener directamente a Follard.

Nick no pudo evitar reírse, sabiendo con exactitud cuál sería la reacción de Morgan ante eso.

—Si lo consigues, Morgan te arrancará la piel por tu estúpido riesgo.

—Sí... y luego me besará mi huesudo culo por haber capturado a un desterrado que se encuentra de vuelta en casa. Y apareceré en la portada del *Times*, con montones de mujeres suplicando mi atención.

La sonrisa de Nick se volvió triste.

—Eso no es tan divertido como puedas pensar —informó a su amigo.

—¿No? Bien, no obstante me gustaría intentarlo. —Sayer alzó una ceja, expectante—. ¿Te apuntas?

Nick asintió con un suspiro.

—¿Dónde quieres empezar a buscar?

—Los informes dicen que Follard ha estado en los suburbios entre Hanging Ax Alley y Dead Man's Lane. Es como un hormiguero, con agujeros en las paredes y túneles entre los sótanos...

—Sí, conozco el lugar. —Nick mantuvo la cara sin expresión, aunque sentía un frío disgusto en el estómago. Había estado antes en esos suburbios y, a pesar de estar habituado a los horrores de los bajos fondos, era una experiencia desagradable. La última vez que había visitado Hanging Ax Alley, había visto a una madre prostituir a su hija a cambio de ginebra, mientras los mendigos y las prostitutas se apiñaban en las estrechas callejuelas como sardinas—. Tendremos que investigar deprisa —dijo—. Cuando se den cuenta de nuestra presencia correrá la voz y Follard huirá por piernas.

Sayer se rió con disimulado entusiasmo.

—Entonces vayamos. Tú serás el guía.

Salieron de la taberna y avanzaron por las calles bisecadas con arroyos abiertos, y con un hedor de animal muerto y basura podrida flotando en el aire. Los decadentes edificios se apoyaban los unos contra los otros como si estuviesen agotados. No había señales en las calles, ni números en las casas o los edificios. Alguien que desconociera la zona podría perderse con facilidad y ser atracado, cosido a puñaladas y dejado por muerto en algún patio oscuro o callejón. La pobreza de los habitantes de aquel suburbio era inimaginable y su única salida era en una tienda de ginebra. De hecho, había una de estas tiendas en casi cada calle.

A Nick le molestaba ver la miseria de aquella gente, los esqueléticos niños, las mujeres degradadas y los hombres desesperados. Las únicas criaturas sanas que había eran las ratas y los ratones que correteaban por las calles. Antes, Nick había aceptado todo aquello como una parte inevitable de la vida. Pero ahora se preguntó qué podía hacer por esa gente. Estaban tan necesitados que casi se sentía apabullado. Recordó lo que Lottie le había dicho sólo unos días antes: «Tiene que haber algo que te preocupe. Algo por lo que quieras luchar.» Tuvo que admitir que Lottie tenía razón. Como lord Sydney, podría conseguir mucho más de lo que había logrado como Nick Gentry.

Hundiendo las manos en los bolsillos, miró a Sayer, que sin duda sólo iba pensando en encontrar a Dick Follard. Igual que Nick Gentry habría hecho. «Llega un momento en que un hombre le ha tocado las narices al diablo tantas veces —le había dicho Morgan—, y es tan testarudo o estúpido para darse cuenta, que al final lo paga con su propia sangre. Yo supe cuándo parar. Y tú también debes saberlo...»

Sin duda había llegado la hora de parar, aunque Nick no lo había sabido hasta ese momento. Después de ayudar a Sayer en ese trabajo, abandonaría su identidad como agente y se reinventaría una vez más. Esta vez como lord Sydney... un hombre con una esposa, un hogar, quizás algún día incluso hijos.

La idea de ver a Lottie embarazada le provocó una dulce conmoción. Al final empezaba a comprender por qué sir Ross había encontrado tan fácil renunciar a la magistratura cuando se casó, y por qué Morgan valoraba a su familia por encima de todo.

—Gentry —murmuró Sayer—. ¿Gentry?

Perdido en sus pensamientos, Nick no se dio cuenta hasta que Sayer habló una vez más.

—¡Sydney!

Nick le dirigió una mirada de extrañeza.

—¿Sí?

Sayer frunció el entrecejo.

—Deberías estar atento. Pareces un poco distraído.

—Estoy bien —dijo Nick con sequedad, dándose cuenta de que había estado absorto. En ese lugar, eso podía significar un error fatal.

Penetraron en la peor zona y Nick estudió el lugar con mirada crítica, intentando recordar lo que sabía de los laberínticos callejones, los túneles y los pasos entre los edificios. Se pasó una mano por el pecho, comprobando el tranquilizador peso de la porra rellena de hierro en el bolsillo del abrigo.

—Empezaremos por los edificios del extremo de la calle —dijo Nick—. Haremos todo el recorrido hasta la esquina.

Sayer asintió tensando el cuerpo, preparándose para la acción.

Examinaron los edificios metódicamente, haciendo breves pausas para interrogar a quienes podían saber algo. Las habitaciones y las madrigueras estaban mal iluminadas, además de abarrotadas y fétidas. Nick y Sayer no encontraron resistencia, aunque eran el centro de muchas miradas recelosas y hostiles.

En un taller cerca del extremo de la calle —en apariencia una humilde herrería, pero en realidad un nido de acuñadores y falsificadores— Nick vio refulgir los ojos de un escuálido viejo cuando oyó mencionar el nombre de Follard. Mientras Sayer escudriñaba el local, Nick se acercó al hombre.

—¿Sabes algo de Follard? —le preguntó, tocándose el extremo de la manga izquierda en una señal conocida en los bajos fondos londinenses. El sutil gesto era una promesa de pago a cambio de buena información.

El hombre se frotó el mentón, considerando la oferta.

—Podría saber.

Nick le dio unas monedas y los arrugados dedos del viejo se cerraron sobre el dinero.

—¿Dónde puedo encontrarle?

—Puedes intentarlo en la tienda de ginebra de Melancholy Lane.

Asintiendo, Nick miró a Sayer y le indicó que era momento de irse.

Una vez fuera, se dirigieron a Melancholy Lane, justo dos calles encima de Hanging Ax Alley. Como ocurría con la mayoría de tiendas de ginebra cerca de Fleet Ditch, el lugar estaba abarrotado desde mucho antes del mediodía, con clientes borrachos en estado de estupor. Después de hablar brevemente, Nick fue a la entrada de la tienda mientras Sayer rodeaba el deteriorado edificio para encontrar la salida trasera.

Tan pronto Nick entró, hubo desagradables murmullos entre los parroquianos. Era un hecho desafortunado que la presencia de un agente nunca pasara inadvertida. Y era incluso más desafortunado que Nick hubiese hecho incontables enemigos en los bajos fondos, delatando en Bow Street a sus colegas criminales. Eso no había precisamente aumentado su popularidad en Fleet Ditch. Ignorando los amenazantes murmullos, Nick observó a los presentes estrechando los ojos.

De repente vio el rostro que buscaba. Dick Follard no había cambiado nada. Su cara de rata contrastaba con el grasiento cabello negro y sus afilados dientes le daban a la boca aspecto de sierra. Sus miradas se cruzaron en un desafío glacial y paralizante.

Follard desapareció en un instante, escabulléndose entre la gente en dirección a la trastienda. Nick salió corriendo y rodeó el local. Cuando llegó al callejón, Follard se había esfumado en un laberinto de vallas, muros y callejones adyacentes. No vio a Sayer.

—¡Sayer! —gritó—. ¿Dónde demonios estás?

—Por aquí —llegó el áspero grito del agente, y Nick se

giró para verle subir a una valla de dos metros persiguiendo a Follard.

Siguiéndole deprisa, Nick trepó por la valla, se dejó caer al suelo y corrió a toda velocidad por un callejón ensombrecido por los aleros y salientes de los edificios. El callejón terminaba de forma abrupta, y Nick se detuvo en seco al ver a Sayer dar un salto para trepar. Follard escalaba por el deteriorado muro de un viejo almacén de tres pisos. Parecía un insecto buscando grietas donde afianzarse en la derruida superficie. Después de subir dos pisos, alcanzó un hueco lo bastante grande para escabullirse. Su huesuda figura desapareció dentro del almacén.

Sayer se maldijo a sí mismo.

—Mierda, le hemos perdido —dijo—. Ahora no hay forma de atraparlo.

Tras inspeccionar el muro, Nick cobró impulso y dio un salto. Hizo el mismo recorrido que Follard, hincando manos y pies en las grietas de la pared. Gimiendo por el esfuerzo, siguió escalando sin pausa.

—¡Por Dios, Gentry! —oyó exclamar a Sayer—. Buscaré otra forma de entrar.

Nick siguió trepando hasta que se arrastró por el hueco del segundo piso. Una vez dentro, se quedó inmóvil y escuchó con cautela. Oyó el ruido de pasos encima. Vio una escalera de mano que conducía al piso superior, en sustitución de unos peldaños derrumbados hacía tiempo. Nick se dirigió hacia allí con precaución. En comparación la escalera era nueva, indicando que el almacén se utilizaba a pesar de su estado ruinoso. Lo más probable era que sirviera para ocultar artículos de contrabando o robados, además de ser un excelente refugio para fugitivos. Ningún oficial de la ley con sentido común se habría atrevido a poner los pies en aquel lugar.

La escalera crujió por el peso de Nick. Cuando llegó al tercer piso, vio que los tablones del suelo y el techo estaban casi podridos, dejando sólo una hilera de vigas maestras que recordaban las costillas de un enorme esqueleto. Aunque cerca de las paredes todavía se conservaban algunos tablones, el centro del suelo había desaparecido, igual que en el segundo piso, dando lugar a un agujero potencialmente mortal de diez metros.

Cuando Follard vio a Nick, se giró y echó a correr por una de las vigas maestras. Nick se dio cuenta de sus intenciones. El edificio contiguo estaba tan cerca que sólo bastaría un salto de un metro. Todo lo que tenía que hacer Follard era lanzarse desde una ventana abierta y aterrizar en el tejado vecino.

Nick le siguió con valentía, tratando de no mirar el inmenso vacío debajo de la viga. Colocando con cuidado los pies, persiguió al escurridizo Follard, ganando confianza al conseguir dejar atrás la mitad de la viga. Sin embargo, cuando estaba a punto de llegar al final un ominoso crujido rompió el silencio, y sintió que la viga cedía. Su peso había sido demasiado para la corroída madera.

Maldiciendo, Nick se lanzó hacia la siguiente viga, y de alguna forma consiguió aferrarse a ella cuando ya caía. Una lluvia de madera rota y frágiles tablones cayó con estruendo, mientras que una punzante lluvia de polvo y madera deshecha empañó los ojos de Nick. Jadeando, luchó por encaramarse a la viga, pero un repentino y paralizante golpe en la espalda casi le lanzó al vacío. Nick gritó en una mezcla de sorpresa y dolor, y miró el rostro triunfante de Follard encima de él.

Una sarcástica sonrisa se dibujó en la estrecha cara de aquel bastardo.

—Te enviaré al infierno, Gentry —dijo, acercándose por la viga.

Pisoteó la mano de Nick con su bota. Los dedos crujieron, provocándole un gemido de agonía. Follard reía con una euforia maniática.

—¡Uno! —gritó—. ¡Dos! —Volvió a pisotearle, provocándole una explosión de dolor que le hizo levantar el brazo.

Follard levantó la bota una vez más, preparándose para el golpe de gracia.

—¡Tres!

Nick gimió y con una mano agarró el tobillo de Follard,

haciéndole perder el equilibrio. Soltando un estridente grito, Follard se tambaleó y se precipitó al vacío. Chocó con estrépito contra el suelo y quedó inerte.

Nick no se atrevía a mirar abajo. Desesperado, se centró en conseguir aferrarse a la viga. Por desgracia, no le quedaban casi fuerzas y tenía la mano izquierda dañada. Retorciéndose como un gusano en un anzuelo, pendía desesperado sobre el fatal vacío.

Incrédulo, se dio cuenta de que iba a morir.

La nota temblaba en la mano de Lottie mientras la volvía a leer.

> Lottie:
> Por favor, ayúdame. Mamá dice que lord Radnor vendrá a llevarme con él. No quiero ir con él a ningún sitio, pero ella y papá dicen que debo ir. Me han encerrado en mi habitación hasta que venga. Te suplico que no permitas que esto ocurra, Lottie. Eres mi única esperanza.
> Tu querida hermana,
>
> ELLIE

Un chico del pueblo había traído la carta emborronada por las lágrimas poco después de que Nick se hubiese ido. El chico dijo que Ellie le había suplicado que se acercase a la ventana de su dormitorio, y entonces le había dado el mensaje.

—Me ha dicho que si te lo traía me ganaría media corona —dijo con recelo, como si sospechara que Lotti no cumpliría la promesa.

Ella había recompensado al chico con una corona entera y luego lo envió a la cocina con la señora Trench, que le sirvió un plato caliente.

Paseándose por el vestíbulo, se mordía los nudillos, preguntándose qué hacer. No tenía forma de saber cuándo volvería Nick. Pero si esperaba demasiado tiempo, era probable que Radnor atrapase a Ellie.

La idea la llenó de tanta aflicción que apretó los puños y dio un grito de rabia. Sus padres, permitiendo que Radnor se llevase a la pobre e inocente Ellie... como si la chica fuese un animal con el cual comerciar.

—Sólo tiene dieciséis años —dijo en voz alta, con la sangre hirviéndole—. ¿Cómo pueden hacerlo? ¿Cómo es posible que puedan vivir con la conciencia tranquila?

Y en la nota no había mención al matrimonio, lo cual sólo podía llevar a pensar a Lottie que sus padres estaban prácticamente prostituyendo a Ellie por el propio beneficio de ellos. Esa reflexión la puso enferma.

No, no podía esperar a Nick. Se iría y salvaría a Ellie por su cuenta, antes de que llegase Radnor. De hecho, estaba furiosa consigo misma por no haberlo hecho antes. ¿Pero quién podría haber predicho que Radnor querría a Ellie, o que sus padres se la habrían entregado de esa forma tan ruin?

—Harriet —gritó Lottie consternada, dirigiéndose a la campanilla más cercana y tirando de ella—. ¡Harriet!

La doncella apareció de inmediato, habiendo corrido tan deprisa que llevaba las gafas algo torcidas.

—¿Señora?

—Tráeme mi abrigo de viaje y el sombrero. —Deteniéndose, evaluó al lacayo de Nick, y decidió que Daniel era el hombre más corpulento y capaz de ayudarla en su ausencia—. Dile a Daniel que tiene que acompañarme a hacer un recado. Quiero el carruaje preparado inmediatamente.

—¡Sí, señora! —Harriet echó a correr, al parecer contagiada por la urgencia de Lottie.

En menos de un minuto apareció Daniel, con su alta figura y vestido de negro. Era un hombre de complexión fuerte con el cabello castaño oscuro y los ojos de color cereza.

—Señora —dijo, haciendo una impecable inclinación.

Harriet le dio las prendas y Lottie se ató el sombrero debajo de la barbilla.

—Daniel, vamos a casa de mis padres a buscar a mi hermana menor. No dudo que mi familia pondrá fuertes objeciones. Incluso existe la posibilidad de llegar a las manos... Pero aunque no quiero que nadie se haga daño, debemos traer a mi hermana con nosotros. ¿Puedo confiar en ti?

—Por supuesto, señora.

Lottie sonrió ligeramente, con el semblante pálido.

—Gracias.

El carruaje estuvo preparado en tiempo récord. Lottie estrujó la nota entre sus manos mientras el vehículo se alejaba a toda velocidad de Betterton Street. Intentó pensar con claridad, comprender lo que estaba pasando.

¿Qué pretendía Radnor con su hermana? En los años que Lottie le había conocido, apenas parecía percibir la existencia de Ellie, excepto para hacer comentarios despectivos —que estaba gorda, que era simple y vulgar—. ¿Por qué entre todas las mujeres la había elegido a ella? Quizá porque sabía que ésa era la mejor forma de herir a Lottie. Radnor sabía que nunca podría estar tranquila en su matrimonio con Nick sabiendo que su felicidad había provocado que su hermana cayese en desgracia.

Hirviendo de temor y rabia, se torció las manos en el regazo.

Sólo llevó un cuarto de hora llegar a la casa de sus padres, pero para Lottie el trayecto fue insoportable. Cuando llegaron a la calle de las casas Tudor y no vio el carruaje de Radnor, Lottie se permitió un destello de esperanza. Quizá no había llegado demasiado tarde.

El vehículo se detuvo y Daniel la ayudó a bajar. Su tranquilo rostro la ayudó a calmar sus alterados nervios y le pidió que la acompañara a la casa. No había nadie en el patio delantero. Sus hermanos y hermanas estaban ausentes, y eso era extraño.

Lottie asintió y Daniel llamó a la puerta con el puño. Pronto una doncella abrió la puerta.

—Señorita Howard —dijo la doncella con inquietud y los ojos bien abiertos en su pecoso rostro.

—Ahora soy lady Sydney —replicó Lottie y miró al lacayo—. Será mejor que esperes aquí fuera, Daniel. Si necesito ayuda, te llamaré.

—Sí, señora.

Entrando en la casa, Lottie vio a sus padres en la puerta de la sala. Su madre con aspecto seguro y determinado, su padre apenas capaz de levantar la mirada del suelo. Eso hizo que su furia inicial se convirtiera en rabia controlada.

—¿Dónde está Ellie? —preguntó sin préambulos.

Su madre la miró.

—Eso no es asunto tuyo, Charlotte. Como te dejé bien claro en tu última visita, aquí no eres bienvenida. Tú misma te apartaste de la familia con tus egoístas acciones.

Una amarga respuesta se fraguaba en los labios de Lottie, pero antes de poder pronunciar palabra oyó un potente retumbo en la parte de atrás de la casa.

—¡Lottie! —llegó la ahogada voz de su hermana—. ¡Lottie, estoy aquí! ¡No me abandones!

—¡Ahora voy! —gritó Lottie, y dirigió a sus padres una mirada de incredulidad—. Debería daros vergüenza. Habéis planificado entregarla a Radnor, sabiendo que eso arruinaría cualquier esperanza de que Ellie tenga una vida decente. ¿Cómo podéis vivir con la conciencia tranquila?

Ignorando el vehemente grito de protesta de su madre, Lottie se dirigió al dormitorio de su hermana y giró la llave que había en la cerradura.

Ellie salió disparada con una ráfaga de agradecidos sollozos, precipitándose hacia Lottie. Tenía enmarañado el espeso cabello castaño.

—Sabía que me ayudarías. —Respiró hondo, secándose las mejillas en los hombros de Lottie—. Lo sabía. Lottie, llévame de aquí de una vez. Ya viene. Estará aquí en un minuto.

Abrazando a su sollozante hermana, Lottie le acarició la espalda y murmuró en voz baja:

—Siempre que me necesites vendré, Ellie. Venga, recoge tus cosas y te llevaré a casa conmigo. No hay tiempo que perder. Debemos marchar ahora mismo.

—De acuerdo.

Su hermana hizo lo que le decía y al cabo de unos minutos se encaminaban hacia la salida.

—Lottie —sollozó Ellie —. Ha sido tan horrible, tan...

La chica se detuvo con un grito apagado al ver la delgada y austera figura de lord Radnor, de pie junto a sus padres. Lottie no mostró ninguna emoción, pero el corazón le palpitó cuando miró los calculadores ojos oscuros de Radnor. Rodeó los hombros de Ellie protectoramente y habló con una frialdad que en absoluto sentía:

—No dejaré que sea suya, lord Radnor.

—¡Sydney! —gritó Sayer desde abajo—. ¡Resiste!

—No... se me había pasado por la cabeza —ironizó Nick, a pesar de que sus dedos ensangrentados resbalaban en la madera podrida.

Sintió un zumbido en el oído. Tenía los brazos dormidos y sentía un dolor atroz en todo el cuerpo. No obstante, sus pensamientos se centraron al darse cuenta de que Sayer no iba a llegar a tiempo para salvarlo.

No quería morir. Era irónico, pero de haber estado en la misma situación hacía unos meses no le hubiera importado. «Una vida corta pero feliz...», eso era todo lo que siempre había esperado. No habría pensado en pedir más.

Pero eso era antes de haber conocido a Lottie. Ahora quería pasar toda la vida con ella. Quería abrazarla. Quería decirle cuánto la quería, cuando antes nunca había creído sentirse enamorado de nadie. Y quería cuidarla. Pensar que ya no podría contemplarla, que estaría desprotegida, que sería vulnerable... Sus dedos resbalaron un poco más y gimió. Cerró los ojos y se aferró a la viga, sabiendo que cada momento que resistiese era otra oportunidad de verla otra vez. Los demonios parecían desgarrarle el cuerpo con sierras ardiendo, arrancándole la carne y el músculo, haciéndole sudar con unas gotas que le resbalaban hasta el cuello en salados arroyuelos.

«Lottie —pensó con miedo y agonía. Había comprendido tantas cosas... pero ahora era demasiado tarde. Ella sería el último pensamiento de su vida, y su nombre el último sonido que emitirían sus labios—. Lottie...»

De pronto sintió una brutal presión en su muñeca, como si una abrazadera de hierro la hubiese sujetado.

—Te tengo. —La firme voz de Sayer interrumpió el clamor de sus pensamientos. Sayer estaba en la viga con él, a pesar de los crujidos de advertencia de la madera en descomposición. Nick quería decirle que le dejara, que la viga no soportaría el peso de ambos, pero no tuvo fuerzas—. Tendrás que confiar en mí, Sydney. Suelta la otra mano y te tiraré hacia arriba.

Todos los instintos de Nick se rebelaron. Soltarse y quedar suspendido dependiendo por completo de la fuerza de alguien...

—No tienes elección —dijo Sayer apretando los dientes—. Suéltate, maldita sea, y deja que te ayude. Ahora.

Nick lo hizo y quedó en suspenso durante un terrible momento. Sayer le sujetaba fuerte, y luego tiró de él con fuerza hasta que pudo mantener el equilibrio encima de la crujiente madera.

—Impúlsate hacia delante —murmuró Sayer, y juntos consiguieron dejar atrás el peligroso precipicio.

Cuando se alejaron de la viga y encontraron la seguridad de un tablón más o menos firme, cayeron al suelo el uno junto al otro, jadeando con violencia.

—Maldita sea —dijo Sayer cuando tuvo el aliento suficiente para hablar—. Eres un bastardo muy pesado, Sydney.

Desorientado y con todo el cuerpo dolorido, Nick intentó comprender que seguía vivo. Se pasó la manga por la frente empapada de sudor, y descubrió que tenía el brazo agarrotado, temblándole, con los músculos como enloquecidos.

Sayer se levantó e ironizó:

—Pareces un poco cansado. La mano la has pasado por una prensa, ¿eh?

Pero estaba vivo. Era demasiado milagroso para creerlo. A Nick le habían dado un indulto que no merecía y, por todo lo más sagrado, iba a aprovecharlo. Al pensar en Lottie, le invadió un oscuro deseo.

—Sayer —consiguió decir—, acabo de decidir algo.

—¿Qué?

—De ahora en adelante, tendrás que espabilarte tú solo por Fleet Ditch.

Sayer rió con nerviosismo, creyendo entender las razones que había detrás de su decisión.

—Supongo que ahora que eres vizconde te consideras demasiado bueno para este lugar. Sabía que era sólo cuestión de tiempo antes de que se te subiera a la cabeza.

Lord Radnor estaba asombrado de ver a Lottie en la casa de su familia. Su dura y oscura mirada fue de su cara a la de Ellie, comparando las dos, sopesando las diferencias. Cuando volvió a mirar a Lottie, su rostro estaba tenso con una mezcla de odio y deseo.

—No tienes derecho a interferir —dijo Radnor.

—Mi hermana es una inocente jovencita que no te ha hecho nada —replicó Lottie, encendida—. No merece sufrir por culpa de mis acciones. ¡Déjala en paz!

—He invertido en ti doce años de mi vida —masculló Radnor dando un paso al frente—. Y veré compensados esos años de una u otra manera.

Lottie miró con incredulidad a sus padres.

—¡No puede ser cierto que queráis entregarla a él! ¿Hasta qué punto habéis podido olvidar la decencia? Mi marido afirmó que cuidaría de vosotros y asumiría todas vuestras deudas...

—Ellie tendrá una vida mejor —farfulló su padre—. Lord Radnor se ocupará bien de ella...

—¿No te importa que pretenda convertirla en su amante? —Lottie los miró a todos, mientras Ellie se escondía detrás de ella y sollozaba—. ¡Bien, ya es suficiente! Me voy y me llevo a Ellie conmigo... y si alguien se atreve a ponernos una mano encima responderá ante lord Sydney.

La mención de Nick pareció enfurecer a Radnor.

—¿Cómo te atreves? Me has engañado, traicionado e insultado más allá de lo tolerable, y ahora pretendes privarme de la compensación que exijo.

—Tú no quieres a Ellie —le espetó Lottie, mirándolo con firmeza—. Quieres vengarte de mí, castigarme por haberme casado con otro.

—¡Sí! —explotó Radnor como una fiera, perdiendo el control—. Sí, quiero castigarte. Te saqué del barro, y has vuelto a caer en él. Te has corrompido, y al hacerlo me has privado de lo único que siempre he deseado. —Se acercó a ella con gesto amenazador—. Todas las noches me acuesto imaginándote con ese cerdo —le gritó en la cara—. ¿Cómo has preferido a ese asqueroso animal antes que a mí? El hombre más repugnante, el más vicioso del...

Lottie abrió la mano dispuesto a abofetearlo.

—¡No eres digno de pronunciar su nombre!

Se miraron fijamente, y Lottie vio desaparecer los últimos restos de cordura de los ojos de Radnor. Alargó la mano, sujetándola como si fuese la zarpa de un halcón, y la acercó bruscamente, haciéndole perder el equilibrio. Detrás de ella, Ellie dio un grito de terror.

Los padres de Lottie parecían demasiado aturdidos para moverse mientras Radnor la arrastraba fuera de la casa. Lottie tropezó en la escalinata. Radnor gritó algo a sus lacayos, mientras ella forcejeaba y se revolvía contra Radnor, que de pronto le asestó un fuerte golpe en la sien. Lottie retrocedió y sacudió la cabeza para despejar la lluvia de brillantes estrellas. Encontró con la mirada a Daniel, que había sido retenido por los lacayos de Radnor. A pesar de su tamaño, Daniel no podía con dos hombres.

—¡Señora! —le gritó Daniel, y recibió un puñetazo en la cara.

Radnor le inmovilizó el cuello con una mano y la forzó a ir hacia el carruaje.

—Oiga, Radnor... —se oyó la ansiosa voz del padre—. Acordamos que se llevaría a Ellie. Suelte a Lottie y...

—Es a ella a quien quiero —bramó lord Radnor, arrastrando a Lottie con el antebrazo alrededor de su cuello, estrangulándola y tapándole la boca—. Basta de pactos. Basta de sustitutas. ¡Tendré a Charlotte y luego os enviaré al infierno!

Lottie le arañaba frenéticamente el aplastante brazo, sintiendo como si los pulmones le fuesen a estallar. No podía respirar, necesitaba aire... Unos destellos negros y rojos le nublaban la visión, y se sentía impotente contra el implacable brazo de Radnor.

15

Lottie no recuperó el sentido hasta que se sintió medio arrastrada por la casa de lord Radnor. La cabeza no dejaba de pulsarle y le dolía la garganta mientras se debatía contra el firme brazo de Radnor. En algún lugar debajo de su temor y furia, era consciente del alivio de haber liberado a Ellie. Su hermana estaba a salvo, y ahora todo se reducía al inevitable enfrentamiento entre ella y el hombre que la había dominado la mayor parte de su vida.

Aunque se daba cuenta de las exclamaciones de las criadas alrededor, ninguna de ellas se atrevió a interferir. Todas temían a Radnor y no levantarían un dedo para impedirle que hiciera lo que deseaba. Lottie se preguntó cuál era su propósito al llevarla allí. Su residencia en Londres era el primer sitio que registrarían cuando descubrieran su desaparición. Habría esperado que la llevara a un lugar secreto donde no pudieran encontrarlos.

Radnor la arrastró hasta la biblioteca, cerró la puerta con llave y la empujó sentándola en una silla. Tocándose la dolorida garganta con la mano, Lottie se acurrucó en el asiento. De pronto Radnor le apoyó una pistola en la sien y con la otra mano tiró de la cabeza hacia el respaldo.

El corazón de Lottie se saltó un latido cuando entendió la razón por la cual lord Radnor la había llevado allí: como no podía poseerla, pretendía matarla.

—Te quería —afirmó Radnor con calma, en apariencia perfectamente sereno a pesar de que el cañón del arma temblaba contra la cabeza de Lottie—. Te lo habría dado todo.

Era extraño, pero Lottie consiguió responder en un tono igual de sereno, como si mantuvieran una conversación normal y su vida no estuviese a punto de acabar.

—Tú nunca me has amado. —Le dolía la garganta, pero se esforzó para continuar—. No conoces el significado de esa palabra.

La pistola temblaba cada vez más.

—¿Cómo puedes decir eso después de todo mi sacrificio por ti? ¿De verdad eres tan ciega?

—En todos estos años que nos conocemos, has demostrado dominio, obsesión y deseo... pero todas esas cosas no son amor.

—Entonces dime qué es el amor. —Su voz era aguda y despreciativa.

—Respeto. Aceptación. Generosidad. Todas las cosas que mi marido me ha demostrado en sólo unas semanas. No le importan mis defectos. Me quiere sin condiciones. Y yo le quiero de la misma forma.

—Me debes tu amor —repuso él con aspereza.

—Quizá podría haber sentido algo por ti si hubieses intentado ser amable. —Hizo una pausa, cerrando los ojos al sentir la presión de la pistola en su sien—. Es curioso, pero nunca he tenido la sensación de que te preocupara si me gustabas o no.

—Me preocupa —dijo Radnor furioso—. ¡Al menos merezco eso de ti!

—¡Qué irónico! —Sus labios secos dibujaron una amarga sonrisa—. Me pedías la perfección, algo que nunca podría lograr. Y sin embargo, lo único que podría haberte dado, afecto, nunca parecías quererlo.

—Lo quiero ahora —le espetó Radnor, aturdiéndola.

Sin dejar de presionarle con la pistola, se puso delante de ella y se arrodilló. El rostro de Radnor estaba enrojecido. Sus ojos refulgían de rabia, o quizá de desesperación, y su fina boca estaba desencajada por una poderosa emoción. Lottie nunca lo había visto así. No entendía qué le motivaba, por qué se sentía tan enfurecido por la pérdida, sabiendo que Radnor era incapaz de amar.

Él le cogió una mano y la acercó a su sudorosa mejilla. Lottie se dio cuenta de que Radnor intentaba que le acariciara...

—Tócame —le murmuró febrilmente—. Dime que me quieres.

Lottie mantuvo los dedos quietos entre los de Radnor.

—Quiero a mi marido.

Radnor se encendió de perpleja rabia.

—¡No puedes!

Ella casi le compadeció, mirándole los desconcertados ojos.

—Lo siento por usted —dijo—. No concibe amar a nadie que no sea perfecto. Qué destino más solitario debe de ser el suyo...

—¡Te amaba! —gritó, con la voz rota por la ira—. ¡Te amaba, maldita sea tu engañosa alma!

—Entonces amaba a alguien que nunca existió. Amaba un ideal imposible. No a mí. —Lamió las gotas de sudor en el labio superior—. No sabe nada de mí.

—Te conozco mejor que a nadie —dijo con vehemencia—. No serías nada sin mí. Me perteneces.

—No. Soy la esposa de lord Sydney. —Dudó antes de expresar el pensamiento que le había rondado más de una vez en los días anteriores—. Y ahora llevo a su hijo en mi seno.

Los ojos de Radnor se convirtieron en dos pozos de oscuridad en un rostro cadavérico. Lottie se dio cuenta de que le había asestado un duro golpe, que no se le había ocurrido la posibilidad de que pudiera estar embarazada del hijo de otro hombre.

Lord Radnor soltó la mano de Lottie y se levantó. La pistola no dejó de encañonarla mientras se desplazaba detrás de ella una vez más. Lottie sintió la sudorosa palma de Radnor acariciarle el cabello.

—Lo has arruinado todo —dijo Radnor con tono inexpresivo. La pistola se movió y Lottie oyó un pesado clic contra su sien—. No me queda nada. Nunca serás lo que quería.

—No —confirmó ella con suavidad—. Su esfuerzo ha sido en vano.

Un frío sudor resbalaba por su cara, esperando que él apretase el gatillo. Ante una derrota tan absoluta, Radnor sin duda la mataría. Pero no iba a pasar aterrorizada los últimos momentos de su vida. Cerró los ojos y pensó en Nick... sus besos, sus sonrisas, la calidez de sus brazos rodeándola. Lágrimas de pena y felicidad asomaron a sus párpados. Deseaba haber pasado más tiempo con él... haber tenido tiempo de hacerle comprender cuánto significaba para ella. Soltó un lento suspiro, y esperó casi con calma lo inexorable.

De repente, el cañón de la pistola se apartó de su sien. En el pesado silencio que siguió, Lottie abrió los ojos, expectante y desconcertada. Si no hubiese oído la áspera respiración de Radnor, habría creído que estaba sola. Fue a girarse, pero en ese momento se produjo una detonación ensordecedora. Lottie se tambaleó y cayó al suelo, mientras una caliente salpicadura rociaba sus faldas y brazos.

Confusa, intentó recuperar la respiración y se frotó las rojas gotas hasta convertirlas en largas manchas color vino. Sangre, pensó asombrada, y vió la figura tendida de Radnor. Estaba despatarrado en el suelo unos metros más allá, dando estertores al borde de la muerte.

Acordando con reticencias que debían contárselo a Morgan, Nick y Sayer fueron a Bow Street. Nick sentía un dolor considerable en todo el cuerpo y tenía los dedos rotos e hinchados debajo del pañuelo con que se los había vendado. Estaba molido, y anhelaba regresar a casa para estar con Lottie.

Tan pronto entraron al desvencijado edificio de Bow Street, se dirigieron directamente al despacho de sir Grant con la esperanza de que hubiese regresado de la audiencia de la tarde. El escribano del juzgado, Vickery, se levantó de su escritorio cuando Nick y Sayer se acercaron. Su rostro con gafas mostró asombro ante el lamentable aspecto de ambos.

—Señor Sayer, y señor... eh, lord Sydney...

—Hemos tenido un pequeño altercado cerca de Fleet Ditch —dijo Sayer—. ¿Morgan puede recibirnos?

El escribano le dirigió a Nick una extraña mirada.

—Ahora mismo está interrogando a alguien —contestó.

—¿Cuánto tardará? —preguntó Nick.

—No tengo ni idea, lord Sydney. Parece que el asunto es bastante urgente. En realidad el visitante es su lacayo, señor.

Nick sacudió la cabeza como si no le hubiese oído bien.

—¿Qué?

—Daniel Finchley —le aclaró Vickery.

—¿Qué demonios está haciendo aquí? —Alarmado, Nick se dirigió al despacho de Morgan y entró sin llamar.

Morgan lo miró con ceño.

—Entre, Sydney. Su presencia es muy oportuna. ¿Qué le ha pasado en la mano?

—No se preocupe por eso —dijo Nick con impaciencia. Vio que el visitante era efectivamente Daniel, con la cara magullada, un ojo morado y la ropa rasgada—. ¿Quién te ha hecho eso? —le preguntó—. ¿Qué ha ocurrido, Daniel?

—No sabía qué hacer —contestó el lacayo, agitado—. Así que llamé a sir Grant. A la señora Sydney le ha pasado algo...

Nick se sintió más alarmado y su rostro empalideció.

—¿Qué?

—Esta mañana la señora Sydney fue a casa de su familia para llevarse a su hermana. Me pidió que la acompañara, y me avisó que podría haber problemas. —Hurgó en el bolsillo, sacó una nota arrugada y se la dio a Nick—. La señora Sydney se dejó esto en el carruaje.

Nick leyó la nota a toda prisa, y volvió a la primera línea: «Por favor, ayúdame. Mamá dice que lord Radnor vendrá a llevarme con él...» Perplejo, miró al lacayo.

—Sigue —gruñó.

Sólo unos minutos después de que la señora Sydney y

yo llegásemos a casa de los Howard, apareció lord Radnor. Entró en la casa y cuando salió parecía haber perdido el juicio. Arrastraba a la señora Sydney y la obligó a subir al carruaje. Intenté detenerle, pero sus lacayos me redujeron.

Una ola de pánico glacial se apoderó de Nick. Sabía la intensidad de la oscura obsesión del conde. Su esposa estaba en manos del hombre que más temía... y él no estaba allí para ayudarla. La idea le puso enfermo.

—¿Dónde la llevó? —soltó con súbita ansiedad, agarrando al lacayo por las solapas de su abrigo—. ¿Dónde están, Daniel?

—No lo sé —contestó el lacayo, temblando.

—Lo mataré —bramó enfurecido, y se dirigió hacia la puerta. Iba a destrozar Londres, empezando por la casa de Radnor. Sólo lamentaba que un hombre no pudiese morir más de una vez, pues quería causarle mil muertes a aquel bastardo.

—Sydney —dijo Morgan con aspereza, moviéndose tan deprisa que llegó a la puerta al mismo tiempo que Nick—. No saldrá de aquí como un lunático furioso. Si su esposa está en peligro, necesita tener la cabeza fría.

Nick soltó un gruñido.

—¡Apártese de mi camino!

—Organizaré una búsqueda. Puedo disponer de cuatro agentes y al menos treinta policías en unos cinco minutos. Dígame los lugares donde Radnor puede haber llevado a su esposa. Le conoce más que yo. —Morgan fijó la mirada en la de Nick, que pareció serenarse—. No está solo en esto, Sydney. La encontraremos, se lo juro.

Alguien llamó brevemente a la puerta.

—Sir Grant —dijo Vickery con voz ahogada—. Tiene otra visita.

—Ahora no —dijo sin abrir la puerta—. Dile que vuelva mañana.

Hubo una breve pausa.

—¿Sir Grant?

—¿Qué demonios ocurre, Vickery?

—No creo que sea oportuno decirle eso.

—Me importa muy poco quien sea, dile... —La voz de Morgan se desvaneció cuando la puerta se abrió suavemente.

La angustiada mirada de Nick se clavó en la visita, y casi cae de rodillas cuando la reconoció.

—Lottie.

Sucia y manchada de sangre, Lottie sonrió con aflicción al ver el pálido rostro de su marido.

—Hoy he estado muy ocupada —dijo.

Su voz pareció desatar un torrente de emociones. Murmurando su nombre, Nick se acercó a ella y le dio un ansioso abrazo que amenazó con ahogarla.

—Sangre... —dijo Nick con incredulidad.

—No es mía. Estoy bien, aunque tengo... —Lottie se interrumpió, abriendo los ojos al ver su mano vendada—. ¡Nick, estás herido!

—No es nada. —Nick le examinó el rostro y con dedos temblorosos recorrió su mejilla—. Dios mío, Lottie... —Descubrió los morados en su garganta y soltó un grito de furia—. ¡Cielo santo! Tu cuello. Se ha atrevido a... Voy a matar a ese bastardo...

Lottie le puso un dedo en la boca.

—Estoy bien —dijo suavemente, y le tocó el pecho para tranquilizarlo. Después de los sucesos traumáticos de las pasadas horas, era maravilloso estar con él. Le miró con preocupación el polvoriento rostro que rezumaba sudor—. De hecho, creo que estoy mejor que tú, querido.

Un visceral gemido salió de la garganta de Nick, que la estrechó con más fervor.

—Te quiero —dijo en voz baja y conmovida—. Te quiero mucho, Lottie. —Y le dio un apasionado y ardiente beso.

No había duda de que estaba demasiado conmovido para reparar en que había otras personas en el despacho. Lottie apartó la cara con una sonrisa ahogada.

—Yo también te quiero —susurró—. Pero éste no es el lugar adecuado, querido. Más tarde, en la intimidad, podemos... —Pero Nick la besó una vez más. Dándose cuenta de que no había esperanza de sosegarlo, Lottie le dio palmaditas en la espalda en un esfuerzo por reconfortarlo. Nick siguió dándole profundos y fervientes besos, mientras respiraba con tanta agitación que Lottie sentía su pecho expanderse a cada inspiración. Intentaba confortarlo, acariciándole con suavidad la nuca pero él no dejaba de besarla con frenesí. Y entre beso y beso susurraba el nombre de Lottie como si fuese una plegaria.

—Lottie... Lottie... —Cada vez que ella intentaba responder la acallaba con más besos.

—Sydney —dijo sir Grant después de aclararse ostensiblemente la garganta—. Ejem. Sydney...

Al final Nick levantó la cabeza.

Lottie lo apartó, haciendo que la soltara. Sonrojada y sin aliento, vio que Sayer había desarrollado un absorbente interés en el tiempo que hacía en la calle, mientras Daniel se había excusado para esperar fuera del despacho.

—Siento interrumpir —dijo sir Grant con tristeza—. Sin embargo, debo insistir en oír lo que ha ocurrido con Radnor, y dónde se encuentra en este momento, visto el estado de la ropa de la señora Sydney.

Dándose cuenta de que se refería a las manchas de sangre en su vestido, Lottie asintió. Nick le rodeó la cintura mientras ella explicaba.

—Lord Radnor se ha suicidado —dijo—. Me llevó a su casa, y después de hablar unos minutos se quitó la vida.

—¿De qué manera? —preguntó sir Grant.

—Con una pistola. —Lottie percibió el temblor que recorrió a Nick—. No tengo palabras para describir sus acciones, excepto decir que parecía completamente loco. Le dije a su servicio que dejaran su cuerpo exactamente como estaba y que no tocasen nada, ya que usted seguramente enviará a un agente para investigar el escenario de los hechos.

—Muy bien, señora —dijo sir Grant—. ¿Me permite que le haga unas preguntas más?

—Mañana —dijo Nick con aspereza—. Ya ha tenido suficiente por hoy. Necesita descansar.

—Estaré más que dispuesta a contarle todos los detalles —contestó Lottie a sir Grant—. Pero sería conveniente que un médico atendiese la mano de lord Sydney y examinase a nuestro lacayo.

El magistrado sonrió.

—Llamaremos ahora mismo al doctor Linley.

—Le iré a buscar —se ofreció Sayer, y abandonó a toda prisa el despacho.

—Bien —comentó Morgan, mirando a Nick—. Y mientras esperamos a Linley, quizá pueda explicarme cómo se hizo esas heridas... y por qué parece y huele como si hubiese estado de juerga en Fleet Ditch.

Mucho más tarde, cuando ya estaban en la cama y habían hablado durante lo que parecieron horas, Nick le contó los pensamientos que había tenido en los momentos en que creía que iba a morir. Mientras Lottie escuchaba, se acurrucó en el brazo de Nick, con los dedos trazando círculos en su vello pectoral. La voz de Nick era profunda y soñolienta por los efectos de los analgésicos que Linley había insistido en darle antes de entablillarle los dedos. Nick la había tomado sólo porque la alternativa era el indigno espectáculo de que Sayer y Morgan le sujetaran mientras el médico le hacía tragar la medicina.

—Nunca quise tanto vivir como cuando estaba colgado de esa viga podrida —dijo Nick—. No podía resistir la idea de no volver a verte. Todo lo que quiero es tiempo para estar contigo. Pasar el resto de mi vida contigo. No me importa nada más.

Murmurando su amor por él, Lottie le besó el hombro.

—¿Te acuerdas de la vez que te dije que necesitaba ser agente de Bow Street? —preguntó él.

Lottie asintió.

—Dijiste que eras un adicto al desafío y al peligro.

—Ya no lo soy —dijo él.

—Gracias a Dios —dijo Lottie con una sonrisa, irguiéndose sobre un codo—. Porque me he vuelto bastante adicta a ti.

Nick resiguió con los dedos la curva de su espalda, iluminada por la luz de la luna.

—Por fin, ahora sé lo que deseo.

—¿Qué?

—Se lo pediré al pozo de los deseos —le recordó Nick.

—Oh, sí... —Lottie se reclinó y le pasó la nariz por la suave piel, recordando aquella mañana en el bosque—. No pediste ningún deseo.

—Porque no sabía lo que quería. Pero ahora sí lo sé.

—¿Qué quieres? —preguntó con ternura.

Nick atrajo la boca de Lottie hacia la suya.

—Amarte para siempre —susurró, justo antes de que sus labios se encontraran.

Epílogo

Una hora después de que John Robert Cannon naciera, sir Ross llevó a su pequeño hijo al salón, donde esperaban los amigos y la familia. Un coro de arrobadas y alegres exclamaciones saludó la llegada del bebé, que dormía envuelto en una sábana de encaje. Entregando al pequeño a su radiante nodriza, Catherine, sir Ross se dirigió a una silla y se sentó emitiendo un largo suspiro.

Estudiando a su cuñado, Nick pensó que nunca le había visto tan exhausto. Sir Ross había desafiado las convenciones acompañando a su esposa en el parto, pues fue incapaz de esperar fuera mientras ella sufría dando a luz. Con el cabello negro aplastado y su seguridad en sí mismo momentáneamente desaparecida, sir Ross parecía mucho más joven que de costumbre... un padre primerizo que necesitaba con urgencia una copa.

Nick sirvió un brandy en el aparador y se lo tendió.

—¿Cómo está Sophia? —preguntó.

—Mucho mejor que yo —admitió sir Ross y cogió la copa agradecido—. Gracias. —Cerrando los ojos, bebió un largo sorbo, liberando los excitados nervios—. Cielo Santo, no sé cómo lo hacen las mujeres —murmuró.

Ignorándolo todo sobre la femenina potestad del parto, Nick se sentó en una silla y le observó con ceño.

—¿Sophia lo ha pasado mal?

—No. Pero a mí me ha resultado un esfuerzo titánico. —Al parecer algo más relajado, sir Ross bebió más brandy y sorprendió a Nick con una inusual confesión—. Un parto hace que un marido se sienta temeroso de volver a acostarse con su esposa, conociendo las consecuencias. Mientras estaba pariendo, apenas podía creer que yo fuese responsable de hacerla pasar por aquello. —Sonrió con ironía—. Pero luego, por supuesto, acaba ganando la naturaleza más básica del hombre.

Nick miró a Lottie con repentina consternación. Como las otras mujeres, estaba arrullando al bebé, con el semblante suave y radiante. Una de sus manos descansaba en la curva de su propio vientre, donde se gestaba el hijo de ambos. Notando la mirada de Nick, Lottie levantó los ojos con una sonrisa y arrugó la nariz con picardía.

—Maldita sea —murmuró Nick, dándose cuenta que no iba a encontrarse en mejores condiciones que sir Ross cuando naciera su propio hijo.

—Sobrevivirás —le aseguró sir Ross con una risa espontánea, leyéndole el pensamiento—. Y allí estaré para servirte un buen brandy.

Intercambiaron una mirada amistosa, y Nick sintió un inesperado destello de aprecio por el hombre que había sido su adversario durante tantos años. Moviendo la cabeza con una sonrisa melancólica, le tendió la mano a sir Ross.

—Gracias.

Sir Ross le estrechó la mano en un breve y fuerte apretón, al parecer comprendiendo lo que Nick pensaba de él.

—¿Entonces todo ha valido la pena? —preguntó.

Reclinándose en la silla, Nick miró una vez más a su esposa, amándola con una intensidad que nunca habría sido capaz de creer que sentiría. Por primera vez en su vida estaba en paz consigo mismo y el mundo, y ya no se sentía acosado por las sombras del pasado.

—Sí —dijo simplemente, con el alma encendida de felicidad mientras Lottie le miraba una vez más.